普通高等教育公共体育类"十一五"规划教材

大学体育
理论与实践教程

李秋良　主编

蒋雪涛　杨培培　廖永祥　李陆军　李林杰　副主编

化学工业出版社

·北京·

本书内容主要包括体育理论与运动实践，其中体育理论篇包括：体育概论、高等学校体育、体育与健康、体育保健、课余体育锻炼与运动竞赛、体质测定与评价；运动实践篇包括：田径运动、篮球运动、排球运动、足球运动、游泳运动、武术、散手、跆拳道运动、健美操运动、羽毛球运动、乒乓球运动、网球运动、其他运动项目介绍。

本书图文并茂、生动丰富，既可作为本科、高职高专，尤其是独立学院的教材，又可作为高等学校学生课余锻炼健身的指导书。

图书在版编目（CIP）数据

大学体育理论与实践教程/李秋良主编. —北京：化学工业出版社，2010.12
普通高等教育公共体育类"十一五"规划教材
ISBN 978-7-122-09565-7

Ⅰ. 大… Ⅱ. 李… Ⅲ. 体育-高等学校-教材 Ⅳ. G807.4

中国版本图书馆 CIP 数据核字（2010）第 188639 号

责任编辑：宋湘玲　　　　　　　　　　装帧设计：关　飞
责任校对：洪雅姝

出版发行：化学工业出版社（北京市东城区青年湖南街 13 号　邮政编码 100011）
印　　装：北京云浩印刷有限责任公司
787mm×1092mm　1/16　印张 15　字数 369 千字　　2010 年 11 月北京第 1 版第 1 次印刷

购书咨询：010-64518888（传真：010-64519686）　售后服务：010-64518899
网　　址：http://www.cip.com.cn
凡购买本书，如有缺损质量问题，本社销售中心负责调换。

定　　价：29.00 元　　　　　　　　　　　　　　　　　　版权所有　违者必究

编委会名单

前　言

随着我国学校体育教育改革的不断深入，教育部加大了高校体育教学改革的力度，力求将先进的教育理论和教育思想与高校的体育教育有机地结合起来。鉴于以上原因，我们特组织一线教学理论与实践经验丰富的教师编写本书，以期为高校体育教学提供参考；为学生根据自己的兴趣、爱好、身体状况、生理特点等，选择适合自己的体育运动项目提供参考；为现代社会培养健康全面协调发展的接班人做一点贡献。

全书以素质教育为基础，以"健康第一"为指导思想，在更新观念的前提下，理论与实践相配套，整个内容都充分体现了高等教育的基本属性。书中增加了健康教育的内容，建立了以增强体育意识、能力、兴趣的培养，养成终身锻炼的习惯，形成健康生活的行为和态度的新的教材体系。

本书共有十七章。其中，体育理论篇包括：体育概论，高等学校体育，体育与健康，体育保健，课余体育锻炼与运动竞赛，体质测定与评价。运动实践篇包括：田径运动，篮球运动，排球运动，足球运动，游泳运动，武术、散手、跆拳道运动，健美操运动，羽毛球运动，乒乓球运动，网球运动，其他运动项目介绍。

全书图文并茂，生动丰富，适用于高等学校体育教学。既可作为本科、高职高专，尤其是独立学院教材，又可作为高等学校学生课余健身锻炼的指导书。

本书在编写的过程中，得到昆明理工大学津桥学院各方大力支持，在此表示特别感谢。

由于编者水平有限，书中若有不妥之处，敬请读者批评指正！

编　者

2010. 6

目　录

体育理论篇

第一章　体育概论 ………………………………………………………… 2
第一节　体育的概念及组成 ……………………………………………… 2
第二节　体育的功能 ……………………………………………………… 4
第三节　体育的发展 ……………………………………………………… 6

第二章　高等学校体育 …………………………………………………… 8
第一节　高等学校体育的地位与作用 …………………………………… 8
第二节　高等学校体育的目的与任务 …………………………………… 10
第三节　高等学校体育的基本途径与要求 ……………………………… 13

第三章　体育与健康 ……………………………………………………… 15
第一节　健康的概念 ……………………………………………………… 15
第二节　健康的标准 ……………………………………………………… 17
第三节　体育与健康的关系 ……………………………………………… 18

第四章　体育保健 ………………………………………………………… 20
第一节　运动卫生常识 …………………………………………………… 20
第二节　运动中常见的生理反应和疾病 ………………………………… 21
第三节　常见运动损伤的急救和预防 …………………………………… 24
第四节　自我监督 ………………………………………………………… 26

第五章　课余体育锻炼与运动竞赛 ……………………………………… 28
第一节　课余体育锻炼的特点及意义 …………………………………… 28
第二节　学校课余体育锻炼的组织形式与方法 ………………………… 29
第三节　运动竞赛的种类与方法 ………………………………………… 30
第四节　竞赛的组织编排与评定成绩和名次的方法 …………………… 32

第六章　体质测定与评价 ………………………………………………… 37
第一节　体质的基本概念 ………………………………………………… 37
第二节　体质测定的基本内容与方法 …………………………………… 39
第三节　我国学生体质健康评价制度的演变和发展 …………………… 41

运动实践篇

第七章　田径运动 ………………………………………………………… 46
第一节　田径运动概述 …………………………………………………… 46

第二节　跑的基本原理与技术 ……………………………………………… 47

第三节　跳跃的基本原理与技术 …………………………………………… 54

第四节　投掷的基本原理与技术 …………………………………………… 59

第五节　裁判方法与规则 …………………………………………………… 62

第八章　篮球运动 ……………………………………………………………… 64

第一节　篮球运动概述 ……………………………………………………… 64

第二节　篮球基本技术与练习方法 ………………………………………… 65

第三节　篮球基本战术与要求 ……………………………………………… 73

第四节　裁判方法与规则 …………………………………………………… 80

第九章　排球运动 ……………………………………………………………… 82

第一节　排球运动概述 ……………………………………………………… 82

第二节　排球基本技术与练习方法 ………………………………………… 82

第三节　排球基本战术 ……………………………………………………… 91

第四节　裁判方法与规则 …………………………………………………… 95

第十章　足球运动 ……………………………………………………………… 97

第一节　足球运动概述 ……………………………………………………… 97

第二节　足球基本技术与练习方法 ………………………………………… 98

第三节　足球基本战术与比赛阵型基本战术 ……………………………… 102

第四节　裁判方法与规则 …………………………………………………… 106

第十一章　游泳运动 …………………………………………………………… 108

第一节　游泳运动概述 ……………………………………………………… 108

第二节　游泳运动的内容与特点 …………………………………………… 109

第三节　游泳基本技术与练习方法 ………………………………………… 110

第四节　裁判方法与规则 …………………………………………………… 119

第十二章　武术、散手、跆拳道运动 ………………………………………… 121

第一节　武术运动概述 ……………………………………………………… 121

第二节　武术套路 …………………………………………………………… 121

第三节　散手 ………………………………………………………………… 143

第四节　跆拳道 ……………………………………………………………… 152

第十三章　健美操运动 ………………………………………………………… 157

第一节　健美操运动概述 …………………………………………………… 157

第二节　健美操运动的基本技术 …………………………………………… 157

第三节　青春健美操简介 …………………………………………………… 160

第四节　裁判方法与规则 …………………………………………………… 166

第十四章　羽毛球运动 ………………………………………………………… 167

第一节　羽毛球运动概述 …………………………………………………… 167

第二节　羽毛球基本技术 …………………………………………………… 168

第三节　羽毛球基本战术 …………………………………………………… 172

第四节　裁判方法与规则 …………………………………………………… 174

第十五章　乒乓球运动 ……………………………………………………………… 176
　第一节　乒乓球运动概述 ………………………………………………………… 176
　第二节　乒乓球的基本技术与练习方法 ………………………………………… 177
　第三节　乒乓球基本战术 ………………………………………………………… 183
　第四节　裁判方法与规则 ………………………………………………………… 185

第十六章　网球运动 ………………………………………………………………… 189
　第一节　网球运动概述 …………………………………………………………… 189
　第二节　网球基本技术与练习方法 ……………………………………………… 190
　第三节　网球基本战术 …………………………………………………………… 201
　第四节　网球规则简介 …………………………………………………………… 202

第十七章　其他运动项目介绍 ……………………………………………………… 205
　第一节　手球运动 ………………………………………………………………… 205
　第二节　台球、保龄球运动 ……………………………………………………… 207
　第三节　高尔夫球运动 …………………………………………………………… 210
　第四节　体育舞蹈 ………………………………………………………………… 211
　第五节　登山、攀岩运动 ………………………………………………………… 214
　第六节　棋牌运动 ………………………………………………………………… 217

附录 …………………………………………………………………………………… 223
　附录一　《国家学生体质健康标准》（节选）的项目、指标及运用 …………… 223
　附录二　大学生体质健康标准测试项目及权重系数 …………………………… 225
　附录三　大学生体质测试评分标准及评分办法 ………………………………… 226

参考文献 ……………………………………………………………………………… 231

体 育

理 论 篇

第一章　体育概论

第二章　高等学校体育

第三章　体育与健康

第四章　体育保健

第五章　课余体育锻炼与运动竞赛

第六章　体质测定与评价

第一章 体育概论

第一节 体育的概念及组成

一、体育的概念

"体育"(physical education)一词，不像人类社会体育实践活动诞生那样有着悠久的历史，它的出现比较晚。根据世界史料记载，最早于 1760 年在法国报刊上用"体育"一词来论述儿童身体教育问题。我国古代并没有"体育"这个词，而是用"养生"、"导引"、"武术"等名词。我国最早出现这个词，大约是在 19 世纪末 20 世纪初从日本引进来的，日本则是从西方国家引进的。

在国外，"体育"一词的含义比较广，理解大致相同，认为体育是教育的组成部分，是一个教育过程，其目的主要在于促进身心发展，学会健康生活，掌握一些生活中所必需的技能、技巧，进行思想教育等。

我国对"体育"一词在含义上的理解有狭义体育（体育教育）和广义体育（体育运动）两种。当刚传入我国时，由于当时还很少有竞技运动和其他群众性的体育活动，它指的是对人体进行培育和塑造的过程，是作为学校一门课程，作为教育的一部分出现的。这时用狭义的含义来理解体育这个词，没有太大的矛盾，与国际上的理解也相一致。但是，新中国成立以后，随着体育事业的发展，原来仅仅作为体育手段的竞技活动有了很大发展，在社会职能和功能方面都大大超出了原来"体育"（狭义）的范畴。另外，随着人们生活水平的提高，为了健身和娱乐的身体锻炼和身体娱乐活动也越来越多地开展了起来。在这种情况下，仍用一个狭义的体育来代表外延已扩大了的活动，已显得很不够了。因此，实践的发展反映在客观上需要有一个代表面更广的词，经过多次的学术讨论，认为"体育"这个词用广义体育（或体育运动）来代表比较合适。

"体育"（亦称体育运动，physical culture；physical education and sport；sports）的含义：以发展身体，强身祛病，提高运动技术水平，娱乐身心为目的的社会活动的总和。它是社会文化的组成部分，对促进社会政治、经济、文化的发展有着重要的作用。随着人类社会的发展而发展。

若按此理解，体育是以增强体质为基本特征的，它作为包括体育教育（狭义体育）、竞技运动和身体锻炼三方面内容的总称（广义体育），一方面通过以发展身体为核心的教育过程，承担着对人体完美发展，增强体质的重任，共同实现培养人才的任务；另一方面则通过以健身、健美、医疗、卫生为目标的身体锻炼及以创造优异运动成绩和提高运动技术水平为目标的竞技运动，达到人体自我完善，挖掘人体内在潜力，并充分发挥其在建设物质文明和精神文明中的特殊作用。但必须指出，体育的概念并非一成不变。随着社会的不断发展和人类需求进入高层次，人们对体育的认识还会进一步深化。

二、体育的组成

"体育"是个总的概念，它包括"体育教育"、"竞技教育"和"身体锻炼"三部分。三者之间既有区别又有联系，共同构成了体育的整体。根据目的、对象和社会施予的影响不同，目前普遍认为，体育可由学校体育、竞技体育和群众体育三个主要部分构成。

1. 学校体育（school physical education）

学校体育指在以学校教育为主的环境中，运用身体运动、卫生保健等手段，对受教育者施加影响，促进其身心健康发展的有目的、有计划、有组织的教育活动。学校体育是学校教育的重要组成部分，也是全民体育的基础。无论在哪种社会条件下，都受该社会的政治、经济、文化、教育的影响和制约，并通过培养人才为之服务。学校体育与学校德育、智育共同组成完整的学校教育体系，是培养符合社会需要的人才的一项基本内容和基本途径。

随着体育的不断社会化、娱乐化、终身化及竞技体育的发展，从提高学校体育的要求考虑，现代学校体育既要注重增强体质的近期效益，又要着眼于将来学生发展的需要，即重视包括生理、心理及社会等综合效果。为此，学校体育在充分注意体现现代体育主要特征的基础上还必须拓宽体育的社会渠道，满足个人体育兴趣和爱好，启发主动参与体育的意识，讲究体育锻炼的科学性，不断提高体育欣赏水平，并创造条件为国家输送和培养竞技体育人才，以适应青年对精神、文化生活日益增长的需要。

2. 竞技体育（competitive physical education）

亦称竞技运动（competitive sports），指为了战胜对手，取得优异运动成绩，最大限度地发挥和提高个人、集体在体格、体能、心理及运动能力等方面的潜力所进行的科学的、系统的训练和竞赛。它的特点是：①充分调动和发挥运动员的体力、智力、心理等方面的潜力；②激烈的对抗性和竞赛性；③参加者有充沛的体力和高超的技艺；④按照统一的规则竞赛，具有国际性，成绩具有公认性；⑤娱乐性。

当今世界所开展的竞技运动项目是社会历史的产物。远在公元前700多年前的古希腊时代，就出现了赛跑、投掷、角力等项目。在现代奥林匹克运动会的推动下，现已有50多种用于国际比赛的运动项目，并设有相应的国际体育组织和单项运动协会。由于竞技体育的表演技艺高超，竞争性强，且极易吸引广大观众，故它作为一种极富感染，又容易传播的精神力量，在活跃社会文化生活、振奋民族精神、提高国际威望，促进各国人民之间的友谊和团结等方面，都有着特殊的作用。

3. 群众体育（sports for all）

亦称"社会体育"、"大众体育"，指为了娱乐身心、增强体质、防止疾病和培养体育后备人才，在社会上广泛开展的体育活动的总称。它包括职工体育、农民体育、社会体育、老年人体育、妇女体育、残疾人体育等。主要形式有锻炼小组、运动队、辅导站、体育之家、体育活动中心、体育俱乐部、棋社以及个人自由体育锻炼等。

广泛开展群众性体育活动，是发挥体育的社会功能，提高民族素质和完成体育任务的重要途径。目前我国的群众体育正在蓬勃兴起，各种"健康城"、"康复中心"和"健身俱乐部"等都吸引了大批的体育爱好者，国家还设立了"中国大众体育记录"，表明这种体育活动已有了比较广泛的群众基础。

第二节　体育的功能

亦称体育职能（function of physical education），指体育所具有的作用和影响。主要有健身功能、教育功能、娱乐功能、经济功能、政治功能、医疗保健功能、军事功能等。

一、健身功能

"强身健体"是体育最主要的本质功能。体育以身体运动为基本表现形式，由它构成的体育锻炼的过程，给予各器官系统以一定强度和力量的刺激，使身体在形态结构、生理机能和生物化学等方面发生一系列适应性反应。这种"适应性反应"对机体产生的积极性影响，有利于促进健康和增强体质。体育的健身功能主要表现在以下几个方面。

① 改善和提高神经系统的灵活性，提高工作能力。大脑是人体的司令部，虽重量只占人体重的 2%，但其需氧量却占心输出量的 20% 的血液供应，比肌肉工作时所需血液多15～20 倍。通过体育运动，可以改善大脑供血、供氧情况，使其反应更加迅速、准确、分析综合能力加强，进而提高整个机体的工作能力。

② 促使人体内脏器官构造的改善和机能的提高。体育运动能促使人体内能量消耗增加，代谢产物增多，新陈代谢旺盛，血液循环加速。从而使血液循环系统、呼吸系统、消化系统、排泄系统的机能都得到改善。

③ 促进体格健壮。科学研究证明，经常参加体育锻炼的青少年比一般青少年身高增长要快，骨骼抗折，抗压的能力增强，肌肉中有更多的能量储备，身体外形更加完善，运动能力也相应提高。

④ 调节人的心理，消除不良情绪，使人充满活力。运动能使人心情舒畅，精神愉快，充满朝气与活力。通过调节某些不良情绪和心理，进而使人身体健康。

⑤ 提高适应能力，防病治病、延年益寿。运动能提高人体对外界环境的适应能力，提高对疾病的抵抗力，有效地延缓衰老过程。研究证明：不锻炼的人，30 岁后身体机能就开始下降，到 50 岁后，身体机能只相当于他最健康时的 2/3。而经常锻炼的人到 50 岁后，身体机能相当稳定，60 岁时，心血管系统的功能大约相当于 30 多岁不锻炼的人。可见，坚持参加体育锻炼，对增进健康、抵抗疾病、延缓衰老有着特殊的功效。

二、教育功能

依据人的全面发展的学说，把体育列为教育的组成部分之一，并明确指出："生产劳动同智育和体育相结合，不仅是提高社会生产的一种方法，而且是造就全面发展的人的唯一方法。"这是我们论述体育的教育功能的理论依据。

由于体育所独具的活动性、技艺性、竞争性、群众性、国际性和礼仪性等特点，它作为一种传播体与价值观的理想载体，在激发爱国热情、振奋民族精神及培养社会公德等方面，教育人们要与社会保持一致性。大家都有着这样的体会，当你置身社会群体之中，会因竞赛的利益形式，激烈的竞争气氛，高超的表演技巧和比赛的升幅结果等因素，在同伴与同伴之间、同伴与对手之间、观众与运动员之间产生极其复杂的感情交流，并激励人们的荣誉感、责任感、集体观念、民族意识和奋发向上的进取精神。这种通过体育被诱发的社会情感教育因素，使体育的社会影响变得更加深刻，产生不可低估的社会教育作用。例如，我国女排夺得"五连冠"，全国人民无不为她们的胜利而热情洋溢，激起了一浪高过一浪的爱国热情，大大增强了全国人民改变祖国落后面貌的信心和决心，有力地推动了我国现代化建设的进程。不少人以女排精神为榜样，决心在坎坷与逆境中奋起。又如，1997年在上海举行的我国20世纪最后一次全国综合性运动会——中华人民共和国第八届运动会，几乎举国上下都以高昂的热情投身其中。人们那种争为全运会做贡献的精神，不但表现了中华民族的自尊、自强和自信，而且在全国范围内树立了讲科学、求实效、快节奏、高效率等现代意识。

现代生产的发展、科学技术的进步，对劳动者的素质要求愈来愈高。作为教育组成部分的体育，将在劳动者再生产过程中随教育的发展而不断发展，并发挥其重要作用。

三、娱乐功能

随着人民生活水平的提高，工作余下时间的增多，人们越来越需要在工作、学习、劳动之余，开展丰富多彩的娱乐活动，丰富文化生活，借以消除疲劳、愉悦身心、陶冶情操，满足人们的精神享受。体育运动可以其独特的娱乐性满足人们的这一要求。具体表现在两方面。

（1）观赏

现代体育运动，特别是竞技运动，运动艺术日益向难、新、尖、高的方向发展。在观赏激烈、精彩的运动竞赛时，运动员发达的肌肉、匀称的体型、优美的线条，构成人体美的典型，能够给人以健与美的感受。尤其是健美操、花样滑冰、花样游泳等项目，具有更强烈的艺术美感，增强了运动的艺术效果，把人们带进了诗情画意的绝妙境界。

（2）参加

人们在闲暇时间积极参与体育运动，特别是参加自己喜爱和擅长的运动项目，更会增添无穷的生活乐趣。游泳者搏击于碧水清波之中，其乐无穷；跑步使人感到节奏鲜明，勇往直前；球类比赛，使人配合默契，分享取胜的欢乐；远足旅行，饱览山川景物，有着不可名状的快感……正如现代奥运会创始人顾拜旦在他的名作《体育颂》中所写的："啊，体育，你就是乐趣！想起你，内心充满欢喜；血液循环加强；思想更加开阔；条理更加清晰。你可使忧伤的人散心解闷，你可使快乐的人生更加甜蜜！"

四、经济功能

体育的经济功能，由体育与经济的相互促进作用所决定。国民经济制约着体育的发展，发展的体育又反作用地促进社会经济的繁荣，由此构成了体育竞技功能的内涵。

在我国改革开放的今天，体育的经济功能已经被越来越多的人所理解和接受。在商品经济的社会中，体育作为第三产业，它以劳务的形式向社会提供服务。实践证明，目前正在兴起的由体育劳务形式产生的经济价值不可低估，其经济效益又主要取决于体育社会化、娱乐化和终身化的进展程度以及竞技体育的发展水平。

五、政治功能

体育和政治的相互联系是客观存在的。因为任何国家在带有方向性的问题上，都要求体育服从政治的需要，同时也充分利用体育对政治所具有的影响。

当然，我们讲体育的政治功能，也不能利用政治代替体育，因为作为体育的方法、手段、内容和物质基础等，本身有其规律与特点，只是谁掌握，为谁服务的问题。我们强调体育的政治功能，正是为了更好地使体育为政治服务。

六、医疗保健功能

在社会生活中，体育与医疗保健是紧紧联系在一起的。两者的对象都是人，主要任务都是解决人的健康问题。因此体育与理疗保健是相互联系，相互促进的。

现代人日常生活中的体力劳动减少，生活方式和饮食结构的改善，城市工业化带来的环境污染，生态平衡的破坏，对人类健康形成了巨大的威胁。医疗体育和运动处方已成为现代医疗方法的重要组成部分。所以，人们以极大热情参加各种体育运动，重视保健措施，谋求健康水平的不断提高，已成为现代生活的重要特征。

七、军事功能

现代社会，由于尖端武器的发展，更需要人们在短期内掌握复杂的军事技能，这就要求最大限度地动员人们的精神和身体能力。不仅要进行全面体力训练，而且还必须掌握军事需要的专门技巧。如快速行军、通过障碍、武装泅渡、越野跑、爬山等军事体育项目和篮球、排球、体操、羽毛球等体育项目。特别随着部队机动性的提高和新战略战术的运用，体育与军事结合的项目在不断涌现，所以体育的军事项目主要是由于战争和训练士兵的需要应运而生的。旨在加强军事体育训练，增强官兵体质，提高部队战斗力。

以上分别论述了体育的七大功能，需要指出的是：由于体育是一个完整的整体，它的各种功能各有所侧重，又相互交叉，都不是完全孤立的。这就更加需要我们体育工作组织领导者和具体实施者有意识、有目的地去宣传、去灌输、去引导、才能更好地开发和利用体育的功能。

第三节 体育的发展

一、体育随社会的发展而发展

随着社会的进步，人类的眼光逐渐从人体之外的自然转向人体自身。从最初由对自然物的需要导致对人自身增强征服、改造自然能力的需要。因此，体育是一种社会现象，它是随着社会的进步而发展的。

在原始社会的萌芽时期，人们就已经有了一些身体活动，如奔跑、投掷、攀登、狩猎等，但这是为了适应生存的需要而产生的。它无法成为一项专门的社会活动。随着原始社会后期生产力的发展，经济水平的提高，在实践中人们逐渐认识到通过体育这种手段能强身健体，培养更多、更好的劳动力和优秀的勇士，于是体育较萌芽状态有了质的飞跃。

奴隶制的建立，拉开了人类文明史的序幕。由于金属工具的运用，极大提高了生产力水平。人们的生活方式和生活条件得到较大改变。统治阶级文武兼备思想的逐步确立，使这一时期体育活动的内容增多，民族体育初步形成，并已显示出了它的社会职能。随着医学的发展，人类的养生之道作为教育的重要内容开始传播。

封建社会的体育在发展的速度和规模上都大大向前迈了一步。这一时期运动项目日益增多，参加体育活动的人明显增加，学校体育得到进一步发展。养生术和养生思想发展尤为迅速。在思想观念上，文武双全已成为衡量人才的重要标准。军事武艺在社会活动中越来越显露出它的重要性。

资本主义社会的生产把私有制的社会形态推向顶峰，标志着人类社会进入了新的历史时期。与这个历史时期相适应的体育，随着资本主义的蓬勃兴起而迅速发展。具体表现在：体育科学开始形成独立的学科体系；体育运动已具有广泛的竞赛性和广泛的国际性；体育运动的项目和规模都远远超过了奴隶社会。同时，体育已成为学校教育的重要组成部分。

社会主义社会力求把每个社会成员都培养成为德、智、体、美等全面发展的人才，使之具备从事各种有益于社会工作的能力和良好的思想品质。体育作为培养全面发展的人才的重要内容和手段，社会对它的要求也不断提高。随着生产的发展，文明的进步，社会的前进，体育的社会需要必将提出更多更新的要求，从而推动体育更加向前发展。

二、我国体育的发展

我国是世界文明古国之一，体育的发展源远流长，内容丰富多彩。但在新中国成立前，由于外强入侵，政治、竞技、文化的落后以及旧的教育思想的影响，人民体质较弱，运动技术水平较低。

1949年，中华人民共和国的诞生，使我国进入了一个崭新的历史时期。随着政权性质的改变和人民生活水平的提高，体育的性质和社会地位也发生了根本的变化。党和政府非常重视发展体育运动，关心人民的健康状况。1952年，毛主席发出了"发展体育运动，增强人民体质"的号召，在国家的统一规划下，全国的体育事业有组织、有领导、有计划地开展了起来。为人民服务，以增强人民体质、丰富人民精神文化生活为己任的新体育开始在中华大地上普及，群众性的体育活动、学校体育，竞技体育等都有较大的发展。

纵观体育在人类历史长河中发展的浮沉起落，不难看出体育的盛衰是随着社会的发展和变革而演变的。首先表现在体育的发展受社会政治、经济的制约；政治上统一、安定，经济上繁荣，体育就兴盛，就发展；反之，政治上腐败、衰落，体育的发展就缓慢，乃至萧条。体育与教育的发展相辅相成，密切相关；体育与军事的发展互相促进；体育与医疗卫生、休闲娱乐更是水乳交融。这就是体育发展史上一些带有规律性的东西。

第二章 高等学校体育

第一节 高等学校体育的地位与作用

我国高等学校（高校）的根本任务是：围绕建设有中国特色的社会主义培养德、智、体、美全面发展的建设者和接班人。

今天的大学生，是国家明天各行各业的骨干，党和政府以及全国人民期望他们成为有道德、有理想、有文化、有纪律的一代新人。学校一切工作都必须围绕此目标而进行。而且要创造良好的条件，使他们在德、智、体、美各方面都得到发展，成为体魄健全的合格人才。大学生是否合格，这是评估和衡量这所大学教育的重要标志。高校体育是学校教育的重要组成部分。具体从以下几点说明。

一、高校体育是使受教育者全面发展的重要组成部分

体育在高校教育中的地位，是由我国社会性质及社会需求所决定的。早在1867年，马克思在《资本论》中指出："未来教育对所有已满一定年龄的儿童来说就是生产劳动同智力和体育相结合，它不仅是提高社会生产的一种方法，而且是造就全面发展的人的唯一方法。"我国社会主义现代化建设要求高校培养出来的大学生必须是德育、智育、体育（三育）方面都全面发展的人才。这三育是每个大学生必须具备的，缺一不可的。而德、智、体三者是统一的整体，它们互相促进，互相渗透，互相联系。而体育在三育中的作用是："德智皆寄予体，无体是无德智也！"没有健康的身体，就难以完成学习任务；没有健康的身体，将来到社会上，也难于承担生产和科研的繁重任务；身体不好，即便你有远大的理想和抱负，最终只能是空想。这说明：高校体育是实现全面发展的培养目标的重要组成部分。

二、高校体育是国民体育的基础

1. 高校体育对增强国民体质，提高民族整体素质具有深远的影响

一个国家国民素质，主要包括文化素质、思想素质、身体素质。国民素质是关系到国力强弱和民族兴衰的问题。青年学生是国家的未来和希望，他们素质高低直接影响到国民素质的高低。故抓好学生的素质教育，提高学生健康水平，也就成为增强国民体质的主要任务。

而影响学生生长发育的因素是多方面的，如：遗传、环境、营养、气候、疾病以及锻炼等。其中，体育锻炼是影响生长发育最积极、最重要的因素。在校学生加强身体锻炼，不断增强体质，也就成为提高中华民族健康水平的基础性工作。

2. 高校体育对推行全民健身计划将起到骨干作用

我们国家自1995年开始在全国推行《全民健身计划》，这是一项功在当代，利在千秋，造福子孙后代的工程计划。全国正掀起全民健身高潮，这是国民素质建设的重要举措。

学校体育的发展水平，关系到我国群众体育的普及与提高的问题。学生在校学习体育知识和技术以及受到的良好教育和训练，毕业后就可以成为社会群体活动的辅导员和技术骨干，促进和带动社会、单位群体活动的开展。

学校体育对培养体育后备人才，提高我国体育竞技水平起到积极作用。竞技水平的高低反映了一个国家的文化，经济，科学等综合国力的水平。提高我国体育竞技水平，向体育强国迈进，这是我国政府和人民的愿望。高校体育也就义不容辞地挑起历史的重任。这是由我国现处于社会主义初级阶段国情国策所决定的，许多具有体育专长的中学生要走"大学生运动员之路"，而不愿意走"运动员大学生之路"；大学具有良好的"选才"条件；体育是一门综合性很强的学科，每个运动队的训练，不仅有身体素质、专业技术的训练，而且还包括有心理学、教育学、运动生物学和力学等内容的理论科学知识的学习、掌握和应用。各运动队在比赛中要取得好成绩，必须进行综合性训练。高等学校可为上述训练提供良好的人力和知识资源条件，因而高校体育也就成为我国培养体育后备人才的战略要地。美国职业篮球联赛和其他项目的国家队里，有相当部分的运动员是从大学里培养出来的。说明高校体育能实现对体育后备人才的培养任务的。

三、高校体育是建设社会主义精神文明和物质文明的积极因素

高校体育教育，使大学毕业生有个健康的身体，使之工作时间长、精力充沛、工作效率高，直接为社会主义物质文明生产做贡献。此外，还能促进社会主义精神文明建设。因为体育是文化建设的重要内容，也是思想建设的重要途径。

高校体育在文化建设中占有重要位置，首先是促进人的智力的发展。经常参加体育锻炼，有强健的身体，能为完成繁重的学习任务提供物质保证；经常参加体育锻炼，可以学到许多体育知识和技能、技术，大大地丰富了文化科学知识的内容。另外，高校体育在思想建设中有很重要的意义：是对学生进行共产主义品德教育的重要手段。组织学生参加丰富多彩的体育活动，有助于培养学生勇敢顽强、坚忍不拔的意志品德；培养团结、友爱、互助合作的集体主义精神；树立责任感、荣誉感和不甘落后的奋进精神；是实现共产主义、爱国主义教育的生动课堂。这些精神要素是每个成功者的精神支柱和力量源泉。而高校体育教育也就成为社会主义精神文明建设的重要内容之一。

四、其他

高校体育是丰富现代社会生活，丰富师生课余文化生活、陶冶情操等方面发挥最佳效应作用。

总之，高校体育发展到现在，作用越来越大，范围越来越广。它超出了学生课间界限，具有终身意义；超出了高校教育的范畴，具有广泛的社会价值；超出了强身健体的独特功能，具有促进学生全面发展的全面效应。在建设社会主义物质文明，精神文明中发挥着积极的作用。

第二节 高等学校体育的目的与任务

一、学习掌握高校体育目的和任务的意义

我国高校体育的目的和任务，是根据我国体育的目的和党的教育方针、培养目标而制订的。其含义是：在高校教育的整体中，在一定时间范围内，高校体育实践所期望达到的结果。为了更好地完成高校体育教育的任务和实现培养目标，高校体育工作者、教师、学生必须首先明确高校体育的目的。其意义如下。

① 对受教育者说，可以起到动员和行动准则的作用。

② 对体育工作者说，是制定学校体育工作的方针、政策、制度和工作计划的依据。

③ 是判断和评估学校体育工作的标准。

为此，我们必须牢牢地掌握高校体育的目的和任务。

二、我国高校体育的目的与任务

1. 我国高校体育的目的

我国高校体育的目的是为我国高等教育总目标服务的（而教育是一种社会现象），是为社会主义培养德、智、体、美全面发展的建设者和接班人。培养德、智、体、美全面发展的合格人才是我国社会主义教育性质的特点和要求。在世界激烈竞争的今天，必须用全力培养人才的战略眼光来规划高校体育教育，使大学生能够全面、协调发展。受教育者则应遵循成才的必由之路。谋求德、智、体、美在自身达到高层次的发展，努力成为国家栋梁之才、时代的精英。

我国正处在现代化建设的历史时期，急需大批合格人才，每一个立志成才的大学生，都应在政治上严格要求，热爱祖国；在学习上刻苦钻研，精益求精；在身体上积极锻炼，具有强健的体魄。

为此，高校体育的目的是：使大学生身心健康成长，增强体质，促进德、智、体、美全面发展，成为合格人才。

2. 高校体育的具体任务

为了达到高校体育的目的，全面完成对大学生成才培养的任务，提出高校体育的任务有如下几点。

(1) 强化体育意识，提高锻炼身体的自觉性。

现在的大学生，经过中小学的体育教育，对体育有一定的认识，知道锻炼身体的好处。但是对体育在"三育"中的辩证关系以及它多功能的作用缺乏全面系统的了解。因而体育锻炼的自觉性不高。在对大学生进行体育教育时，首要的任务是提高他们锻炼身体的自觉性，让他们懂得锻炼身体的实际意义，做到坚持经常性的体育锻炼，培养良好的体育锻炼习惯。这是大学体育教育的特点之一。为了解到此目的，必须让大学生了解如下内容。

① 体育与健康的关系。经常参加体育锻炼，能提高肌肉的力量、耐力、速度和灵敏性；增加骨骼负荷量，促使心肌发达，张缩有力，提高心脏工作能力，促进血液循环，使肺活量增大；提高呼吸系统功能；促进消化系统的活动，提高吸收营养的效果。由此可见，体育锻炼是增强体质，提高健康水平的主要途径。

② 体育与智育的关系。体育运动，一方面增强了体质，为完成学习任务打下了坚实的物质基础；另一方面，运动促进了血液循环，使人头脑清醒，精力充沛，知觉敏捷，记忆状态良好，学习的效果好。如坚持早操锻炼，可以消除大脑脑皮层因睡眠而残留的抑制性；课间活动和课外锻炼，能调节大脑皮层各个器官的活动，使紧张的大脑得到积极地休息，再迎接新的学习任务。因而体育锻炼对顺利完成学习任务起到了保证作用。

③ 体育与德育的关系。主要是通过体育教育以及各种体育活动的开展，能有效地培养学生的组织性、纪律性，团结友爱，敢于拼搏，敢于胜利的革命意志；可以培养学生集体主义和爱国主义精神。

以上说明，体育、德育、智育的关系是：体育是德、智的载体，要德、智、体全面发展，没有体育其他"二育"均无法实现。所以体育是培养合格人才及重要的内容，每个大学生必须认真积极地锻炼自己的身体。

(2) 系统地传授"三基"，掌握科学锻炼的方法。

向学生传授"三基"（即基本知识，基本技术，基本技能）是高校体育教育的第二项任务。进入大学的学生，随着年龄的增加，他们的理解能力、分析问题的能力不断增强，此外他们善于思考。故在学习中，他们不满足中小学"请你跟着我来做"的教学模式，要求懂得动作要领、作用和效果。因此对大学生进行系统理论知识、基础技能、基础技术的教育，是大学生体育教育的又一特点。通过体育教育，让学生了解自己的身体，知道根据自己身体实际需要，进行科学锻炼。这种"明白周详知其所以然之智"，还可以调动人们体育锻炼的积极性。另外，体育知识是学生掌握体育技能技术，并又想掌握应用所学的体育技术的先决条件，也是学生进行思考和判断问题的基础。在教学中，重点应放在传授知识和方法上，注意纠正"已给学生面包来解决求知渴望"，而要用"送学生做面包的机器"的方法来解决学习中的问题。这是大学教育的又一特点。

(3) 组织全面锻炼身体，不断增强体质

体质是评价人身体健康状况的要素。体质不好的学生，他的身体也绝不会是好的。这样的人，容易感染各种疾病。为此，必须重视增强体质的工作。体质指人体的质量。主要包括：人的体格、体能、适应能力等几个方面。

体格——指人体形态结构。包括人体生长发育的水平、身体的整体指数和比例（体型）以及身体的姿态。

体能——指人体各器官系统机能在肌肉活动中表现出来的能力。包括：身体素质（力量、速度、灵敏、柔韧、耐力）和身体基本活动能力（走、跑、跳、投、爬等）。

适应能力——指人体在适应外界环境中表现出来的机能能力。包括对外界环境的适应能力和抵抗疾病的能力。

增强体质主要包括以下几方面。

① 促进体格健壮。有机体的生长主要是指细胞的繁殖核细胞间质的增加所生成的形体上的变化。体育运动能加速这个过程，并使之更加完善。健美的体形，端正的姿态，是每个大学生所期望的结果。健壮的体形，是发展技能的物质基础。

② 全面发展体能。体能的发展往往与提高有机体机能的过程是一致的。全面发展体能也是促使有机体形态和技能协调发展的重要因素，同时体能又是掌握完善运动技能的必要条件。

③ 提高有机体的适应能力。人长期在各种不同的气候环境中（严寒、酷热、风雪等）

进行锻炼，能改善有机体体温调节作用，从而提高了有机体对自然环境的适应能力。如坚持长期冷水浴和用冷水洗脸，就具有抗寒的适应能力。每个大学生都具有较强的适应能力，无论在什么地方工作，都能适应当地气候环境，他就能很快打开工作局面。这样的人，在迎接毕业双向选择的今天和今后的事业上，更容易成功。

另外，由于体育运动功能促使血液循环良好，加速了新陈代谢，提高造血机能，因而提高了对各种疾病、病毒感染的抵抗能力以及对各种"文明病"的预防，在同样环境中工作生活，为什么有的人经常生病？有的人不生病或很少生病？主要原因就是个人身体的抵抗能力不同所造成的。

(4) 提高运动技术水平，培养优秀的体育后备人才

高校提高运动成绩，培养具有较高水平的运动队，不但对开展学校群众体育活动起到推动和促进作用，也是丰富师生课余文化生活的极好内容。另一个重要作用是：因为体育自身最突出的特点是竞争性，而竞争又具有国际性。现代大学的国际交往活动比较频繁，校际往来也不断增多，努力提高高校体育运动成绩和技术水平，适应我国大学生参加各种国际体育竞赛的需要，是高校体育的又一项战略任务。世界青年体育运动的交往和比赛，不仅是身体素质和运动技术水平的比赛，在一定意义上讲也是各国经济发展、科学技术、文化教育和民族精神风貌的较量。

要提高运动技术水平，创造世界纪录，争当世界冠军，单单依靠实践的经验已经不行了，必须寻找适应现代体育发展的体育科学技术来指导，使之形成多学科的综合研究，才能使体育技术全面进步。根据有关专家研究，影响提高运动员成绩的因素有 100 多种，包括生

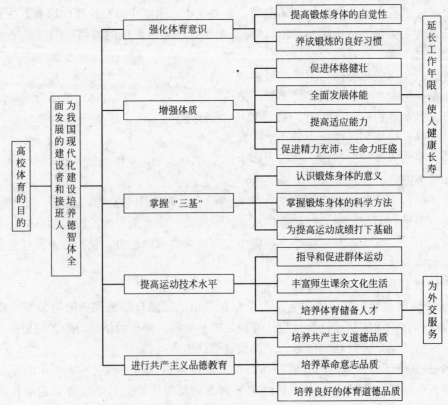

图 2-1　高校体育的目的

物学、运动学、社会学、心理学、运动力学以及工程技术等十分复杂的因素。从现代运动竞赛决定胜负的因素看，它包括运动员的身体素质、运动技能、战术意识以及智力、心理、思想意志品质等个体综合能力；也包括教练员的训练管理、科学决策、临场指挥等能力。

高等学校具有培养和训练高水平运动员的良好条件，具有体育科学教育最好的课堂，雄厚的师资队伍，广泛的生源，这对组织运动队训练，提高运动技术水平，对发展我国体育运动，具有重大的现实意义。如图 2-1 所示。

（5）利用体育多功能作用，进行共产主义教育，促进精神文明建设

高校体育教育是进行共产主义道德教育的最生动的课堂。能陶冶学生情操，锻炼学生革命意志，培养学生的爱国主义、集体主义精神，增强学生的组织纪律性，提高学生的思想行为品质，培养良好的道德风尚，使他们热爱祖国，关心集体，纪律严明，遵守规则，服从裁判，胜不骄、败不馁，敢于胜利、敢于拼搏。当我国女排获得五连冠的佳绩，当我国运动员在亚运会金牌名列第一时，许多大学生高呼"祖国万岁！"这充分的反映了高校体育在实现对大学生爱国主义教育，促进精神文明建设中的作用越来越大。

第三节　高等学校体育的基本途径与要求

一、体育课教学的组织与实施

高校体育课程是实现高校体育教育的任务的主要途径，是根据教学大纲，制订教学计划，有组织的对学生传授体育知识，技能和技术的教育过程。

体育课是教师教、学生学的双边活动。在教学中应建立正常的教学秩序，健全教学常规，科学地组织教学。要在充分发挥教师在教学中的主导作用的同时，最大限度地调动学生学习的主动性和积极性。

体育课分为理论课和实践课两类形式，按课的不同任务又分为普通课和专项课、保健课。根据我国近几年中学生体育和身体状况，普通体育课是为补课以及健康基础服务的。专项课除上述任务外，重点是提高运动技术水平；保健体育课是为身体比较弱或不宜参加剧烈运动的学生开设的。学生可以根据自己的实际情况到高年级后选修体育课。

体育课的管理工作中，应建立严格的考试考核、考勤制度以及安全教育制度，避免运动损伤。严格执行教育部和学校"体育课不及格的学生不能毕业，不授予学位，按结业处理"等有关规定。

二、课外体育活动的组织与实施

课外体育活动是高校体育的重要形式，其目的在于增强学生体质，培养学生锻炼身体的习惯，丰富学生课余文化生活，陶冶学生情操，发展学生个性。除体育课的当天，学生应根据自己的情况，参加各种课外体育锻炼。教师要引导学生参加多种生动活泼，持之以恒的活动。应积极推行《学生体质健康标准》，定期对学生进行测试。

课外体育锻炼主要是以学生个人积极参加各种活动以及参加班、系、校组织的早操，课间操，远足，登山，游泳等有助于身心健康的活动为主。利用体育节、体育日来促进课外活动的开展。

三、运动队的训练，组织和管理

在普及的基础上，学校应根据自己学校的实际情况，建立相应的体育代表队，并加强严格的管理和有效的训练，不断提高运动成绩，为学校争光。对运动技术水平较高，有培养前途的学生，可输送到省和国家体育代表队。

四、体育竞赛的组织和实施

体育竞赛是高校体育重要的一种组织形式。体育竞赛有助于推动群众性体育活动的开展，检验学校体育工作的效果，培养学生顽强拼搏的精神和良好的体育道德风尚，提高运动技术水平，是发现优秀体育人才的最好途径。

第一，学校体育竞赛应贯彻"育人"宗旨，遵循小型多样，单项分散，基层为主的原则。在此基础上每年组织开展形成传统制度的校运动会。

第二，全国大学生运动会（大运会）每4年举行一次，大学生运动员和学校都应积极创造条件，争取进军全国大运会。为了完成上述任务，特提出以下基本要求。

① 全面贯彻党的教育方针，正确地处理好体育与德育、智育的关系，为社会主义现代化培养人才发挥体育的作用。

② 要面向学生，为增强学生的体质，促进学生身心健康，综合研究学校体育的有机结合，提高学校体育工作的整体效益。

③ 每个学生要积极、自觉地参加学校组织的早操、课间操、课外体育锻炼和体育课的教育活动，使自己成为全面发展的人才。

④ 加强科学管理的建立和完善管理机制，形成有效地指挥系统，和有关部门配合，完成学校体育工作的总任务。

第三章 体育与健康

第一节 健康的概念

一、健康的定义

健康一词，按照传统的观念和习惯的看法多限于生理健康，主要是指躯体发育良好，生理功能正常，而很少考虑心理方面的健康。例如，《现代汉语小词典》（商务印书馆 1980 年版）对健康的解释为："（人体）生理机能正常，没有缺陷和疾病。"《辞海》（缩印本，上海辞书出版社 1980 年版）把健康界定为："人体各器官系统发育良好、功能正常、体质健壮、精力充沛并具有良好劳动效能的状态。"这样理解显然是不全面、不完整的。人既是一个生物性的个体，也是一个社会性的个体。人的健康不仅受生物因素的制约，也受心理因素和社会因素的影响。世界卫生组织（WHO）1946 年成立时，在其宪章中对健康的含义做了科学的界定："健康乃是一种在身体上、心理上和社会适应方面的完好状态，而不仅仅是没有疾病和虚弱的状态。"就是说健康这一概念的基本内涵应包括生理健康、心理健康和社会适应良好三个方面，表现为个体生理和心理上的一种良好的机能状态，亦即生理和心理上没有缺陷和疾病，能充分发挥心理对机体和环境因素的调节功能，保持与环境相适应的、良好的效能状态和动态的相对平衡状态。世界卫生组织提出的健康四大基石——戒烟限酒、合理膳食、适量运动和心理平衡。

二、健康的内容

健康包括：生理健康、心理健康、道德健康。

生理健康　由身体的功能决定，即身体没有疾病。生理健康是指人的身体能够抵抗一般性感冒和传染病，体重适中，体形匀称，眼睛明亮，头发有光泽，肌肉皮肤有弹性，睡眠良好等。生理健康是人们正常生活和工作的基本保障，达不到这一点，就谈不上健康，更谈不上长寿。

心理健康　相对于生理健康而言。心理健康也叫心理卫生，其含义主要包括两个方面。一是指心理健康的状态，即没有心理疾病，心理功能良好。就是说能以正常稳定的心理状态和积极有效的心理活动，面对现实的、发展变化着的自然环境、社会环境和自身内在的心理环境，具有良好的调控能力、适应能力，保持切实有效的功能状态。二是指维护心理的健康状态，亦即有目的、有意识、积极自觉地按照个体不同年龄阶段身心发展的规律和特点，遵循相应的原则，有针对性地采取各种有效的方法和措施，营造良好的家庭环境、学校环境和社会环境，通过各种形式的宣传、教育和训练，以求预防心理疾病，提高心理素质，维护和促进心理活动的这种良好的功能状态。上述两个方面即构成了心理健康这一概念的基本内涵。

道德健康 健康新概念中的一项内容。主要指能够按照社会道德行为规范准则约束自己，并支配自己的思想和行为，有辨别真与伪、善与恶、美与丑、荣与辱的是非观念和能力。把道德纳入健康范畴是有科学依据的。巴西著名医学家马丁斯研究发现，屡犯贪污受贿的人易患癌症、脑出血、心脏病和精神过敏症。品行善良，心态淡泊，为人正直，心地善良，心胸坦荡，则会心理平衡，有助于身心健康。相反，有违于社会道德准则，胡作非为，则会导致心情紧张、恐惧等不良心态，有损健康。试看，一个食不香、睡不安、惶惶不可终日者，何以能谈健康！据测定，这类人很容易发生神经中枢、内分泌系统功能失调，其免疫系统的防御能力也会减弱，最终会在恶劣心态的重压和各种身心疾病的折磨下，或者早衰，或者早亡。

三、健康新概念——期盼医疗新模式

健康是人类永恒的话题，作为万物之灵的人，谁都想活得健康、潇洒，度过幸福而短暂的一生。但疾病往往悄悄缠身，使人感到生、老、病、死的痛苦和人生旅途的艰难，有的人因此而英年早逝，有的成了长期"专职"病患者，给家庭、社会增加负担。随着时代的发展，疾病谱也越来越宽，新病、奇病、时代病、富贵病不断袭来，经常困惑着现代人。人们在与疾病不断抗争中，慢慢地认识到健康不单纯是肉体无痛无病，还与精神状态有着密切的联系。于是健康概念不断发展，由过去单一的生理健康（一维）发展到生理、心理健康（二维）又发展到生理、心理、社会良好（三维），再发展到生理、心理、社会良好、道德完善（四维），这个四维健康新概念是1990年世界卫生组织概括的。既然健康是多维的，疾病谱又越来越宽。那么医疗模式必须与之相适应，这就是由单纯治疗疾病变为预防、保健、养生、治疗、康复相结合的综合医疗模式。这就要求现代医学与传统医学相结合，药物治疗与非药物、无药物治疗相结合，治肉体的病与治精神的病相结合，医院医生治疗与家庭自我调理相结合。

健康新概念的核心是由消极被动的治疗疾病变为积极主动的掌握健康，由治身病发展到注重治心病、治社会病、治道德缺损病。现代社会由于竞争激烈，工作繁重、风险多、压力大，人们烦恼丛生，旧烦恼刚消除新烦恼又产生，无论高官还是平民，无论富者还是贫者，无论在岗还是下岗，差不多都有大大小小的烦恼，许多疾病包括身病、心病、社会病、道德病大多由烦恼伴随而生。社会发展了，科学进步了，生活条件改善了，为什么烦恼反而越来越多。这就告诉我们人的贪欲并不因为物质文明的进步而减少，精神滑坡导致道德缺损是现代病的重要根源。因此，预防疾病单单注意衣食住行和加强个人卫生、体育锻炼是远远不够的，现在看来首要从完善道德做起，治愈道德缺损症是健康之本。一个道德完善的人，他必然是心理健康者，心理健康、心地善良、心态安定就能与社会和谐，使家庭和睦，就能适应社会的变化，又不会随波逐流。道德完善、社会安定、心理健康必然净化自然环境，促进生理健康，达到"仁者寿"的目的。

现代医学应用了先进的诊断技术，对人体生理疾病的确诊越来越精细，但对疑难病症的疗效并不理想，尤其对心理性、社会性、道德性病症更是束手无策。因此，新的医疗模式必须采取百家争鸣、百花齐放的方针，推行防治结合、以防为主，倡导全民健身与全民健心并举，西医、中医、特医、民族医、心理医一起上，各自扬长避短，互相取长补短。为适应全民健身健心的需要应筹建改建一批健身健心院，这里不用药物和医疗仪器，着重用心理疗法，用无药物的替代疗法，主要让人学会如何调整心态避免疾病和长期保持健康的方法和技术，在这里现代心理学传统养生方法都得到用武之地。凡对人类净化心灵疗疾保健有用的技术方法，都应该弘扬，通过实践来自然扬弃，适者不断发展，精益求精，不适者自然淘汰。

第二节　健康的标准

传统的健康观是"无病即健康"，现代人的健康观是整体健康，世界卫生组织提出"健康不仅是躯体没有疾病，还要具备心理健康、社会适应良好和有道德"。因此，现代人的健康内容包括：躯体健康、心理健康、心灵健康、社会健康、智力健康、道德健康、环境健康等。健康是人的基本权利，是人生最宝贵的财富之一；健康是生活质量的基础；健康是人类自我觉醒的重要方面；健康是生命存在的最佳状态，有着丰富深蕴的内涵。

健康新概念不仅仅是指没有疾病或病痛，而且是一种躯体上、精神上和社会上的完全良好状态。也就是说健康的人要有强壮的体魄和乐观向上的精神状态，并能与其所处的社会及自然环境保持协调的关系和良好的心理素质。

一、身心健康的新标准

围绕健康新概念，世界卫生组织归纳和总结了在人群实践的经验，于1999年提出了身心健康的新标准，即"五快"（机体健康）和"三良好"（精神健康）。"五快"具体指：吃得快、拉得快、走得快、说得快、睡得快。吃得快，说明消化功能好，有良好的食欲，不挑食，不厌食，不偏食，不狼吞虎咽。拉得快，说明吸收功能好，一旦有便意，能很快排泄，感觉轻松。走得快，说明运动功能及神经协调机能良好，步履轻盈，行走自如。说得快，说明思维敏捷，反应迅速，口齿伶俐。睡得快，说明神经系统兴奋-抑制过程协调好，上床很快入睡，睡得沉，醒后精神饱满，头脑清醒。精神健康"三良好"是指：①良好的个性人格，情绪稳定，性格温和，意志坚强，感情丰富，胸怀坦荡，豁达乐观；②良好的处世能力，观察问题客观现实，具有较好的自控能力，能适应复杂的社会环境；③良好的人际关系，助人为乐，与人为善，对人际关系充满热情。

二、人体健康的10条新标准

怎样衡量一个人是否健康，世界卫生组织定出了健康的10条标准：①有充沛的精力，能从容不迫地担负日常生活和繁重的工作，而且不感到过分紧张疲劳；②处事乐观，态度积极，乐于承担责任，事无大小，不挑剔；③善于休息，睡眠好；④应变能力强，能适应外界环境各种变化；⑤能够抵抗一般性感冒和传染病；⑥体重适当，身体匀称，站立时，头、肩、臂位置协调；⑦眼睛明亮，反应敏捷，眼睑不易发炎；⑧牙齿清洁，无龋齿，不疼痛，牙龈颜色正常，无出血现象；⑨头发有光泽，无头屑；⑩肌肉丰满，皮肤有弹性。

这10条标准，具体地阐述健康的定义，体现了健康所包含的体格方面、心理方面和社会方面的三个内容。首先阐明健康的目的，在于运用充沛的精力承担起社会任务，而对繁重的工作不感到过分的紧张和疲劳；第二，则强调心理健康，处处事事表现出乐观主义精神和对社会的责任感及积极的态度；第三，应该具有很强的应变能力以及对外界环境（包括自然环境与社会环境）各种变化的适应能力，以保持同各种变化不断趋于平衡完美的状态；第四，从能够明显表现体格康强的几个主要方面提出标准，诸如体重（适当的体重可表现出良好的合理的营养状态）、身材、眼睛、牙齿、肌肉等状态。

第三节 体育与健康的关系

"体育"一词有狭义和广义两种含义：用于狭义时，一般指体育教育；用于广义时，则与通常所说的"体育运动"相同，其含义是指以人体运动为基本手段增进健康、提高生活质量的教育过程与文化活动。"健康"一词，世界卫生组织已提出"健康不仅是没有疾病和身体不虚弱，而且是保持身体上，精神上和社会适应方面的良好状态。"

因此，我个人认为体育与健康的关系是手段与目的的关系，即以体育为手段，以健康为目的。

体育锻炼具有深厚的群众基础，是增进健康，增强体质最有效的方法，并且能够起到防治疾病的作用。坚持科学的体育锻炼能达到"健身、健心、健美"的效果。

一、体育锻炼可使人体健康发展

骨骼的生长发育需要不断地吸收营养物质，体育锻炼能促进血液循环和增加对骨骼的血液供应，同时，体育锻炼中的各种动作，也具有促进骨骼生长的良好刺激作用。通过科学的体育锻炼会使肌肉体积增大、肌肉中脂肪减少、肌肉毛细血管增多等，使身体显得丰满而结实。

适当体育锻炼对维持和增强人体活动具有重要意义，人长期从事体育锻炼能增强体质并具有延年益寿的功效。

国内体育科学研究观察，体育锻炼可以提高人体的运动机能和心脏、循环系统的机能。国外科学家还做过一种试验，让健康青年连续躺在床上 9 天，发现他们的心脏循环系统和呼吸系统以及新陈代谢的工作能力平均下降 21%，心脏容积缩小 10%。

二、体育锻炼可促使人的心理健康发展

1. 培养良好的意志品质

体育锻炼，无论是有组织地或个人单独地进行，对培养和锻炼良好的意识品质有着积极的作用。坚持经常锻炼，需要具有自觉性和自制力。长期从事体育锻炼的人都有体会，如果没有克服困难的毅力和持之以恒的精神是不可能坚持长久的。在体育锻炼中，需要完成一定的身体练习和承受一定的运动负荷，如果没有自觉性和坚持性及果断性，是不可能做到的。

2. 调节人的情绪，提高人的精神

良好的情绪主要是指整个心理状态的稳定和平衡，这种状态有利于保持和促进整个有机体的稳定。从事体育锻炼，可以调剂情绪，并在中枢神经系统支配下，对有机体内部的各个方面的关系进行相应的调整和平衡，这对情绪和精神也会有良好的作用，尤其对爱好体育的人，这种作用更为显著。

三、体育锻炼可提高人适应社会的能力

1. 提高人体适应环境的能力

有体育锻炼基础的人对外界环境适应能力强的基本原因有两点：一是长期进行体育锻

炼，增进了健康，强壮了体格，身体的各个组织系统在中枢神经支配下，承受外界刺激和协调各组织系统的能力得到增强；二是从事体育锻炼，往往是在各种外界环境和条件下进行的，因而使机体得到锻炼，适应能力不断提高。

2. 促进社会交往和增进友谊

体育锻炼是一种社会活动，人们在体育运动过程中，不仅能够锻炼身体，而且在各种锻炼活动中可以促进社会交往和增进友谊。

所以，"健康"是体育的终极目的。在高等院校的体育教学中贯彻"健康第一"的指导思想已经确立，培养学生终生锻炼的意识和习惯，以达到培养大学生"德、智、体"全面发展的目的。

第四章　体育保健

　　体育锻炼的目的在于增强体质，提高运动技术水平，在体育锻炼的过程中，会产生各种感觉和明显的生理反应。经常进行体育锻炼者必须了解这些感觉和反应与健康的关系，并学会用简单易行的生理指标和分析方法，分析自己的健康状况，结合检查运动后有关生理功能变化的情况，合理地安排体育锻炼的内容和运动量，以达到通过体育锻炼增强体质和提高运动技术水平的目的。

第一节　运动卫生常识

一、进行剧烈运动前要做好准备活动

　　人在进行剧烈运动前，机体各种机能活动能力处于相对安静的状态下，内脏器官的活动还不能适应剧烈运动的需要，容易引起呼吸困难、胸闷、腹痛、心率急增、动作僵硬等不适感觉。做好准备活动，就能克服以上生理不适状况，提高中枢神经系统的兴奋性，使身体在神经系统调节下全面进入工作状态，克服内脏器官的属性，加强新陈代谢使体温和肌肉升温，减少运动伤害事故的发生。

　　准备活动量的大小与时间的长短，要因人因项而异。气温高一般准备活动在 $10\sim15min$，气温低 $20\sim25min$ 左右，以全身发热、出汗、关节灵活、运动欲望强烈为宜。

二、运动前后的饮食卫生

　　人体的生理活动，都是在中枢神经系统的调节下进行的。当肌肉活动时，大脑皮层的运动中枢和交感神经处于高度兴奋状态，体内的血液大量流向肌肉，而消化的分泌，胃肠的运动都处于抑制状态，运动结束后要经过一定的时间才能转换过来，如果运动一结束就进餐，胃肠运动尚处于抑制状态，必然影响食物的消化和吸收，从而引起消化不良、慢性胃炎等胃肠疾病。

　　反之，如果饭后马上进行剧烈运动，便抑制了本来正处于兴奋的副交感神经，从而使参与胃肠部消化的血液又重新分配，流向骨骼，影响肠胃的消化和吸收。同时剧烈的震动容易牵扯肠系膜，引起腹痛和不适。饭后运动适宜的时间是一个半小时左右，这样能给胃肠一个充分供血的时间。

三、运动中和运动后不宜大量饮水

　　激烈运动时，排汗量迅速增加，口腔和咽部水分蒸发较快，唾液分泌减少，形成咽喉部

黏膜干燥而引起口渴，但体内不一定缺水，此时，只需要用水漱漱口润湿一下口腔黏膜，一般就能消除口渴的感觉。如必须喝水时，可饮用少量的运动饮料或淡盐开水，切勿一次性大量饮水。如果运动时饮用大量的水，会使胃部膨胀充盈，妨碍膈肌活动而影响呼吸，同时，使胃酸浓度降低而影响消化功能。

运动后，体内盐分由于大量流汗而消耗较多，饮水不能补充盐从而使血液的渗透压破坏，破坏体内盐代谢平衡，影响机体正常的生理机能，甚至会发生肌肉抽筋等现象。同时，因一部分水进入血液循环，增强了心脏的负担，致使疲劳得不到消除。

四、剧烈运动后不宜喝啤酒

据研究证明，经常在剧烈运动后喝啤酒的人，有可能患痛风病。这是由于人体在进行剧烈运动后立即喝啤酒，会促使血液里尿酸浓度大大升高，使次黄嘌呤浓度也比运动前明显升高，而次黄嘌呤在有关酶的作用下，还可以转变成尿酸，这些过多的尿酸会沉积在关节、肾脏以及身体其他组织之中，形成痛风结石和肾结石，因此出现关节疼痛和变形，另外还会出现肾绞痛和血尿等症状，损害肾功能，引起高血压等，严重地损害身体健康。

五、人在发烧时不能参加剧烈运动

人在发烧时体内产热增加，此时参加剧烈运动，会使肌肉组织的分解代谢增强，产热也增加起来，人体此时便是热上加热，致使身体的组织器官遭到损伤。此外，发烧使身体内的蛋白质大量分解，并消耗大量维生素；参加运动时又消耗掉一部分营养物质，使体力大大削弱，免疫力与抗病力也大大降低，这对身体的康复是很不利的，人在发烧的时候，心跳加速，血液循环加快，而体温升高1℃，心跳每分钟就增加10～20次，使心脏血液的每搏输出量增多。加重了心脏的负荷；如果再进行剧烈运动，就会进一步增加心脏的负担，严重时还可能造成急性心功能不全的症状。

六、女子月经期的卫生体育

月经是女子正常的生理现象，由于体育活动课提高人体的机能水平，改善血液循环系统功能以及腹肌和骨盆底肌的收缩和放松有利于子宫经血的排出。所以勿需对女子经期进行运动提出种种不适当的限制，但也不能忽视月经期的特殊性，采取一些特殊措施。

① 经期应避免过冷、过热的刺激，特别是下腹部不宜受凉，以免引起痛经和月经失调。

② 经期的第一、二天应减少运动量及强度，运动时间不宜太长。

③ 经期不宜进行震动强烈、增加腹压的运动，如疾跑、跳跃、负荷过大的力量性练习等。以免造成经血量过多或影响子宫的正常位置。

④ 经期一般不宜下水游泳，以免在生殖器官自洁作用降低时病菌侵入造成感染。

⑤ 有痛经、月经过多或月经失调者，经期应减少运动量、强度及训练时间，甚至停止体育活动。

第二节 运动中常见的生理反应和疾病

1. 肌肉酸痛

不经常参加锻炼，或中断一个时期又进行锻炼，往往会感到局部肌肉酸痛，这是正常的生理现象。

（1）产生肌肉酸痛的原因

人能够动是肌肉的收缩牵动骨杠杆产生位移的结果。肌肉收缩需要氧和热能物质，运动量越大，需要的热能物质越多。如果氧气供应不足，肌肉收缩时所产生的乳酸就得不到充分的氧化，难以变成二氧化碳和水排出体外而堆积在肌肉中。同时，肌肉收缩时又产生了大量的水分使肌肉膨胀，刺激肌肉的神经末梢，这样便产生了肌肉酸痛的感觉。

肌肉中氧气的供应与人体各器官系统，特别是与呼吸系统、血液循环系统有很大的关系。例如，不经常参加体育锻炼的人，呼吸系统的机能较差，吸入体内的氧相对地少了一些。运动时，由于血流快，动脉血管中血液含氧量受到影响，肌肉中氧气不足，乳酸便在肌肉中堆积起来。这是正常的生理想象，一般几天后即可缓解消除。

（2）预防及处理

为了减轻肌肉酸痛，开始参加锻炼时，运动量应循序渐进。每次运动前，应认真做好准备活动；运动后，做好整理运动，如果肌肉酸痛很重，可局部热敷，也可用松节油揉搓，促使局部血液循环加强，促使乳酸等产物的排除与分解。另外运动时还易出现运动性腹痛。运动中出现的腹痛，称运动性腹痛。多见于长跑、竞走、自行车等运动项目中。其征象、产生原因、处理及预防内容如下。

a. 征象。其疼痛部位主要在左、右上腹部和上腹中部。疼痛表现为钝痛、胀痛和刺痛，少数人也出现绞痛。

b. 产生的原因。第一，准备活动做得不充分就进行剧烈的活动，以致心血管和呼吸器官的功能还不能立即适应身体活动的需要，从而引起腹部某些器官的机能紊乱，造成局部疼痛。第二，呼吸肌痉挛或活动紊乱，由于呼吸机能差，呼吸节奏与动作不协调，使呼吸肌发生痉挛和细微损伤。第三，胃肠道痉挛或功能紊乱，剧烈运动时胃肠道缺血、缺氧气或淤血、或因受各种刺激因素而致。

c. 处理。一旦在运动中出现腹痛，应减慢速度和降低运动强度，调整呼吸和运动节奏，用手按压疼痛部位或弯腰跑一会，疼痛即可减轻或消失。如果仍无效，应停止运动，口服解痛药和上医院就诊。

d. 预防。遵循循序渐进的训练原则，加强全面身体训练，提高身体机能水平。运动前不要过饱或过饥，也不要大量喝水，准备活动要充分，运动中注意呼吸节奏。

2. 肌肉痉挛

肌肉痉挛俗称抽筋，是肌肉发生不自主的强直收缩所显示的一种现象。运动中最易发生痉挛的肌肉为小腿腓肠肌，其次是足底的屈母肌和屈趾肌等。

（1）征象

痉挛处肌肉僵硬，疼痛难忍，而且一时不易缓解。

（2）产生的原因

① 电解质丢失过多：运动中大量排汗，特别是长时间的剧烈运动或高温季节运动时，氯化钠随汗水大量流出体外，造成体内盐分丧失过多而引起痉挛。

② 寒冷刺激：肌肉受到低温的影响，兴奋性会提高，易使肌肉发生强直性收缩。冷空气或潮湿的刺激、寒冷的刺激（如游泳时受到冷水的刺激），都可能引起痉挛。

③ 疲劳：运动时身体疲劳会影响肌肉的正常功能，特别是在局部肌肉疲劳的情况下做一些突然紧张用力的动作，就可能诱发痉挛。此外，饥饿、精神紧张都可能诱发痉挛。

（3）处理

发生肌肉痉挛只要朝相反方向牵引痉挛的肌肉，即可使其缓解。如小腿腓肠肌抽筋，可伸直膝关节，同时将踝关节背屈（勾脚尖）。如果在游泳时发生痉挛，应保持冷静，不要惊慌，经上述处理仍不见好转，应立即呼救。发生痉挛后，一般不宜再继续游泳，应上岸休息、保暖，按摩抽筋处。

（4）预防

加强锻炼，提高机体的耐寒力和耐久力。冬季锻炼注意保暖，夏季运动时，应注意电解质的补充和维生素 B 的摄入。疲劳和饥饿时不宜进行剧烈运动。

3. 运动中暑

中暑是长时间在高温或热辐射环境中发生的一种急性病。夏季训练和比赛中易出现。

（1）征象

中暑时一般发病较急，患者出现皮肤干热、面色潮红、头昏、眼前发黑、耳鸣、恶心、心慌、无力、血压下降等现象。严重者昏迷不醒、面色苍白、脉细而弱，甚至出现四肢抽筋现象。

（2）产生的原因

中暑是因为较长时间受日射和高温时机体体温调节机能紊乱而引起的。如在高温和湿度大的环境中或烈日暴晒下进行长时间、大强度的体育运动和比赛时，由于体内产热急剧增高，散热困难，体温调节发生困难，使体温升高，发生中暑。

（3）处理

若出现中暑现象，可将患者移至荫凉通风处，给其创造散热降温的条件（如松开衣扣，将其仰卧把头垫高；冷敷头部或用酒精擦身上并配合按摩）达到散热效果。若症状较轻，可喝点冷开水或服用仁丹、十滴水，即可缓解。

（4）预防

应尽量避免在上午 11 时至下午 2 时进行运动和比赛。练习时，时间不宜过长，休息的次数应稍多一些。室内运动时，应注意通风。

4. 重力性休克

重力性休克是一种暂时性血管调节发生障碍所引起的急性脑贫血。

（1）征象

患者全身软弱、头晕、恶心、呕吐、出冷汗、脸色苍白、脉搏慢而弱、呼吸缓慢，甚至晕倒。

（2）产生的原因

重力性休克主要是由于运动员疾跑后立即站立不动而引起的。运动时下肢肌肉毛细血管大量扩张，循环血流较安静时增强约 30 倍，肌肉有节律的收缩及胸部的呼吸运动，有助于血液循环回流到心脏。如果跑到终点就站立不动，下肢血管会失去了肌肉收缩的挤压作用。这样，血液受地心重力的影响，大量血液滞留于下肢，回心困难，造成心输出量突然减少，血压降低，从而导致脑部供血不足，以致休克。

（3）处理

如果出现重力性休克，应立即让患者躺下，把腿垫高，头放低，并用热毛巾擦脸，注意保暖，同时可以自小腿向大腿方向按摩，以帮助血液回流心脏。

（4）预防

剧烈运动后不要立即站立不动或坐下，应继续慢跑，并做深呼吸，然后做些整理运动，使全身血液缓缓恢复正常。

第三节　常见运动损伤的急救和预防

一、常见的运动损伤及处理

1. 开放性软组织损伤

擦伤：机体表面与粗糙部相互摩擦而引起的皮肤组织的损伤。

刺伤：由于利器等物刺入体内所致。

裂伤：钝物打击所引起的皮肤和软组织裂开的损伤。

处理方法：轻度擦伤可用红汞和龙胆紫涂抹，面部擦伤可涂抹新洁尔灭溶液。任何开放性软组织损伤均可能发生伤口感染。初步处理可暂用干净的纱布或毛巾等物覆盖，并缠上绷带。如出血不止，则根据情况选择适当的方法进行止血。然后送医院作进一步治疗。

可采用以下两种止血法。

（1）压迫止血法

① 头部出血：头部前面额、颞部出血。要压迫颞动脉。压迫点在耳屏前方，用手指摸到搏动后将该动脉压向颞骨面［图4-1(a)］。

② 面部出血：压迫面动脉，压迫点在下颌角前面约1.5厘米的地方［图4-1(b)］。

③ 上肢出血：肩部和上臂出血可压迫锁骨下动脉。压迫点在锁骨上方［图4-1(c)］。

④ 前臂出血：可压迫肱动脉［图4-1(d)］。

⑤ 下肢出血：大小腿出血，可压迫股动脉［图4-1(e)］。

⑥ 足部出血：压迫胫前、胫后动脉［图4-1(f)］。

（2）止血带法

可用特别的止血带或胶布管、毛巾、宽布条等代用品，缚扎于伤口的近心端，即上肢出血缚扎在上臂1/3处，以下压迫动脉，阻断血流，达到止血的目的。但此方法缺点甚多，非在大动脉出血的情况下不宜使用。扎止血带时，在肢体上面必须加垫，每半小时要松解1次。

2. 闭合性软组织损伤

挫伤：人体某部遭受钝性暴力作用而引起该处及深部组织的闭合性损伤。

拉伤：肌肉主动强烈的收缩或被动过度的拉伤造成的肌肉细微损伤、肌肉撕裂或完全断裂，称肌肉拉伤。

扭伤：因动作不慎，如蹩扭、捻转等使关节发生超常范围的活动时韧带和关节囊受到损伤。

处理方法如下。

减少局部活动。

止血防血肿：一般采用冷敷、抬高伤肢、加压包扎等。

活血祛瘀，消肿止痛：经24～48小时后，一般出血停止。此时可进行推拿、按摩和热敷处理。

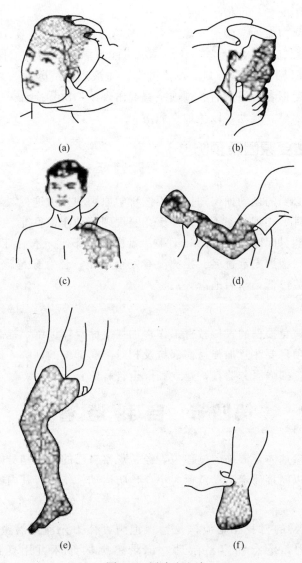

图 4-1 压迫止血法

3. 骨折及其处理

骨的完整性遭到破坏的损伤称为骨折。它是因猛烈的碰撞、挤压或跌落而引起的。其征象是疼痛剧烈、肿胀、皮下淤血、功能障碍。

在没有把握的情况下，禁止任何试图整形复位动作，以免再度增加创伤程度给以后的诊治带来困难。在处理时应注意以下几点：抗休克、让伤员平卧、注意保暖；固定，目的是使断端不再移动和刺伤肌肉、神经、血管，以减轻伤员的痛苦；止痛和止血，利用药物和加压包扎。

4. 脑震荡及其处理

脑的神经组织被震荡而引起大脑暂时的意识和机能障碍，称脑震荡。伤后即刻出现轻度的短时间意识障碍（最多不超过半个小时）。昏迷时全身肌肉松弛无力，面色苍白、腱反射减弱或消失，瞳孔放大，脉搏细弱，呼吸表浅。

处理脑震荡首先应进行急救。让伤员平卧，保持安静，防寒或防暑，不可随意搬动和让伤员坐或站立。昏迷不醒者，可指掐人中。

由于脑震荡可与颅内血肿或脑挫伤等并存，因此，伤员经过急救处理后，应卧床静息，严密观察，如发现患者有以下症状之一者，提示可能有严重的颅脑损伤，应立即送医院处理。昏迷时间在5min以上者；耳、口、鼻流脑脊或血液者；清醒后头昏、恶心、呕吐剧烈者；两瞳孔不对称或变形者；清醒后有颈项强直或出现第二次昏迷者。护送时患者平卧，头侧用衣服固定，避免摇晃、震动，以免加重病情。

二、发生创伤的主要原因及预防

1. 主要原因

主观原因：缺乏必要的运动损伤知识，不按科学原则和方法进行锻炼；教学、训练和比赛活动安排不当；生理、心理状态不良；违反竞赛规则、动作粗鲁等。

客观原因：场地器材问题（场地凹凸不平，器械安装不牢，衣、鞋不合体等）；组织工作失误（如缺乏保护，锻炼人数过多、投掷没有安全措施、任意穿越跑道和投掷区等）；不良气候（如气温过高或过低，雨后地滑等）。

2. 预防措施

积极开展预防与避免损伤的宣传教育工作；加强全面身体训练，提高机体对运动的适应能力，对不同的运动项目要注意加强易伤部位及相对薄弱部位的训练，提高其功能；合理安排教学、训练和比赛；加强医务监督，建立和健全自我监督。

第四节　自我监督

自我监督就是在参加体育锻炼的过程中，经常观察自己的健康和身体机能状态的一种方法。通过自我监督可以间接评定运动负荷大小，预防运动性伤病。其内容如下。

1. 主观感觉

① 自我感觉　正常的自我感觉应该是精神饱满，体力充沛，渴望锻炼；反之则精神萎靡不振，软懒无力，倦怠和容易激动。记录感觉的好坏可用良好、一般、疲劳等词语。

② 睡眠　锻炼后会产生一定的疲劳，正常情况应是易入睡，早晨起来精力充沛；如果出现失眠，多梦或嗜睡，晨起后精神不好等现象，就要考虑运动负荷大小是否合适。记录睡眠情况，应注意睡眠的持续时间和睡眠情况。

③ 食欲　正常锻炼后食欲应该是良好的，如果食欲减退，且在一定时间内仍不见恢复，则要考虑健康状况不良或运动量安排不当。记录时可写明食欲良好、一般、减退或厌食等。

④ 排汗量　人体排汗量的多少与运动负荷的大小、训练水平、饮水量、气温和神经系统的状况有关。在外界条件相同的情况下，随着训练水平的提高，排汗量可减少。如果排汗量明显增大应视为不正常。记录时可注明含量平常、减少、增多、大量、盗汗等。

2. 客观材料

① 体重　参加体育锻炼后，体重一般要经过减轻-恢复稳定-增加三个阶段，并保持在一定水平上。体重自我监督的测量，每周可进行1~2次。此外还可测定锻炼前后的体重差数，

以观察体育锻炼对机体的影响。

② 脉搏　脉搏能反映锻炼水平、运动负荷是否合适和身体机能的状况。一般情况下，在训练时期，晨脉基本是稳定的，如果脉搏逐渐下降不变，说明机体反应良好。如果发现晨脉每分钟增加 12 次以上，说明机体反应不良需要找出原因并诊治。

在客观指标中，除了上述两种外，还可根据设备条件定期测肺活量、呼吸频率以及其他生理指标。

第五章　课余体育锻炼与运动竞赛

第一节　课余体育锻炼的特点及意义

课余体育锻炼是指学校在课余时间开展的体育活动的总称。它是巩固与提高体育课所学的知识技能，养成锻炼身体的习惯，丰富课余文化生活，锻炼意志与培养组织活动能力的有力措施。对增强学生体质有重要意义。

一、课余体育锻炼的特点

① 课余体育锻炼形式多样，方法灵活。可以个人、小组、班级、年级，甚至全校一起进行，能满足各种不同的需要。

② 锻炼内容有很多是超出体育教学大纲规定的内容，不受教学大纲教材的限制。同时，空间广阔，可以在校内进行，也可以在校外进行。

③ 锻炼中，教师起指导、咨询作用，使学生有机会充分发挥自己在体育活动中的积极性、主动性和创造性，从培养兴趣开始，进而培养多种能力。

④ 充分体现自愿参加与规定参加的有机结合；普及和提高的紧密结合；产生了不仅参加的人数多，而且组织人员也多的效果。

二、课余体育锻炼的意义

① 学生是高级的、复杂的生物个体，他们的作息制度要安排得科学合理，符合卫生学、教育学的要求，才能使他们强壮、健康地成长，而经常参加课余体育锻炼能形成学生的科学作息制度，有助于使学生生动活泼，德，智，体，美等几方面全面发展。

② 能满足青少年学生对参加体育运动的需要，有效地促进身体的生长发育，有利于增强体质。

③ 通过课余锻炼，能使学生从自己的喜爱活动中，体验到成功的愉快、胜利的喜悦，对锻炼的效果产生满足感，从而有助于培养其在体育方面的兴趣和能力，为终身体育奠定基础。

④ 能丰富学生的课余生活，有利于培养高尚的思想道德情操以及组织纪律性、人际交往能力、文明习惯等。

⑤ 在广泛开展体育活动过程中，可以培养学生锻炼身体的兴趣、能力和习惯；也可以培养出许多体育积极分子，同时又可以发现不少有运动才能的"苗子"，从而达到培养体育骨干和运动人才的目的。

第二节　学校课余体育锻炼的组织形式与方法

课余体育锻炼有多种组织形式，根据学校的性质特点，主要从早操、课间操和班级体育活动，校运动队训练，单项体育协会活动和体育节这几方面来组织。

一、早操、课间操和班级体育活动

早操和课间操是学校作息制度中安排的体育锻炼，一般每个学生都应参加。

① 早操是每天早晨起床后有组织地做操 15～20min。内容包括做广播体操，慢跑，练习武术，气功或发展身体素质的简单练习。其组织形式可全校集中进行，也可以班为单位分组或自行结合进行或个人单独进行。通过早操，可使一夜处在睡眠状态的精神细胞振奋、头脑清醒，使学生精神振奋，并有组织地开展一天的学习生活。

② 课间操是每天上午第二节课与第三节课之间，集体进行 10～15min 的体育锻炼，内容包括做操和课间锻炼等。其组织形式有全校统一活动，也可以班级或年级为单位活动。通过做课间操，能使学生既锻炼身体，又激发活泼愉快的情绪，得到积极的休息，从而以充沛的精力投入下节课的学习。

③ 班级体育活动是以班或小组为单位，在班主任和体育老师的领导和组织下，由班干部和锻炼小组长直接进行的体育活动。内容包括复习巩固体育课中所学的基本知识、技术和技能，开展传统的项目和竞赛活动，以及按照《国家体育锻炼标准》进行的锻炼等。其组织形式应根据学校的统一计划，将学生按性别、身体健康状况、运动技术水平等条件分别组成锻炼小组，由组长组织锻炼，每周至少两次，每次 30～50min，通过班级体育锻炼，能提高体育教学效果和《国家体育锻炼标准》达标率，有助于个性的发展和才能的发挥，从而使学生在心理上产生满足感，情操受到陶冶。

二、校运动队训练

在体育教学和班级体育锻炼的基础上，把部分条件较好的学生吸收到各项目运动队，全年进行有计划的课余训练。可代表学校参加校际以及当地教委、体委举办的比赛，并使其成为学校群众体育活动的骨干。内容是进行系统的训练，在遵循运动训练的原则与方法的基础上，重点进行身体全面训练和基本技术训练。一般安排在早晨和下午的课余时间。每周训练的次数除每天早晨外，下午一般为 3 次或稍多一点，每次 1.5h 左右。根据学校特点，还可充分利用寒暑假进行集训和比赛。校运动队训练，是贯彻普及和提高相结合的方针的一项重要措施，不仅对提高运动技术水平有重要意义，而且对增强学生体质同样有重要作用。

三、单项体育协会活动和体育节

① 单项体育协会活动是在学生会体育部领导下组织成立各运动项目的单项协会，聘请体育教师担任顾问，有计划地举办体育知识、竞赛规则、裁判法等讲座、培训、技战术训练和系、班级、年级间的单项比赛。

② 体育节是以系为单位进行的全校性的体育活动。活动内容应丰富多彩，有趣味性、知识性、教育性。为了收到良好的效果，要多宣传体育节的目的、活动内容以及有关体育卫生知识等。同时要做到学习和体育两不误，互相促进。

第三节　运动竞赛的种类与方法

运动竞赛是以争取优胜为目的，以运动项目（或某些身体活动）为内容，根据规则的要求，进行个人或集体的体力、技艺、心理的相互较量的体育活动，是学校体育不可缺少的重要组织形式。办好学校各种形式的运动竞赛，对于增强广大青少年的体质，提高健康水平，具有非常重要的意义。

一、运动竞赛的种类

运动竞赛的分类方法很多，这里着重介绍与学校体育活动有关的，常见的运动竞赛类别。

(1) 按竞赛进行的空间范围分类

有校内竞赛，校外竞赛两大类。

(2) 按竞赛内容多少分类

① 单项竞赛：指进行一个项目的竞赛。校内进行的有篮球、排球、足球、乒乓球、羽毛球、100m 跑、1500m 跑、接力跑、拔河、跳绳、游泳、引体向上、立定跳等单项竞赛。校外举办的校际间的篮球、排球、足球等单项竞赛。

② 综合竞赛：指进行两个以上不同项目的竞赛。校内同时进行的篮球、排球赛；田径、球类竞赛；足球、乒乓球竞赛等。校外的综合竞赛与校内的相似。

(3) 按竞赛性质、任务分类

① 锦标赛（或杯赛）：为检查、总结某一运动项目的开展情况和教学训练经验，确定冠军和名次，促使该项运动不断发展而举行的单项比赛。有时也叫冠军赛或杯赛。如：全国大学生篮球"三好杯"，排球"兴华杯"等以及学校系统举办的"三好杯"、"精英杯"，"昆工杯"篮球，排球，足球赛等。

② 对抗赛：是由两个或几个单位联合组织的竞赛。如几个班级或附近几个学校联合组织的对抗赛。

③ 邀请赛和友谊赛：由一个或几个单位、学校或国家，邀请其他单位、学校或国家参加的竞赛。各种访问比赛一般都属友谊赛。

④ 表演赛：为了宣传体育活动，扩大影响举办的比赛。用以提倡和宣传某一运动项目的意义、锻炼价值以及对技术，战术的表演或示范。

⑤ 测验赛：为了了解学生达到某种规定的标准情况而进行的一种竞赛。如《国家体育锻炼标准》达标测验赛。某种教材学习结束时，为了检查学生技术掌握情况而进行的竞赛。

⑥ 选拔赛：为了选拔运动员而进行的竞赛。如学校每年举行的新生运动会，从中选拔运动员等。

⑦ 等级赛：将学生按不同标准划分成不同等级进行的比赛。

⑧ 通讯赛：在规定的日期内，不同单位在不同的地点按竞赛规程的要求进行比赛，把比赛成绩以通讯的方式报告给主办机关评定名次的比赛。

⑨ 运动会：是项目多、规模大、参加人数多，有助于推动学校体育工作的竞赛。如田径运动会、游泳运动会等。

除此之外，还可以开展一些难度不大、规则简单、形式灵活、对场地器材要求不高、容易组织和便于经常举行的各种非正规比赛，以便吸收更多的人参加经常性的体育锻炼。如跳绳、广播操、拔河、冬季长跑比赛等。

二、运动竞赛的方法

任何一种竞赛都要让参加者按照一定的组织形式和顺序进行相互间的竞争和表现运动成绩，以赛出胜负和名次，这种让参加者进行竞争和表现运动成绩的组织形式称为竞赛方法。根据运动竞赛的具体要求，项目特点、参赛队数（人数）、比赛的期限和场地设备条件等因素，可选用不同的比赛方法。下面介绍的是几种最常用的比赛方法。

1. 淘汰法

淘汰法是通过比赛逐步淘汰成绩差的，使胜者按照规定的比赛表进入下一轮比赛，最后决出有限名次的比赛方法。淘汰法有两种：一种是按一定顺序让参加者一组一组地表现成绩，通过及格赛、预赛、复赛、决赛，淘汰较差的，比出优胜名次。田径，游泳项目多采用这种方法。另一种是球类和其他对抗性比赛项目，一对一地按事前排好的淘汰表进行比赛，胜者进入下一轮，直到最后一对决出优胜者。

淘汰法一般在参加比赛者较多、时间短、场地少的情况下采用。但为了避免强手在初赛时相遇而被过早淘汰掉，一般辅以设种子、分区抽签等方法编组，常用于乒乓球、羽毛球的单打、双打比赛或参加队数较多的三大球比赛。

（1）单淘汰法。

单淘汰法的编排，首先根据参加队（人）数的多少制定比赛表，然后由各队（人）抽签决定在比赛表中的位置。为了能较准确地反映比赛的实际水平，使强队（或强手）最后相遇，事先应收集各队（人）的实力、水平，把较强的队（人）定为种子，并将种子合理地安排在淘汰表的各个不同区域之中，然后再让其他队（人）抽签决定各自在淘汰表中的位置。种子的多少应根据参赛队（人）的多少而定。一般参赛队（人）在4～8队（人）时，宜确定2名种子，9～16队（人）时，宜确定4名种子。如果有两名种子时，应安排在比赛表的上顶和下底的两个位置。4名种子则按实力依上下、下上的次序，安排在表的四个不同区域：一般一号种子排在比赛表的上半区最上位置；二号种子排在比赛表的下半区最下位置；三号种子安排在比赛表的上半区最下位置，4号种子安排在比赛表的下半区最上位置。

单淘汰比赛秩序的编排方法是：参加比赛的队（人）数是2的乘方数时，第一轮所有队均进行比赛，无轮空，把相邻的两个数按1对2，3对4，5对6……连接编排。

（2）双淘汰法

双淘汰法给初次失败者增加了一次比赛机会，它所产生的冠军、亚军亦比单淘汰法较为合理。双淘汰比赛秩序的编排方法和单淘汰法基本相同，也是先排种子后抽签。双淘汰法的总场数等于参赛队数减1、加上参赛队数减2，轮次方轮次数＝胜方轮次数＋负方轮次数（负方轮次数＝胜方轮次数＋1）

2. 循环法

是所有参赛队（人）均互相比赛一次，最后按各队（人）在全部比赛中胜负的场次、得分多少排列名次的比赛方法。循环法分为单循环、双循环和分组循环三种。

（1）单循环

所有参赛队（人）都互相比赛一次，最后按各队（人）胜负场数和得分多少排列名次。

这种方法一般在参赛队（人）数不多，又有足够的竞赛时间时采用。单循环的场数和轮次数的计算：如果参赛队（人）数是单数时，轮次数等于队（人）数；双数时，轮次数等于队数减 1。场数计算：场数＝队数×（队数－1)/2。如果 6 个队比赛，则要进行 5 轮 15 场比赛；7 个队比赛。则要进行 7 轮 21 场比赛。单循环比赛秩序的编排法：不论参加比赛队（人）数是单还是双，一律按偶数编排，如是单数，可加一个"。"号使之成为双数，碰到"。"的队就轮空一次。把参赛队（人）平均分成左右两半，前一半号数自上而下地写在左边，后一半号数自下而上写在右边，然后用横线把相对的号数连起来，就是第一轮的比赛队。第二至最后轮次的排法是：把 1 号位置固定不动，其余号数按逆时针方向移动一个位置，再用横线连接起来就是第二轮的比赛队。依此类推、排出 3～5 等轮次的比赛。轮次表排完后则由各队抽签，按抽签的号数，将各队名填入轮次表。再排定比赛日程。

(2) 双循环

双循环一般是在参加比赛的队（人）数较少，同时时间也比较充裕的情况下使用。编排方法与单循环相同，只是各队间要比赛两次，比赛轮次和场数都比单循环多 1 倍。

(3) 分组循环

在参赛队（人）数较多、竞赛时间有限时采用。这是比赛常用的竞赛方法。

整个比赛分为预赛和决赛两个阶段。预赛阶段，把参加比赛队（人）平均分成若干小组，用单循环法赛出各组名次。分组时应尽可能列出种子队，分别编入各小组，避免强队过于集中而失去小组出线的机会。决赛阶段，可根据情况采用以下几种编排方法。各组同名次决赛；预赛成绩带入决赛。决赛阶段相遇时不再进行比赛，按预赛成绩计算，排定名次；如预赛只有两组，各组的前两名交叉比赛，决定 1 到 4 名，各组的 3、4 名和 5、6 名分别采用同样交叉决出 5～8 和 9～12 名。其余依次类推。

3. 混合制

是同时采用淘汰和循环两种方法而进行的比赛。将比赛分为两个阶段，前一阶段采用分组单循环制，后一阶段采用淘汰制。也可先分组淘汰制后采用循环制。

第四节　竞赛的组织编排与评定成绩和名次的方法

一、竞赛的组织编排

(一) 球类竞赛的组织编排

球类竞赛项目多，竞赛规则各异，但其竞赛组织形式都基本相同，主要介绍篮球、排球、足球。球类项目经常使用的竞赛制度主要有：循环制、淘汰制。在进行球类项目的编排时主要考虑以下因素。

1. 时间安排

① 整体（赛期）时间。一般根据下列因素计算：采用的竞赛制度；该项竞赛规则对运动员休息时间长短要求所安排的间歇时间；场地条件（包括雨天备用场地）；裁判员配备。

② 每天时间。篮球、排球、足球比赛，运动员每场比赛时间较长，活动范围较大，对抗激烈，从运动员的生理角度上讲，上午兴奋性不高，不利于技术发挥，故上午一般不宜安排比赛，最好安排在下午或晚上。

篮球、足球可安排在 15:00 以后开始，晚上宜安排在 19:00 开始，排球因以局数定胜负而受时间限制，故下午可安排在 14:30，晚上可安排在 19:00 开始。

③ 每天每场休息时间。篮球、排球比赛十分激烈，每队一天安排一场比较妥当，二至三场比赛后休息一天。足球运动员体力恢复一般需 36 个小时，因此足球隔一天安排一场比赛较理想，如无可能，必须每天一场时，比赛两场后应休息一天。

基层单位和学校的球类竞赛活动，一般都是利用业余时间进行，但应根据具体情况安排，不要受此约束，但不要超出上述基本原则，以免影响工作、学习和健康。

2. 场地安排

场地是比赛活动的基本条件。场地条件的好坏在一定程度上影响着运动技术的发挥和成绩的提高。因此，在尽量搞好场地力求符合规则要求的前提下，在组织编排场地时，一定要坚持公平合理、机会均等的基本原则。

(二) 田径竞赛的安排

1. 编排前的准备工作

编排前的准备工作，首先是组织编排人员学习竞赛规程和规则，了解本次竞赛的有关规定和要求；了解比赛场地、器材设备、裁判员配备等情况；审核报名单、编写运动员统编号码、统计运动员人数和各项参加人数以及兼项情况；填写径赛、田赛、全能成绩记录卡片等。上述准备工作完成后，即可进行竞赛分组和竞赛日程的编排。

2. 竞赛的分组安排

竞赛分组又分为径赛项目分组、田赛项目分组、全能项目分组。

(1) 径赛项目分组

① 拟定竞赛分组计划。根据各项目参加比赛的人数、赛次、每个赛次录取的名额和场地情况等，拟定径赛分组计划。

② 确定分组人数。根据径赛分组计划，确定各项各组的人数；凡分道跑的项目，应尽量做到各组人数均等，不应相差太大。此外，同一单位的运动员，应尽量避免编排在同一组里；不分跑道的项目（中长跑），一般不分组比赛。

③ 分组方法。一般分组法：此种编排方法是在预赛按成绩录取，但不知运动员原有成绩时采用。其方法是将参赛单位的名称或代号由左向右列出，然后将其运动员的号码由上而下的排列在下边。根据分组人数按由左至右的顺序抄录下来即可。

按成绩分组法：此种编排方法是在运动员有最近成绩，预赛又是按成绩录取时采用。其方法是将成绩相近的运动员编排在一组，便于运动员在激烈的竞争中创造优异成绩。

(2) 田赛项目的分组。田赛项目的比赛，一般不进行分组，运动员试跳、试掷顺序，由大会抽签排定。如参加某项比赛人数过多时，也可进行及格赛或分组赛，其方法是先进行分组预赛，取成绩优异的 6~8 人，合并进行决赛。运动员试跳、试掷顺序由大会排定。

(3) 全能运动项目的分组编排。

① 全能运动中，径赛分道项目的分组，由大会抽签排定（每项都要抽一次）。每组运动员最好为 5 人或 5 人以上，但不得少于 4 人。

② 女子七项全能的 800 米跑和男子十项全能的 1500 米跑比赛，要分别把前六项和前九项积分较多的运动员编在一起。

③ 全能运动中田赛比赛的第一项试跳或试掷顺序，由大会抽签排定。以后的各项，由运动员抽签排定。

3. 编排竞赛日程

竞赛日程又称竞赛秩序，它规定着各项各组比赛的顺序和时限，是进行比赛的依据。

(1) 编排竞赛日程方法

首先要估算竞赛时间。

a. 估算出用于竞赛的总时间。从竞赛的总天数（或总时数）中，减去非比赛占用的时间（如开幕式、闭幕式、表演等所占用的时间），则为可用于竞赛的总时间。

b. 分别估算出全部径赛项目与全部田赛项目各需要的总时间。

径赛项目所需的时间，是以每一组比赛约需时间来估算的。不同项目每组所需时间为：100～400m 每组 $3'\sim4'$；800m 每组 $4'\sim5'$；1500m $6'\sim8'$；3000m $13'\sim15'$；5000m $20'\sim22'$；10000m 每组 $40'\sim45'$；各项跨栏（不算摆栏时间）。根据每个径赛项目所需时间为：跳远、三级跳远、铅球等项目 $3'\times$（运动员数＋8）；跳高 $8'\times$ 总人数；铁饼 $4'\times$（运动员数＋8）；撑竿跳高 $14'\times$ 总人数。各项田赛所需时间之和即为田赛所需总时间。

全部可用于竞赛时间（预定天数），能与径赛项目所需要的总时间相吻合或基本吻合，则可开始竞赛日程的编排。若径赛需要时间大大超过可用于比赛的时间，可采用减少赛次或延长比赛时间的办法解决。

(2) 编排竞赛日程应遵循的原则

① 应保证运动员有合理的休息时间。每一赛次的最后一组比赛完毕，到下一赛次开始应按规则留出最低间隔时间。

② 尽量避免运动员兼项比赛的冲突。应按照运动员兼项的一般规律，将某些性质相近的项目以及兼项统计表中兼项较多的项目分开编排。

③ 不同组别相同项目的径赛，最好衔接起来进行。

④ 不同项目的跨栏比赛，一般不宜连排。

⑤ 男、女项目应注意交叉编排。

⑥ 短距离径赛项目的预决赛最好是当天结束。如：100m 跑可上午进行预赛，下午进行决赛。

⑦ 应将决赛项目和精彩项目分开编排，保持赛场热烈、活跃的气氛。

⑧ 编排田赛项目时，应考虑项目的布局和搭配。尽量做到场地两端都要安排比赛，撑杆、跳高比赛最好安排在上午进行。

4. 编排竞赛的步骤和方法

① 根据各项竞赛分组表和各项竞赛所需时间（指估算时间），把参加比赛的所有组别、项目、赛次、人数、组数及估算时间，分别写在不同颜色的纸条上。式样如下。

男子	100m	预赛	37 人	五组	$25'$
女子	标枪	预决赛	24 人	一组	$160'$

② 将全能项目和径赛按规则的比赛顺序和时间安排到各比赛单元中。

③ 按照安排原则，逐组、逐项、逐赛次地把径赛项目分别安排到各比赛单元中。

④ 在全能项目和径赛项目排定之后，再进行田赛项目的编排。方法及要求同径赛。但

需考虑与径赛项目兼项情况和田赛兼项的比赛顺序等。

⑤ 全部径赛项目排定后，再按编排原则及有关要求，对已排定的径赛日程进行核查与权衡，发现不妥之处，再进行适当调整，直至达到满意合理为止。

上述工作完成后，径赛日程的编排工作算基本完成了。

二、评定成绩和名次的方法

1. 评定个人（或集体）比赛成绩和名次的方法

① 根据客观标准评定成绩和决定名次的方法　在各项运动项目中，凡以时间、距离、重量、数量等客观标准衡量运动成绩的，按所创造名次的好差来确定名次，若遇二人或二人以上成绩相等时，按竞赛规则和规程规定的方法办理。

② 根据规定条件和动作质量评定成绩和决定名次的方法　裁判员根据规定的条件、运动员完成动作的质量、动作难度等评定分数。然后再参考裁判给的平均分数计算个人成绩，并依据分数的多少决定名次。

③ 根据战胜对手或特定因素评定成绩和决定名次的方法　裁判员根据规则的规定和特定因素评定成绩和决定名次。如篮球以在规定时间投篮得分决定胜负。乒乓球、羽毛球以局为单位，以三局二胜或五局三胜定胜负。

2. 评定团体竞赛成绩和名次的方法

① 按运动员所得分数的总和定团体名次　它适用于田径、游泳等多项运动、按录取运动员的名次得分和总和决定团体名次，得分总和多者，名次列前。

② 按规定参加人数所得名次的总和定团体名次　它一般用于以时间、距离、重量及次数确定成绩的单项团体比赛。这种办法规定每队参加人数相等，按各队运动员的名次计算得分，名次靠前者为胜。

③ 按运动员平均成绩定团体名次　这是按总成绩定名次的另一种形式。

④ 按完成标准的运动员人数定团体名次　这种方法在于鼓励更多的人参加比赛。

3. 球类单循环赛决定名次方法（这里主要介绍篮球、排球、足球）

（1）篮球单循环比赛决定名次办法

① 按胜负记录的积分来定，胜一场得 2 分，负一场得 1 分（包括比赛因缺少队员告负）。弃权得 0 分。

② 如果排列中两个队积分相同，则以两个队之间的比赛成绩来定名次。

③ 如果两个以上队积分相同，则按积分相等的队之间的比赛成绩决定名次。

④ 如再相等，则按积分相同队之间比赛的得失分率计算名次，得失分率＝总得分/总失分。

⑤ 如再相等，则按这些队在组内所有比赛成绩得失分率来确定名次。

（2）排球单循环比赛决定名次方法

① 每队胜一场得 2 分，负一场得 1 分，弃权得 0 分，积分高者名次列前。

② 如遇两队或两队以上积分相等，便以 C 值计算；如 C 值相等，则以 Z 值计算，Z 值高者名次列前。

C 值＝胜局总数/负局总数；Z 值＝总得分数/总失分数

（3）足球单循环比赛决定名次方法

① 胜一场得 3 分，平一场得 1 分，负一场得 0 分，积分高者，名次列前。

② 如遇两队积分相等，则按两队之间比赛胜负决定名次，胜者名次列前。

③ 如遇两队以上积分相等，则按他们在同一循环中全部比赛的净胜球多少决定名次（净胜球即进球数减去失球数）。

④ 如净胜球相等，则按其在同一循环中全部比赛的进球总数决定名次。多者，名次列前。

第六章 体质测定与评价

第一节 体质的基本概念

一、体质的概念

体质（physical constitution）是人的质量高低，是人体在先天的遗传性与后天的获得性基础上所表现出来的形态结构、生理功能、心理因素、身体素质、运动能力等方面的综合的、相对稳定的特征。它具体包括以下五个方面。

① 身体形态发育水平。即体格、体型、姿势、营养状况以及身体成分等。

② 人体生理功能水平。即机体新陈代谢水平与各器官系统的工作效能。

③ 身体素质和运动能力发展水平。即速度、力量、弹跳、灵敏、协调、柔韧、耐力等素质以及走、跑、跳、投、攀、爬、负重等身体活动能力。

④ 心理素质发展水平。即人体感知能力、个性特点、意志品质等。

⑤ 对内外环境的适应能力。即对不利因素和环境变化影响的应激调节能力和对各种疾病的抵抗能力。

以上的五个方面，决定着人的不同体质水平。在进行体质测定和评价时，必须注意体质的综合性的特点以及测定和评价的指标性质。

二、影响体质的因素

经人类学和生理学家研究证实，影响人类体质的因素分为两大类：即先天性因素和后天性因素。

1. 先天性因素

遗传是人体发展变化的先天条件。如形态结构、相貌、肤色等均受先天遗传影响，这是众所周知的。许多研究还表明，人体有氧代谢能力的最大值和最大摄氧量，在很大程度上决定着遗传，同时，有些身体素质（如素质）和运动能力，与遗传也有密切的联系。以上事实说明，人的体质是受遗传影响的。但是，遗传对体质的影响，只是提供了可能性，而体质强弱的现实性，则有赖于后天的环境条件。

2. 后天因素

生态环境、社会生活、劳动福利、地区气候、文化经济、营养状况、体育锻炼等构成了人体发展变化的后天条件。其中，尤以营养状况和体育锻炼是影响体质的重要后天因素。

(1) 体质与营养

人体新陈代谢过程将营养供给大脑及各器官系统以保证健康地生活，特别是青少年生长发育需要充分的营养以奠定强健体质的物理基础。许多研究资料表明，从人体的形态、机能发育、身体素质和运动能力的发展水平看，经济发达国家比不发达国家高、城市比乡村高，现代比古代高。这充分说明，社会物质文明的提高和体质强弱有密切的关系。

（2）体质与体育锻炼

古今中外许多学者大量的研究成果表明，人体形态、机能的发育、运动能力的提高，适应环境和抵抗疾病能力的增强，都是有很大潜力的。而通过科学的身体锻炼，其潜力可以充分发挥，从而增强体质，减少疾病，提高工作效率，以致延年益寿。

由此可见，体质在形成和发展过程中，具有明显的个体差异和阶段性。不同人体质的差异，表现在形态发育、生理机能、心理状态、自身素质、运动能力以及对环境的适应性和对疾病抵抗力等各个方面。包括从最佳功能状态，到严重疾病和功能障碍等各个不同体质水平。但是，随着科学技术的进步，人们可以通过改善物质生活条件和有目的、有计划地进行科学的身体锻炼，保持良好的体质状况，这都将给人们体质的增强提供各种可能。

三、体质测定与评价的可能性

体质的综合测定与评价，是个十分复杂的问题，目前尚有争论，有人认为，体质是无法用定量的方法进行描述的，因为构成体质的某些成分（如心理的发展和适应能力等），还没有较有效而典型的指标与方法进行测定，它们之间的内在联系还没有完全搞清楚。因此，要对体质进行客观的、全面的、综合的测定与评价，不是简单的事。但多数人认为，这种可能性是存在的。

身体的形态结构，是体质的外在表现；生理功能，身体素质和运动能力以及心理状态是体质内在的基础；对内外环境的适应能力，是他们的综合反映。因为一定的形态结构，必然表现为一定的生理功能。身体素质和运动能力，又是各器官系统机能在体育运动中的客观反映。发展身体素质，提高运动能力的过程，会相应地引起一系列形态结构、生理功能的变化，由此又会产生一定的心理条件的改善。他们之间的统一，是存在于价值的统一；结构与机能的同归；这在理论上为体质的测量与评价提供了依据。

随着体育科学的发展，构成体质的各种成分，内在的规律性及其相互依存、相互影响和相互制约的错综复杂的关系，也是可以被认识的。因为"任何事物都存在于数量之中"，体质当然也不例外。实践证明：数理统计方法的发展，许许多多因素分析的方法（如主成分分析、主因子分析、聚类分析、判别分析和逐步回归分析等），在体质研究方面也取得了广泛的研究成果，开辟了广阔的前景，提供了科学方法的基础。

四、体质测定与评价的意义

体质测定与评价是科学地锻炼身体的重要内容之一。它有以下意义。

① 学校开展体质测定和评价，可使学校有关部门了解学生的体质状况；通过测定和评价获得的数据，经过分析研究，可了解学生体质变化的客观规律，并可检查身体锻炼对增强学生体质的效果。

② 在实施学校体育教学的过程中，体质测定和评价可为制定体育教学大纲、计划，选择适宜的教材和教学方法提供科学的依据。

③ 学生可以通过测定和评价及时了解自己的发育程度、技能水平、身体素质和运动能

力以及各个时期体质变化的情况。引导他们关心自己的体质状况，激发他们从事科学锻炼身体的自觉性和积极性。

④ 学校领导可根据体质测定与评价的资料，分析、研究改善学校体育、卫生、营养、生活制度，学习负担等工作的管理。

第二节 体质测定的基本内容与方法

一、身体形态发育指标的测定

1. 身高

亦称"空间整体指标"，是反映人体形态结构和生长发育水平尤其是纵向发育水平的重要指标之一。通常受遗传、年龄、性别、种族、地区、营养、体育锻炼等各种那个因素的影响。

测量时要求被测者赤足，以立正姿势背靠身高计立柱进行检测。测量单位为厘米（cm），测量误差不得超过0.5cm。

2. 体重

体重是反映人体形态结构和生长发育水平的重要标志之一。即衡量人体骨骼、肌肉、皮下脂肪及内脏器官等重要发展变化的综合指标，它通常受到遗传、年龄、性别、季节、经济生活条件、体育锻炼、疾病、伤害等因素的影响。主要用来说明人体肌肉、骨骼的生长发育水平和营养状况。人类形态学还把它作为体现人体宽度、厚度的整体度量标志。

测量时被测者只准穿短裤（女生加一背心），排尽大小便，身体保持平稳直立于体重计（称台）中央。测量单位为千克（kg），其测量误差不得超过0.1kg。

3. 胸围

它是人体胸部肌肉发育状况的标志，也是人体宽度和厚度最有代表性的测量值，在一定程度上又反映了人体呼吸器官生长发育和生理变化的情况。同人体身高、体重指标一样受各种客观因素的影响，尤其是受体育锻炼和运动训练的影响。长期坚持体育运动的人胸围比一般人大5%以上。

测量时，被试者必须裸露上体，自然站立，两脚分开同肩宽，两肩放松，两臂自然下垂，并作均匀、平静的呼吸。测量者将带尺围绕胸廓一周，在背部，带尺上缘置于肩胛骨下角的下方，在胸部，带尺下缘放置于乳头上缘，已发育成熟的女生，带尺应置于乳头上方第四肋骨与胸骨连接处，从侧面观，带尺呈水平的圆形。测量胸围时最好两人一前一后同时操作，这样较为准确。应在呼吸之末，吸气尚未开始时读数，测量单位为厘米（cm），测量误差不得超过1cm。

呼吸差是深吸气胸围和深呼气胸围的差值。它也可以反映人体形态生长发育状况和呼吸肌力量的大小。测量时，被测者在平静胸围的基础上，作最大的深吸气，于深吸气终末时测深呼气胸围。测量过程中，带尺要贴住皮肤，虽深吸气和深呼气时的胸廓放松和收紧带尺，带尺位置不得移位或脱落。吸气时不要耸肩，呼气时不要弓腰弯背。测量误差不得超过1cm。

二、生理机能指标的规定

1. 安静脉搏

测量相对安静下的脉搏频率，是指在单位时间内（1min）动脉管壁搏动的次数，故也称心率。它主要是反映心脏和动脉本身的技能状态。

测量前应静坐休息 10min 以上，保持情绪安定。测量人员要用食、中、无名指的指端摸准受试者手腕的桡动脉处，连续测 3 个 10s，测察其中两次脉搏次数相同，并与另一次相差不超过一次时，即可认为相对安静脉搏，否则重测。然后换算成 1min 的脉搏数。

2. 血压

血压是指血液在血管内流动时对血管壁产生的侧压力，一般指体循环中动脉血压。在每一个心动周期中，动脉血压随着心室的收缩与舒张而发生规律性的变化，从而反映出心脏、血管的功能状态。

一般用水银血压计测量。测量时，先将捆扎袖带围于受试者上臂，充气加压使血液暂时停止流动，然后慢慢地减压，使用听诊器听心跳声。第一次听到跳动时的压力为最高血压（收缩压），继续减压到完全听不到跳动声的瞬间（消声点）为最低血压（舒张压）。记录为收缩压/舒张压 mmHg。

3. 肺活量

肺活量是指肺的静态气量，与呼吸深度有关，而不受时间限制的肺充气或排气量的容量。肺活量代表一个人的最大通气能力。这是一种常用的反映呼吸机能的指标。测肺活量是测在作一次最大的吸气后，再尽最大力气呼出的气体量。肺活量与身高、体重、胸围成正相关系。一般情况下，体重大，胸围大的人，肺活量也大，肺活量越大越好。

测肺活量时，被测者先作深呼吸后，尽力深吸气，吸满后，再向仪器的呼气口均匀地尽量呼气，直至不能再呼气为止。中途不允许再吸气。一般测 3 次，每次之间相隔 15s，记录其中最大值。误差不得超过 200ml。

三、运动能力和身体素质的测定

当前，我国大学生测定运动能力和身体素质选择了以下几项具有代表性的运动项目进行测试。

1. 50m 跑或 100m 跑（男，女）

50m 跑测试快速奔跑能力和速度素质水平。测试时，被测者两人一组，听发令后跑出（起跑姿势不限），不得抢跑或串道。

2. 1000m 或 1500m（男）、800m（女）耐力跑

耐力跑测试，反映机体的心血管系统功能。测试前，被试者应做好准备活动，跑完全程后，不应立即停下，而应继续走动，以使心率逐渐恢复至跑前的水平。

3. 引体向上（男）

这项测试反映人体肌肉力量和耐力的水平。特别是上肢和肩部的肌肉力量。测试时，被测者双手正握杠悬挂，身体稳定后，两臂同时用力向上引体，上拉到下颌超过横杠上缘，然后还原完成一次，身体不可摆动或有蹬腿等动作。

4. 一分钟仰卧起坐（女）

这项测试反映人体肌肉力量和耐力的水平，特别是反映腹肌力量和耐力。测试时，被测者仰卧于垫上，两腿屈膝稍分开，大小腿屈成 90°左右，两手相连紧贴脑后，另一人压住其两脚踝关节处，坐起时，以双肘触及两膝成功为一次，未触及膝盖不计次数。仰卧时两肩胛

必须触垫。

5. 立定跳远（男、女）

这项测试主要反映腿部力量和爆发力。被测者两腿自然开立，站在起跳线后，脚尖不能超过起跳线前沿。双脚同时起跳，起跳时不得垫步或单脚起跳。起跳的地面应平整。每人试跳3次，记其中一次最好成绩。可以赤脚跳，但不得穿皮鞋和塑料鞋、钉鞋跳。

第三节　我国学生体质健康评价制度的演变和发展

新中国成立六十多年来，党和国家一直非常关心和重视广大学生的身体健康，原国家教委、原国家体委等有关部门从鼓励和推动学生积极参加体育锻炼，增强学生体质的目的出发，在不同时期先后制定了《劳动卫国体育制度条例》（简称《劳卫制》）、《国家体育锻炼标准》、《大学生体育合格标准》、《中学生体育合格标准》、《小学生体育合格标准》及初中毕业生升学体育考试办法等一系列制度，并于2002年开始在全国试行《学生体质健康标准》。这些制度的制定和实施，对于增强学生体质，促进我国学校体育工作具有积极作用，其突出地表现在以下三点。

① 对于贯彻落实《体育法》、《全民健身计划》和《学生体育工作条例》，促进和保证体育课教学以及早操、课间操和课外活动的开展起到了重要的促进作用。

② 有利于学生按照要求参加体育锻炼，促进学生身体素质的发展和自觉参加体育活动行为习惯的养成。

③ 通过这些标准的测试和评价，有效地促进了学校体育工作的开展，对于学校体育评价发挥了重要的作用，是学校体育总体评价的重要内容。

我国学生体质健康测量与评价制度的演变和发展，是与我国不同时期社会、经济、科技、文化和教育的发展水平相适应的；是与全国提高青少年的身体健康素质、满足国家对受教育者的全面发展和培养人才战略的基本要求相一致的。新的《国家学生体质健康标准》是在新的历史条件下，根据社会发展的变化要求，面对新的情况、新的问题所采取的积极措施。新中国成立以来，《劳卫制》、《国家体育锻炼标准》、《学生体质健康标准（试行方案）》的制定、颁布和实施，促进了学生体质健康测量与评价制度的发展和完善，为新的《国家学生体质健康标准》积累了丰富的经验，了解这些标准的演变和发展，以及当时的社会背景将有利于正确认识并实施新的《国家学生体质健康标准》。

1.《劳卫制》

新中国的成立揭开了中国学校体育的新篇章。1950年8月，中国体育访问团赴前苏联，全面考察和学习了前苏联体育（包括学校体育）的经验，引进了《劳卫制》，从1951年开始在部分地区试行。1954年，在借鉴前苏联经验的基础上，根据在部分地区试行的情况，国务院批准并发布了《劳卫制》暂行条例，经过试行和反复修改于1958年由国务院正式公布实施《劳动卫国体育制度条例》及相关项目标准和测验规则，其第一条明确指出：《劳卫制》是国家根据社会主义建设事业需要，对人民在体育锻炼上的基本要求而制定的，其目的在于鼓励人民积极参加体育锻炼，促进体育运动的广泛开展，提高运动技术水平，使人民身强力壮，意志坚强，更好地为社会主义建设和保卫祖国服务。《劳卫制》由预备级（少年级）、第一级和第二级共三个级别组成，在一级和二级中还按照性别差异根据某一年龄段中体能的发展设置了男女若干年龄组。在项目设置上，除了发展身体素质和机能的锻炼项目以外，《劳卫制》还设置了诸如射击、手榴弹掷远、行军、国防知识等内容，反映了当时巩固国家政权和建设祖国的社会需要。当时，学生的体质健康状况受到国家经济比较落后、学校卫生条件比较差以及营养不足等因素的影响，亟待提高。因此为改善学生的体质健康状况，在锻炼身体、建设和保卫祖国的热潮推动下，我国的《劳卫制》产生和发展起来了，并对学校体育教学工作也产生了深刻的影响，促进了包括学生在内的群众体育运动的开展，对广大学生和成年人的体制健康起到了积极的作用。

但在实施的过程中也受到了多种不利因素的影响，例如，部分学校和地区受浮夸风的影响，在实施过程中急于求成，搞反复测试，突击达标，违反体育锻炼的客观规律，并冲击了正常的体育课教学；此外，连续三年的严重自然灾害导致了国家的财政经济困难，广大学生出现了营养不良，体制健康水平下降，这些使得《劳卫制》的推行受到影响，被迫中断。此后，在1964年《劳卫制》改名为《青少年体育锻炼标准》。

虽然《劳卫制》的实施经历了轰轰烈烈、坎坷与挫折，但它在特定的历史条件下，为改善和提高少年儿童的体质健康状况做出了不可磨灭的巨大贡献，开创了中华人民共和国成立以来国民体质健康促进事业的新纪元，也开创了学生体质健康评价工作的先河。

2. 《国家体育锻炼标准》

1975年5月，经国务院批准，国家体委公布了《国家体育锻炼标准》，要求在学校广泛实施，此后，在1982年、1990年又进行了修改，一直沿用至今。1995年开始施行的《中华人民共和国体育法》规定，学校必须实施《国家体育锻炼标准》，对学生在校期间每天用于体育活动的时间给予了保证。

在这一时期，我国国民经济和各项事业都进入了良性发展的轨道，特别是1978年党的第十一届三中全会做出了把工作中心转移到社会主义现代化建设上来和实行改革开放的战略决策，带来了国民经济的快速增长，同时特别重视受教育者应掌握充足的知识和技能，强调全面发展。在科学技术转化为生产力，提高劳动效率，使人民群众的生活水平得到了稳步的改善与提高的同时，也使人们从事体力劳动的机会不断减少，电视机、视盘机（VCD机和DVD机）、计算机等的普及也导致学生身体活动时间不断减少，生活水平提高与体制健康水平下降的矛盾逐渐显现。社会对于学生的体质健康更加重视，从1985年开始，教育部、国家体育总局、卫生部、国家民族事务委员会、科学技术部等五部委（局）共同组织展开了全国性的学生体质健康调研，到2005年已经进行了五次，以全面了解我国学生的体质与健康状况及其变化趋势。

实施《国家体育锻炼标准》的目的是：鼓励和推动人民群众，特别是青少年、儿童积极参加体育锻炼，以增强体质，提高运动技术水平，培养共产主义道德品质，更好地为社会主义现代化建设和保卫祖国服务。《国家体育锻炼标准》面对全体人群，分四个组进行测验，分别是儿童组，9～12岁，相当于小学3～6年级；少年乙组，13～15岁，相当于初中；少年甲组，16～18岁，相当于高中；成年组，19岁以上，相当于大学。其测试内容主要是对身体素质项目进行测验，共分五大类，与《劳卫制》相比删除了射击、手榴弹掷远、行军、国防知识等内容。所选项目强调增强体质效果好，少而精，既能促进身体全面发展，又简便易行，便于测试记录成绩，并适当兼顾为提高运动技术水平打基础。主要由体育行政部门主管，具体实施时会同教育等有关部门进行，同时强调学校应当把体育锻炼标准的实行工作同体育课、课外体育活动紧密结合，并纳入学校工作计划。它的推行对促进全社会关注学校体育，督促学生积极地参加体育锻炼，保证身体正常发育，增强体质都起到了重要的作用。

3.《学生体质健康标准（试行方案）》

进入 21 世纪以来，我国的综合国力有了极大的提高，人民的生活水平发生了翻天覆地的变化，越来越多的中国人开始享受科学技术和现代文明所带来的便捷、舒适的现代生活。现代文明在带给人们充分的物质享受的同时，也给人类的健康带来了新的威胁。由于精神紧张、营养过剩、运动不足、环境污染等因素所引发的非传染性疾病在全球的不断蔓延，处于"亚健康状态"的人群不断地扩大。对于学生来说，升学压力大、睡眠不足正成为影响他们身心健康的重要因素；生活水平的普遍改善，热量、脂肪等摄入过多及食物结构的不尽合理，加之营养科学知识的宣传普及滞后，特别是沉重的课业压力使得学生闲暇锻炼时间减少，导致了肥胖发生率的不断增加。2002 年学生体质健康监测结果显示，学生形态发育水平继续提高、营养状况继续改善、握力水平有所提高、几种常见疾病（低血红蛋白、龋齿等）的患病率继续下降；反映肺脏功能的肺活量测试继续呈现下降趋势；超重及肥胖学生明显增多，已成为城市学生重要的健康问题。

为了解决这些问题，适应社会发展以及人们对健康的迫切需要和对生活质量的不断追求，必须从青少年儿童的健康抓起。因此，2002 年 7 月由教育部、国家体育总局联合下发了《学生体质健康标准（试行方案）》，作为《国家体育锻炼标准》在学校的具体实施，并在第一条指出了它的目的和意义：贯彻《中共中央国务院关于深化教育改革全面推进素质教育的决定》提出的"学校教育要树立健康第一的指导思想，切实加强体育工作"的精神，促进学生积极参加体育锻炼，养成经常锻炼身体的习惯，提高自我保健能力和体质健康水平。

"健康体魄是青少年为祖国和人民服务的基本前提，是中华民族旺盛生命力的体现。"这是中共中央国务院在当前的历史条件下，从我国人才培养和可持续发展战略的高度出发对青少年学生提出的基本希望和要求，也为研制《学生体质健康标准》确定了明确方向，同时，青少年学生的全面发展以及增进健康的问题已成为全世界所关注的热门话题。《学生体质健康标准（试行方案）》根据学生的生长发育规律，将测试对象按照年级分组，小学一、二年级为一组，小学三、四年级为一组，小学五、六年级为一组，初中和高中每年级为一组，大学为一组。该标准从身体形态、身体机能、身体素质等方面综合评定学生的体质健康状况，在测试内容中，选择了与学生身体的发展及身体健康素质关系最为密切的一些要素作为测试的内容。例如：新增加了"身高标准体重"这一指标对学生身体的匀称进行评价，间接反映学生的营养状况，以引导学生及家长和全社会来关注少年儿童的身体形态和肥胖（或营养不良）状况。

在《学生体质健康标准（试行方案）》试行过程中，对于引导学生正确认识和了解自己的健康状况，有针对的进行身体锻炼起到了非常积极的作用。但是随着时代的发展，人们对自身健康的要求越来越高，标准也需要不断发展完善，同时这些标准在实施过程中也难免出现一些这样或那样的问题，例如，由于《学生体质健康标准（试行方案）》中部分项目的评分标准较低，原本是想激发学生锻炼的兴趣和积极性，但有的学生却因为不需要过多努力就能及格，锻炼的积极性反而下降；此外，为了较准确地对学生进行测试并减轻教师负担，《学生体质健康标准（试行方案）》没有过多选用可用于锻炼的项目和内容，而是提出通过体育课中丰富多彩的教学内容来促进学生积极锻炼，从而提高测试成绩，但同时由于部分学校对体育课教学内容缺乏明确的要求，这些在一定程度上也影响了学生的体质健康水平。2005年全国学生体质健康与健康调研结果表明：学生形态发育继续提高，营养状况继续改善，低血红蛋白等常见病检出率继续下降，握力水平有所提高；但同时也存在一些不可忽视的问题，包括肺活量水平继续呈下降趋势，速度、爆发力、力量耐力素质水平进一步下降，肥胖检出率继续上升，视力不良检出率仍然居高不下。为扭转这种不利局面，切实加强学校体育工作，改善学生体质健康水平，教育部和国家体育总局组织专家在广泛深入调查研究的基础上，对《学生体质健康标准》进行了完善和修改，详见附录。

运动

实践篇

第七章　田径运动

第八章　篮球运动

第九章　排球运动

第十章　足球运动

第十一章　游泳运动

第十二章　武术、散手、跆拳道运动

第十三章　健美操运动

第十四章　羽毛球运动

第十五章　乒乓球运动

第十六章　网球运动

第十七章　其他运动项目介绍

第七章　田径运动

第一节　田径运动概述

田径运动是人类在长期社会实践中发展起来的，是由走、跑、跳跃、投掷等动作组成的，按特定规则进行比赛的运动项目，是增强人民体质和对广大青少年进行精神文明教育的重要手段之一。

田径运动的运动强度大，竞争性强，项目多，锻炼形式多样。在空地、广场、道路上都可以练习。它不受人数、年龄、性别、季节、气候等条件限制，便于广泛开展。

田径运动能全面地发展人体的各项身体素质，促进各项运动技能的形成。因而成为其他运动项目发展专项素质与提高技术的基础。世界各国都很重视发展田径运动，经常把它作为衡量一个国家体育运动水平的标志。

田径运动包括男、女竞走、跑、跳跃、投掷四十多个单项。以及由跑、跳跃、投掷部分项目组成的全能运动。以时间计算成绩的竞走和跑的项目叫"径赛"。以高度和远度计算成绩的跳跃、投掷项目叫"田赛"。田径运动的分类和项目如表 7-1、表 7-2 所示。

表 7-1　走、跑、跳跃、投掷　　　　　　　　　单位：m

组别 项目	男　子　组	女　子　组
竞走	（公路） 10km、20km、50km	（公路） 10km
短跑	100、200、400	100、200、400
中长跑	800、1500、5000、10000	800、1500、5000、10000
马拉松跑	42195	42195
障碍跑	3000	
跨栏跑	110(106.7cm)　　400(91.4cm)	100(84.0cm)　　400(76.2cm)
接力跑	4×100　　4×400	4×100　　4×400
跳跃	跳高、撑竿跳高　　跳远、三级跳远	跳高、跳远、三级跳远
投掷	铅球(7.26kg)、铁饼(2kg)、标枪(0.8kg)、 链球(7.26kg)	铅球(4kg)、铁饼(1kg)、标枪(0.6kg)

表 7-2　全能运动

组　别	项　目	内容和比赛顺序
男子组	十项全能	第一天：100m、跳远、推铅球、跳高、400m 第二天：110m栏、掷铁饼、撑竿跳高、掷标枪、1500m
女子组	七项全能	第一天：100m栏、推铅球、跳高、200m 第二天：跳远、掷标枪、800m

第二节 跑的基本原理与技术

跑是人体活动的自然方法，也是人类的基本活动技能。人体每跑一步，都有一个支撑时期和一个腾空时期，每一个周期是一个复步，由两步组成。具有两个支撑时期和腾空时期。整个过程包括着地缓冲、后蹬、后摆和前摆四个阶段。如图 7-1 所示。

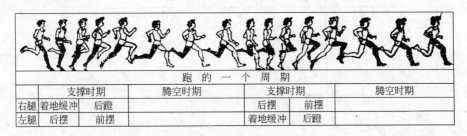

跑 的 一 个 周 期							
支撑时期		腾空时期		支撑时期		腾空时期	
右腿 着地缓冲	后蹬			后摆	前摆		
左腿 后摆	前摆			着地缓冲	后蹬		

图 7-1 跑的周期、时期及阶段

从图 7-1 可看出，在快跑时，腾空时期比支撑时期长，为了提高跑的速度，要加强腿部蹬地力量和速度的训练，减少支撑时期的时间，才有助于减少腾空时期的时间。因为腾空时期的时间在适宜后蹬角度的情况下，是由蹬地速度和力量决定。

步长是指每一单步的长度。

步频是指单位时间内跑的步数。

跑的速度与步长、步频密切相关。提高跑的速度或加大步长、或提高步频，两个因素同时增加对跑速作用更大。通常，步频与跑的成绩相关系数比步长更大。

一、短跑

它是人体大量缺氧状况下持续高速跑的极限强度运动，是发展速度素质的一项运动。短跑技术一般分为起跑、起跑后的加速跑、途中跑和终点跑四个部分。

1. 100m 跑技术

(1) 起跑

起跑的任务是使身体迅速摆脱静止状态，尽可能获得较大的起动初速度。短跑采用蹲踞式起跑，起跑器安装方法一般采用"普通式"、"拉长式"两种，两种起跑器的安装方法应根据各自的情况选定或调整，主要达到在"预备"时感到舒适而放松，起跑时跑离起跑器能获得最大初速，起跑后身体有较大前倾角度，为加速跑创造有利条件为宜。如图 7-2 所示。

起跑过程包括"各就位"、"预备"、"鸣枪"三个阶段。

听到"各就位"口令后，下蹲，两手四指并拢与大拇指成八字形置于起跑线后沿，两脚依次踏在前后起跑器上，脚掌紧贴起跑器，脚尖触地面，背颈部自然放松，如图 7-3(a) 所示。

听到"枪声"，两手迅速推离地面，两臂屈肘时有力地做前后摆动，两腿迅速蹬离起跑器，使身体向前上方运动。后腿迅速屈膝向前上方摆出，同时前腿快速有力地蹬伸髋、膝、踝三个关节，如图 7-3(b)~(d) 所示。

(2) 起跑后的加速跑

起跑后的加速跑是以后腿蹬离起跑器，到途中跑之间一个跑段，一般为 25~30m 左右。

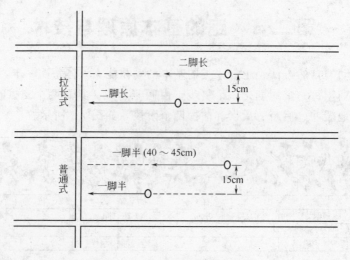

图 7-2　100m 起跑器的安装方法

图 7-3　100m 起跑过程

起跑后，两臂加快用力摆动，摆幅较大，步长不断增加，步频逐渐加快，两脚的着地点逐渐合于一条直线上，上体逐渐抬起进入途中跑。

（3）途中跑

途中跑是短跑中距离最长、速度最快的一段，其任务是继续发挥并保持高速度跑。在跑的周期中，包括后蹬与前摆、腾空、着地缓冲等动作阶段。

进入途中跑后，当身体重心移过人体支点的垂直面时，摆动腿的膝关节超越支撑腿，迅速有力地向前上方摆出。并且带动同侧骨盆前送，使大腿抬至水平或略低于水平位置。支撑腿在摆动腿积极前摆配合下，快速有力地依照展髋、伸膝、伸踝，直到脚掌蹬离地面。此时支撑腿与摆动腿的夹角应大于 100°。

支撑腿脚掌蹬离地面后，小腿随着蹬地的惯性迅速向大腿折叠，形成大小腿边折叠边前摆的动作。摆动腿大腿积极下压，小腿自然向前下方伸展，积极准备用前脚掌着地。

前脚掌着地动作应该非常积极，并用前脚掌做扒地动作，着地点约在人体重心投影点前一至两脚处。前脚掌着地后，支撑腿迅速屈膝缓冲，以减小支撑反作用力的制动阻力。

途中跑时上体稍前倾，两臂屈肘时做轻快、有力的摆动。前摆时手稍向内，高度超过下颚，后摆时关节稍朝外，手经过身体。大小臂夹角前摆时约 90°，后摆时约 130°。

（4）终点跑

终点跑技术与途中跑技术相似，要求在离终点线 15～20m 处，尽力保持上体前倾角度，加快两臂摆动速度和力。在离终点线一步时，上体急速前倾用胸部或肩部撞终点线。

2. 200m 和 400m 跑

（1）起跑器的安装

由于 200m、400m 的起跑是在弯道中进行的，因而应将起跑器安装在弯道分道的右侧，并使起跑器对着弯道的切点。如图 7-4 所示。

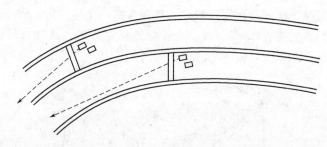

图 7-4　200m、400m 起跑器的安装位置

（2）弯道跑　在进入弯道和沿弯道跑，身体应向左倾斜。后蹬时右腿用前脚掌内侧着地。左腿用脚掌的外侧着地。右臂后摆时偏外，前摆时稍向内侧，从弯道跑进直道，应在弯道的最后几米，逐渐减小身体内倾程度，顺着惯性跑 2～3 步。

3. 短跑专门练习

① 小步跑　身体稍前倾，大腿抬起与水平线成 35°～45°角，膝关节放松，然后大腿下压小腿顺下压惯性前伸，迅速以前脚掌积极着地，脚趾完成最后"扒"地动作。要求步幅小，频率快而轻松。

② 高抬腿跑　上体正直或稍前倾，大腿高抬与躯干约成 90°角，然后积极下压，膝关节放松，小腿自然伸展用前脚掌着地，支撑腿三关节充分伸展，两臂前后用力摆动。

③ 后蹬跑　上体稍前倾，支撑腿后蹬充分蹬直，摆动腿屈膝，关节领先向前摆出，然后大腿积极下压，膝关节放松，小腿顺势摆出，后脚积极着地。

4. 短跑练习方法示例

（1）力量练习

① 负杠铃练习（全蹲、半蹲、1/3 蹲）。从最大负荷量 70%～80% 开始，逐渐增大到 100%。完成 5～7 组，每组 4～5 次。

② 负重弓步交换腿跳。最大负荷量的 50% 完成 3～5 组，每组 20～30 次。

③ 哑铃蹲跳。重量 20～25kg，完成 3～5 组，每组 15～25 次。

（2）速度练习

① 加速跑 30～60m，（3～5）次×（2～3）组。

② 短距离组合跑（30m＋50m＋70m＋100m）×（2～3）组。

③ 上坡和下坡跑 60～100m，（5～7）次×（1～2）组。

④ 短中距离结合跑（100m＋200m＋300m＋400m＋300m＋200m＋100m）×1 组。

⑤ 反复跑 100m×10 次×1 组。

⑥ 变速跑。直道快弯道慢或直道慢弯道快。

二、中长跑

中长跑是发展耐久力的运动项目。在技术上要尽可能减少体力的消耗，以维持一定的跑速。中长跑要跑得轻松自如，重心平稳，呼吸自然，节奏轻快，讲究动作实效。各种距离跑的技术基本相同，但由于距离的长短和跑的强度不同，跑的动作也有差异。一般距离越长，步长越短。

中距离跑多采用半蹲踞式或站立式起跑。长距离则采用站立式起跑，半蹲踞式起跑的动作顺序是"各就位"时先作一两次深呼吸．两膝稍弯曲，上体前倾，重心在前脚上，后脚用前脚掌支撑站立。眼睛向前看 3～5m 处，身体保持稳定姿势，两臂自然弯曲前后放置，如图 7-5 所示。

图 7-5　半蹲踞式起跑

注意力集中听枪声，听到"信号"时，两脚用力蹬地，后腿蹬地后迅速前摆，前腿迅速蹬直，两臂配合腿部动作快速有力摆动，使身体摆脱静止状态。起跑后的加速跑，上体逐渐抬起，迅速有力地摆臂。根据项目、个人特点、战术、比赛人数确定加速的距离和速度，应在不妨碍别人，或不被别人影响的情况下，发挥个人跑速与战术，进入有计划有节奏的途中跑。途中跑及终点跑与短跑类似，但强度不一样。

在中长跑途中往往会出现呼吸困难、节奏紊乱、两腿无力、跑速下降，有难以继续跑进的感觉，这种现象称为"极点"。"极点"的产生主要是因为跑的过程中氧气供应落后于肌肉活动的需要，产生了缺氧现象。当"极点"出现时，一定要以顽强的意志品质坚持跑，加深呼吸，调整跑速，尽力保持已跑的节奏。继续坚持一段距离，呼吸困难等程度会减轻，"极点"会克服，呼吸又会均匀。

中长跑练习方法如下。

(1) 一般耐力

可利用早操时间进行 45min 至 1.5h 的持续跑或各种长时间越野跑。

(2) 专项耐力

① 间歇跑　使心率保持在 120～180 次/min 范围内。一般常在 200～600m 的距离上采用间歇跑。

② 重复跑　距离可采用 100～200m、400～600m、1000～1600m 等的重复跑。

③ 变速跑　一般采用 50～400m 距离的变速跑。比如：50m 快，50m 慢，100m 快，100m 慢。200m 快，200m 慢等。

(3) 速度练习

与短跑相似。

三、跨栏跑

跨栏跑可以培养勇敢、顽强、果断和克服困难的意志品质和有效地发展速度、弹跳、柔韧和灵敏协调等身体素质。各项目的栏高与架数各不相同，见表 7-3。

跨栏跑全程技术分为：起跑至第一栏、跨栏步、栏间跑、终点冲刺撞线四个技术部分。

表 7-3　跨栏跑各项目的栏高与架数　　　　　　　　　单位：m

性别	项目	栏高	栏数	起跳到第一栏距离	栏间距离	最后一栏到终点距离
男子	110m 栏	1.067	10	13.72	9.14	14.02
	400m 栏	0.914	10	45	35	40
女子	100m 栏	0.84	10	13	8.50	10.50
	400m 栏	0.762	10	45	35	40

1. 110 米跨栏跑技术

(1) 起跑至第一栏的技术

起跑器安装的方法和起跑动作与短跑基本相同。起跑至第一栏一般跑八步，应将起跨腿的脚放在前起跑器上，少数身材高大运动员跑七步，则将摆动腿的脚放在前面。"预备"时臀部抬起得比短跑起跑准备动作稍高一些，便于起跑后较快抬起上体，跑至第六步以后身体姿势已接近短跑途中跑姿势，以便准备起跨过栏。

(2) 跨栏步技术

跨栏步包括起跨、腾空过栏、下栏着地三个阶段。如图 7-6 所示。

图 7-6　跨栏步技术

过栏不但要求动作快，身体腾空时间短，而且还必须能衔接栏间跑，创造有利条件。

适宜的起跨点距离栏架的距离可防止跳栏或过栏困难，一般约为 2～2.2m。但在教学中要根据学生具体实际情况做适当调整。

正确的过栏技术起跨前应保持较高的跑速，最后一步比前一步的步长应短一些。当起跨腿的脚着地时，摆动腿大小腿折叠由体后向前上方摆起如图 7-6(a)、(b) 所示，膝关节应摆到超过腰部的高度。摆动腿摆的速度要快，这有利于完成摆动腿过栏的鞭打动作。当起跨腿蹬地结束瞬间，髋、膝、踝三关节伸展。头、躯干与蹬直的起跨腿应成一直线，如图 7-6(c) 所示。

起跨结束离地后，摆动腿继续向前上方高抬，当摆动腿膝关节超过栏板高度，小腿迅速前摆，脚尖微微上翘，使两腿在栏前形成一个大幅度劈叉动作。摆动腿的脚一过栏板，起跨腿小腿随惯性外展，以快速的弧形动作侧平拉过栏板，起跨腿越过栏架时，同侧臂屈肘后摆维持身体平衡，如图 7-6(d)、(e) 所示。

在摆动腿移过栏板的同时，起跨腿屈膝外展，小腿收紧抬平，脚尖勾起，足跟贴近臀部，以膝领先腋下加速提拉。当脚过栏板后膝关节继续收紧向体前中线高抬，使身体成高抬腿姿势，如图 7-6(f) 所示。摆动腿脚掌着地时，上体不可突然抬起，着地点约在身体重心投影点前 10～20cm 处，着地点距栏距离约为 1.40～1.50m，身休重心保持在较高的部位，如图 7-6(g)～(j) 所示。

（3）栏间跑

栏间跑是指从下栏着地到下一栏起跨点之间的跑法。

9.14m 的栏间距离。除"跨栏步"的距离外，栏间跑实际距离约为 5.5～5.7m，用三步跑过。三步的比例为：小、大、中。

第一步步长约 1.5～1.6m。为了争取第一步必要的步长，应充分发挥踝关节及脚掌力量，上体不要突然抬起，以有力的摆臂提高蹬地效果和加快离栏速，使第一步具有一定的步长。

第二步步长约 2.00～2.15m。其动作结构大致与短跑途中跑相同。强调高抬大腿上体稍前倾，跑后动作轻松、富有弹性。

第三步步长约 1.85～1.95m。摆动腿抬的不高。放脚积极、迅速、落地点靠近重心投影点，是一个快速短步。

栏间跑尽量使身体重心处于较高部位，减少上下起伏。上体保持适当前倾，脚落地方向要正，脚跟不得着地。总的要求是：频率快、节奏对、重心高、方向直。

（4）全程跑技术

在全程跑中，首先要跑好起跑至第一栏才能顺利地在第二、三栏发挥较高速度。在跨越最后二、三栏时，应将注意力集中在保持节奏和准备冲刺上，在第十栏下栏着地后，应加快动作频率，加大身体前倾，全力以赴冲向终点，撞线动作与短跑相同。

2. 跨栏跑的练习方法

（1）"跨栏步"的模仿练习

① 摆动腿的模仿练习。原地和进行间做屈膝攻栏和"鞭打"着地动作；走步或慢跑由栏侧做摆动腿摆过栏练习。

② 起跨腿过栏的练习。原地双手扶肋木提拉起跨腿过栏；行进间或慢跑做起跨腿提拉过栏练习；小步跑或快跑做起跨腿栏侧过栏练习。

（2）过栏的专门练习

① 原地栏侧高抬腿过栏。

② 原地起跨腿过栏。

③ 栏侧助跑摆动腿、起跨腿过栏练习。

④ 高抬腿跑从栏侧或栏中过栏练习。

（3）栏间跑的练习

① 站立式起跑过第一栏。

② 站立式起跑过 3～5 栏架。

③ 蹲踞式起跑 8 步跨 3～5 栏架。

④ 全程跑练习、测验。

四、接力跑

接力跑技术包括短跑技术和传接棒技术两个部分。

1. 4×100m 接力

（1）起跑

持棒起跑：第一棒传棒人以右手持棒，采用蹲踞式起跑。接力棒不得触及起跑线和起跑线前的地面。持棒起跑技术和短跑相同，持棒方法一般采用右手食指握住棒的后部，拇指与其他三指分开撑地。如图7-7所示。

接棒人起跑：第二、四棒接棒人应站在跑道外侧，右腿在前，右手撑地保持平衡，身体重心稍偏右边，头部左转，目视传棒人的跑进和自己的起动标志。第三棒接棒人站在跑道内侧，左腿在前，左手撑地，头部右转，目视传棒人的跑进和自己的运动标志线。接

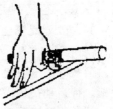

图7-7 持棒方法

棒人应站在接力区的后端或预跑线内，选定起跑位置，当传棒人跑到标志线时，接棒人便迅速地起跑。

（2）传、接棒方法

传、接棒方法有上挑式与下压式两种。

上挑式：接棒人的手臂自然向后伸出，掌心向后，拇指与其他四指自然张开，虎口朝下。传棒人将棒由下向前上方送入接棒人的手中，如图7-8（a）所示。

下压式：接棒人手臂后伸，掌心向上，虎口张开朝后，传棒人将棒自上而下传给接棒人的手中。如图7-8（b）所示。

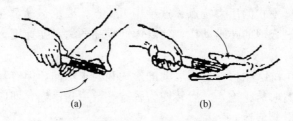

(a)   (b)

图7-8 传、接棒方法

在比赛中运动员常常也采用混合式传接棒方法。第一棒传给第二棒和第三棒传给第四棒采用上挑式，第二棒传给第三棒采用下压式。无论采用哪一种传、接棒方法，都应是第一、第三棒队员沿跑道内侧跑进，以右手将棒传给第二、第四棒队员的左手，第二棒队员沿跑道外侧跑进，以左手将棒传给第三棒队员的右手。

（3）各棒队员的安排

接力跑是由四人配合，各跑一段距离完成全程跑的。因此必须根据各个队员的特长，选择各棒队员。一般第一棒要安排起跑和弯道跑技术掌握较好的队员，第二棒安排专项耐力好，并善于传接棒的队员，第三棒安排除要具备第二棒的条件外，还要善于弯道跑的队员，第四棒安排短跑成绩最好，冲刺能力强的队员。

2. 4×400m 接力

4×400m 接力跑的传、接棒技术相对比较简单。

第一棒采用蹲踞式起跑，第二棒采用站立式起跑，上体左转，目视传棒人，要估计好传棒人最后一段跑的速度。交接棒要在接力区内完成。按规则规定，第三、四棒接棒队员，应按照同队传棒运动员跑完200m时的先后顺序由内到外地排列各自的接棒位置。传棒队员将棒传出后，在不影响其他运动员跑进的情况下退出跑道。

五、3000m 障碍

3000m 障碍跑是长跑与跨越障碍相结合的运动项目。要求运动员不仅要具备长跑的耐

力和技术，还要掌握跨越障碍的本领。下面简单介绍。

3000m 障碍赛全程共要跨越 35 次栏架（包括过水池的 7 次栏架），和 7 次跨过水池，其中栏架高 91.4～91.7cm。水池池底筑成斜坡，靠近障碍处池深 70cm，使用时应储满水，池底斜面装有防滑衬垫。每圈应设五个障碍，水池为第四个。由起点至第一圈开始处不设障碍栏架，待运动员进入第一圈后，再放置栏架。

3000m 障碍赛跨栏架的方法有两种：一种是直接跨越法，这一方法近似跨栏技术动作；另一种方法是踏上横木跳下法，一般用于跨越水池障碍。

第三节 跳跃的基本原理与技术

跳跃，按其用力特点，为快速力量项目。由于跳跃成绩表现在运动员腾空中所克服的垂直高度或水平距离上，这就决定了跳跃动作具有明显的腾空时间长的特点。

跳跃运动员为了创造时间较长的腾空阶段。在起跳前，有一段距离较长的快跑，以获得高速度。适度加长助跑距离，提高助跑速度，在起跳前发挥或保持高速度，是跳跃技术以后的发展方向。

跳跃的起跳具有爆发式的用力特点。这种用力特点，要求运动员在很短的单位时间内发挥巨大的力量，并通过合理的技术动作，使身体产生高的腾起初速度，从而达到理想的腾空远度或高度。

田径运动中的各个跳跃项目，虽然运动的形式和要求不同，但有其共同特点，即人体的运动是从静止状态开始向前跑进，而后转变为腾空，最后是落地。即四个密切联系的动作阶段：助跑、起跳、腾空、落地。

腾起初速度和腾起角是决定跳跃成绩的两大基本力学要素。抛体运动的高度和远度，决定于腾起初速度和腾起角的大小。随着腾起初速度的加大、腾空高度和远度随之增加。随着腾起角的加大（射高时在 90°以内，射远时在 45°之内）腾空高度和远度同样得到提高。

一、跳远

跳远的完整技术，由助跑、起跳、腾空和落地四个部分组成。

1. 助跑

跳远的助跑是为了获得高的水平速度，并为准确踏板和起跳做好准备。助跑的距离男子一般在 35～45m 之间，约跑 18～22 步，女子为 30～40m，约跑 16～22 步。但也要根据运动员自身特点而稍加调整。

全程助跑距离和步数的测量方法：用皮尺在跳远助跑道上丈量出 35～45m，在此距离间，根据个人的特点反复助跑，找出准确的助跑距离并定下来。但要根据助跑道的性质、天气及身体情况等进行调整。

（1）助跑的开始姿势和加速方式。

助跑的开始姿势有两种：从静止开始，一般采用"半蹲式"起跑。行进间开始，先走几步或跑几步踏上起跑点，开始加速。

起跑后的加速也有两种：积极加速，其特点是步频始终保持在较高的水平上，助跑距离比较短。逐渐平稳的加速，这种加速方式与一般加速跑相似。开始时步频较慢，在逐渐加大步频的基础上，提高步长。

（2）最后几步助跑和准确踏板

助跑的最后 6～8 步是整个助跑的关键。最后几步助跑中，既要保持和发挥最高速度，同时又要做好起跳准备，这是一个难度较大的技术环节。

最后 6～8 步助跑技术，有两种：最后 6～8 步把步子放小，频率放快，形成一种快速进入起跳的助跑节奏。在步长相对稳定的情况下，加快步频，最后几步步长没有明显变化。

一般运动员都采用第二种方法，因为在步长不发生变化的前提下，增加步频，有利于保持和发挥最高跑速，使助跑和起跳衔接紧密。

助跑的准确性取决于整个助跑和最后几步助跑的稳定性，不断变化的外界条件和自己试跳时机能状态也有一定的影响。

为了准确上板应做到：要有一个相对稳定的助跑距离，要有一个固定的起跑姿势和起动加速方式，正确使用助跑标志，第一标志设在起跑线上，第二标志设在最后六步或四步起跳脚的落地处。

2. 起跳

起跳的目的是利用助跑速度，创造尽可能大的腾起初速度和合理的腾起角。优秀运动员的腾起初速度每秒可达 9.2～9.6m，身体重心的腾起角为 18°～24°。

运动员起跳脚着板时，上体正直或保持 3°～5° 的后仰，起跳脚要主动积极向起跳板下落。为减少着地冲撞力，应采用像跑时那样的"扒"地动作，在起跳脚着板时，由于助跑水平速度的惯性力和身体重力作用，产生很大压力，迫使起跳腿的髋、膝、踝关节产生很快的弯曲缓冲。全脚掌迅速滚动，身体前移。当身体重心移过垂直面时，两臂以肩带动上提，提至与肩平齐时停止摆动，起跳腿的髋、膝、踝三关节充分伸展摆动腿向前上方摆至水平位置，小腿自然下垂，完成起跳动作。如图 7-9(a) 所示。

3. 腾空

起跳腾空后，上体应正直，摆动腿屈膝前摆，大腿高抬并保持水平姿势，起跳腿自然放松地留在后面，成"腾空步"姿势如图 7-9(b) 身体在空中飞进时，自身任何动作都不能改变身体重心的运动轨迹。空中的腾空姿势是为了维持身体的平衡和为合理的落地做准备。腾空姿势一般有蹲踞式、挺身式、走步式三种。

(a)   (b)

图 7-9 起跳

（1）蹲踞式

起跳成腾空步后，上体保持正直，摆动腿向前上方摆出。两臂向前摆动。接近最高点时，起跳腿向胸部提举。逐渐与摆动腿靠拢，形成空中蹲踞姿势，两臂由前向下向后摆动随后完成落地动作。由于蹲踞式屈髋团身，下肢离身体重心较近，缩短了旋转半径，容易产生前旋、过早落地。如图 7-10 所示。

图 7-10 蹲踞式腾空姿势

(2) 挺身式

起跳腾空开始后，摆动腿的大腿积极下放，小腿向前、向下、向后上方摆，和起跳腿靠拢。在最高点时，身体充分伸展．形成中"挺胸展髋"，两臂上举的挺身式跳远姿势。继而收腹举腿，准备做落地动作。由于挺身式使体前肌拉长，又加长了旋转半径，有利于延长落地时间和收腹举腿落地动作，如图 7-11 所示。

图 7-11 挺身式腾空姿势

(3) 走步式

走步式空中动作有二步半和三步半两种。起跳腾空步后摆动腿下落，向后摆动，同时，起跳腿屈膝前摆，在空中完成一个自然的换步动作。换步以后，身体成第一次腾空步姿势。这一腾空步是起跳腿在前，摆动腿在后，换步时下肢以大腿带动小腿，摆动幅度大。由于走步式克服了不少前旋力，因而对延长落地时间有积极作用，如图 7-12 所示。

图 7-12 走步式腾空姿势

4. 落地

落地的任务是争取更好的跳远成绩，防止伤害事故的发生。落地前双腿屈膝高抬，成团身姿势。此动作应是膝部主动地向胸部运动，着地后要及时屈膝缓冲，髋前移，两臂前摆，使身体移过落点，避免后坐。

5. 跳远的练习方法（示例）

（1）快速助跑与正确起跳相结合的技术

① 原地模仿起跳练习。上一步做"腾空步"。

② 三步助跑起跳成"腾空步"练习。在 40～50m 距离内连续做三步助跑起跳成"腾空步"。

③ 半程助跑起跳成"腾空步"练习。起跳后只做"腾空步"，单脚落地。

（2）挺身式跳远腾空姿势和落地动作

① 行进间的挺身空中动作模仿练习。上一步做起跳腾空步。摆动腿下落展开身体，双脚落地。前跳步做落地动作。

② 从高处跳下，完成挺身式空中模仿动作。

③ 短、中距离助跑的挺身式完成跳远练习。

二、三级跳远（简介）

三级跳远是在助跑以后，沿直线连续进行单足跳（第一跳）、跨步跳（第二跳）和跳跃（第三跳）三次向前跳跃的项目。

三级跳远的成绩取决于助跑时获得的水平速度、合理的腾起角及三跳腾起初速度。同时也与身体平衡能力和合适的三跳比例有关。三级跳的腾起角为：单足跳 14°～18°，跨步跳 12°～15°，跳跃 18°～20°。

三级跳远的三跳比例关系是多种多样的。它与运动员自身的形态特点、身体素质，平日的训练方法及所采用的技术类型，都有一定的关系。一般是第一跳和第三跳所占的百分比较大，第二跳占的百分比要小一些。现代的发展趋势是适当减小第一跳远度的百分比，加大第三跳远度的百分比，减少前二跳中的制动作用，使第三跳更加快速连贯，从而有效地提高了第三跳远度。

三级跳远的助跑距离和方法以及助跑的速度和获得速度的方法、途中标志等，与跳远基本相同。其不同的是三级跳远最后的几步步幅更加均匀，上体前倾比跳远大些，向前用力的程度更大。

三、跳高

跳高是克服垂直障碍的跳跃项目。它的技术是由助跑、起跳、过杆和落地四个部分组成。下面介绍背跃式跳高技术。

1. 助跑

背跃式跳高的助跑路线一般是前段为直线，最后 3～5 步助跑转入弧线。助跑距离 8～12 步，直线段技术与普通加速跑相同，身体重心高，后蹬充分富有弹性。弧线段与短跑弯道技术相似。在助跑的倒数第二步时，摆动腿积极下压趴地，使身体重心迅速前移。

为了使助跑步点准确，可用一简单的方法——自然走步丈量法。结合米尺丈量步点。如图 7-13 所示。

2. 起跳

起跳是跳高技术最关键的一环，必须要求助跑的最后几步与起跳的衔接积极紧凑。因此这就要在保持水平速度的同时注意起跳前的助跑节奏，而且最后几步必须严格地沿着弧线跑

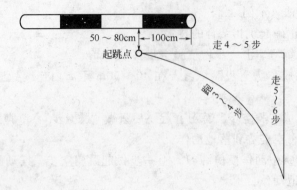

图 7-13　自然走步丈量法

进。起跳脚着地时，首先以脚跟外侧触及地面，然后迅速滚动到全脚掌，脚尖朝向弧线的切线方向。在屈膝缓冲时，身体由内倾开始转为垂直，摆动腿继续上摆，配合起跳腿的蹬伸动作。以髋带动大腿、屈膝向异侧肩的上方摆动，带动同侧髋关节和骨盆扭转。双臂向上摆动，使整个身体向上伸展。同时，起跳腿快速有力地蹬伸，使髋、膝、踝各关节充分蹬直，整个身体在起跳结束时几乎与地面垂直。如图 7-14 所示。

图 7-14　起跳

在起跳过程中，要注意腿和臂的摆动以及蹬伸的协调配合。摆动腿多采用屈腿摆动，摆臂采用交叉摆动和平行摆动．双臂交叉摆动是起跳腿前伸时，同侧臂屈肘后摆，异侧臂前摆，形成双臂前后交叉的姿势。双臂平行摆动是起跳腿前伸时，双臂屈肘后摆，然后两臂平行经体侧向前上方摆动。

3. 过杆和落地

起跳结束时，身体应保持伸展姿势。由于起跳时摆动腿带动同侧髋关节向前运动，使身体在向上腾越时转为背对横杆。再加上离心力的作用，使得身体沿弧线的切线方向运动靠近横杆。当肩部超越横杆后，应及时地仰头、倒肩、展体，身体处于杆上时，要充分展髋，下放摆动腿，使身体形成较大的背弓，当身体越过横杆，膝关节位于横杆的上方时，应及时地低头含胸、屈髋，并伸直膝关节，使整个身体顺利过杆。在整个过杆过程中，头、肩、躯干、髋、大腿、小腿等自上而下依次过杆。

4. 背跃式跳高的练习

（1）助跑与起跳的练习

① 半径为 5～8 米的"8"字形跑。

② 马蹄形跑。

③ 直线接圆圈跑。

④ 迈步起跳。摆动腿在前用力蹬地，起跳腿迅速前迈着地，迅速起跳。

⑤ 3 步助跑起跳摸高。

⑥ 全程助跑起跳摸高。

（2）掌握过杆与落地技术

① 双人背负练习。

② 体后屈成"桥"。

③ 背对海绵包后倒成"背弓"。

④ 原地双脚起跳过杆与落地练习。起跳越过一定高度的横杆。

⑤ 跳上高海绵包。采用 3~5 步助跑起跳，腾空后挺髋展体，双腿自然下放，上体仰卧落于高海绵包上。

⑥ 3~5 步助跑起跳过杆练习。

⑦ 全程助跑完整技术练习。

第四节 投掷的基本原理与技术

投掷项目的远度，取决于器械出手初速度，出手角度和出手高度，出手高度对投掷距离较近的铅球影响较大。铁饼和标枪还受流体力学因素的支配。

出手初速度和出手角度是变量，对器械飞行距离有积极的影响。增加出手初速度的效果大于增加出手角度的效果，出手初速度可以尽可能地提高。出手角度以 45° 为最大限度。超过时，器械飞行距离反而缩短。

在投掷实践中应力求适宜的出手角度和最大的出手初速度。

在投掷标枪和铁饼时，由于其体积和形状的特征，空气对它们的飞行有一定的影响。

铁饼和标枪在空中飞行时，需要把部分空气排向侧方或者推向前方。为此，投掷物要做功，就要减少功能，因而降低速度。空气阻力和投掷物大小、形状有密切关系。一般来说，投掷物端越细越尖，所受空气阻力越小。如果横断面越往后越缩小，形成流线型，受空气阻力就会更小。

空气阻力和铁饼、标枪的飞行速度有关，与其飞行速度的平方成正比。

铁饼、标枪在飞行中所受空气浮力与下列几点有关：①形状（对于通过飞行物上面和下面的气流性质有影响）；②冲击角（在界限内，冲击角越大、浮力越大）；冲击角指投掷物与轨迹形成的角度；③面积（面积越大、浮力越大）；④飞行速度的平方（速度越大、浮力越大）；⑤空气密度（密度越大、浮力越大）。

一、推铅球

推铅球的方法可分为：原地推铅球，侧向滑步推铅球、背向滑步推铅球、旋转推铅球四种投掷技术，本节主要介绍背向滑步推铅球技术。

1. 背向滑步推铅球（以右手为例）

（1）握、持球的方法

食、中、无名三指自然分开，托住铅球，小指伸展与大拇指扶持于铅球两侧。手腕背屈，手指、手腕力强者可将重心向第二指骨处稍移动，更加有利于发挥铅球出手时手指拨球力量。握好后将球置于肩上锁骨窝处，紧贴颈部，手掌心向前，肘部自然抬起，略低于肩。

（2）预备姿势

背对投掷方向，右脚紧贴铁圈后沿站立，上体前俯约与地面平行，两腿弯曲。身体重心落在右腿上，左腿后伸以脚尖点地，左臂自然下垂，目视前下 2~3m 处，持球臂肘部自然下垂，部分上体在空间探出圈外。

（3）滑步

滑步是为了使铅球获得水平方向的预先速度。为最后用力创造有利条件。滑步前左腿可作一两次预摆，预摆时左腿自然弯曲，大腿平稳向上摆起，左臂自然前伸或自然下垂并稍向内。左腿摆到一定高度待身体平衡后，回收大腿，靠近右腿时，右腿同时逐渐屈膝完成含胸团身动作，紧接着右腿用力蹬伸，身体重心离开支撑点，左腿快速的向抵趾板方向摆去并迅速拉收右腿，同时，右脚尖逐渐向内转动（滑步结束时，约与投掷方向成90°角），这时左腿积极下落。脚尖稍向外转以前脚掌内侧落在圆圈直径的左侧，两脚着地时间相隔愈短愈好。滑步结束后，上体保持扭转状态，体重在右腿上，铅球投影点远离支点，加大最后用力距离，有利于发挥最大力量。

滑步的基本要求是要身体移动快、重心起伏小。

右腿蹬离地面有两种方法：

① 右腿蹬直，以脚跟蹬离地面；

② 右腿不完全伸直，用前脚掌蹬离地面。

第一种要求腿部力量大，灵敏性高，但难度大，第二种较为省力、容易掌握。

（4）最后用力

最后用力是推铅球的主要环节，它的技术必须符合快的出手初速度、合理的出手角度以及高的出手点三个因素才能把球推的更远。

滑步结束时，左脚一着地，不间断的使右腿积极蹬伸，推动右腿向投掷方向转动。上体在转动中逐渐抬起，左臂向胸前，向左上摆起，使原来背对投掷方向转至左侧对投掷方向。左臂左肩高于右肩，铅球保持较低的位置，重心大部分仍在弯曲、压紧的右腿上，由于右腿不停地蹬伸，加速右髋继续向投掷方向转动和上体前移。重心逐渐移至右腿，左腿微屈。当左臂向体侧摆动时，胸和头部才转向投掷方向，右腿继续蹬伸。进一步将右髋向投掷方向送出，随着右肩前送，左臂已摆至体侧制动，保证右臂与右肩正确的向前推出。这一动作结束时，两腿充分蹬伸。挺胸抬头，迅速伸直右臂，手腕稍向内转同时屈腕，用手指拨球。快速有力地使铅球从手指处推出，一般出手角度为38°～42°。

铅球离手后，两腿迅速交换并弯曲，使身体重心降低，缓解向前的冲力，维持平衡，防止犯规。

2. 背向滑步推铅球的练习方法

（1）原地推铅球

① 用实心球进行练习侧推、后抛等。　　　　③ 原地背向推铅球。

② 原地侧向推铅球。

（2）背向滑步推铅球

① 圈外徒手背向滑步。　　　　　　　　　③ 背向滑步推铅球。

② 持球滑步。

如图 7-15 所示。

二、掷铁饼（简介）

掷铁饼是在直径 2.5m 的圆圈内。通过旋转的方法获得预先速度，继之以爆发式用力给

1 2 3 4 5 6

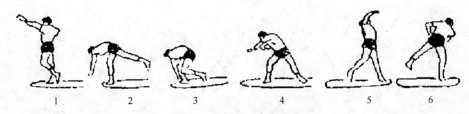

图 7-15　背向滑步推铅球

器械加速将饼掷出于 40°的扇形区内。

随着器材规则等方面的改变，投掷技术有了很大的发展，已由原来的侧向旋转发展到现在的背向旋转。它增加了铁饼出手前的运行距离，和出手时的初速度，从而有利于提高运动成绩。

掷铁饼的技术是一个完整的连贯动作，为了分析和教学的方便，从动作过程的结构上把它分为握法（如图 7-16 所示）预备姿势和预摆、旋转、最后用力和掷出后维持平衡几个部分如图 7-17 所示。

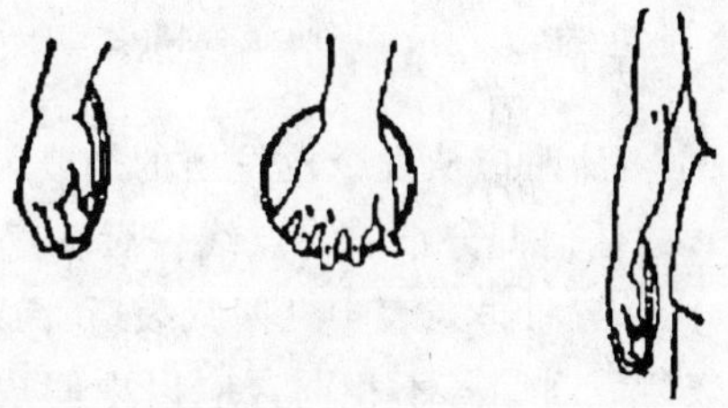

图 7-16　铁饼握法

三、投掷标枪

掷标枪的历史比较悠久。随着标枪场地、结构和材料的不断更新，对掷标枪技术的改进起到了较大的促进作用。

1 2 3 4 5 6

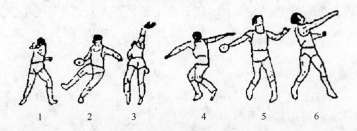

图 7-17　掷铁饼的动作过程

掷标枪是一个技术比较复杂的多轴性旋转的投掷项目。其技术是通过持枪助跑获得最大的速度，顺利完成由助跑向最后用力的过渡，并在最后用力时利用肌肉的依次收缩，使动作达到最大速度，按着最适宜的出手角度，将枪经肩上掷入正确的运行轨道。

为了便于分析和教学，将标枪的完整技术分成握枪与持枪（如图 7-18 所示）、助跑、最后用力和标枪出手后的身体平衡四个部分（如图 7-19 所示）。

1 2

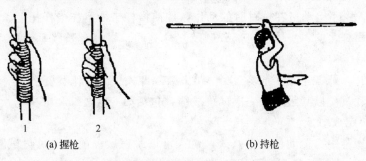

(a) 握枪　(b) 持枪

图 7-18　标枪技术分解

图 7-19　标枪的完整技术

第五节　裁判方法与规则

一、径赛

① 计时应从发令枪发出的烟或闪光开始，直到运动员的躯干（不包括头、颈、臂、手、脚）的任何部分抵达终点线后沿垂直平面的瞬间为止。

② 三只正式表中，两只表所计成绩相同而第三只表不同时，应以这两只表为准；如三只表所计时间各不相同，应以中间成绩为准；如只使用两只表，应以较差的时间作为正式成绩。

③ 跑道全长不得少于 400m，全宽至少为 7.32m，每一条分道宽度为 1.22～1.25m，分道线 0.05m。

④ 800m 项目在第一个弯道末端之前应为分道跑，进入直道为不分道跑。

⑤ 4×400m 接力中，第一个整圈应为分道跑，第二棒跑完第一个弯道后为不分道跑，抢道线和 800m 一样。

⑥ 在国际比赛中，400m 及 400m 以下的各项径赛，发令员口令为："各就位"、"预备"、"鸣枪"。400m 以上的项目，只用"各就位"，运动员稳定后鸣枪。400m 及 400m 以下的各项径赛运动员必须使用起跑器和蹲踞式起跑。

⑦ 运动员在做好最后预备姿势之后和鸣枪之前开始起跑动作，应判为起跑犯规。

⑧ 在跨栏跑中，运动员在过栏瞬间其脚或腿低于栏项水平面，或者跨越他人的栏架，或者裁判长认为有意地用手或脚推倒栏架，应该取消其比赛资格。

二、田赛

① 在跳高比赛中必须单脚起跳。

② 如有下列情况之一者，则判为试跳失败。

a. 试跳后，由于运动员在试跳时的动作，致使横杆未能留在横杆托上。

b. 在越过横杆之前，身体任何部分触及立柱之间、横杆延长线垂直的以外地面或落地区者。

c. 在试跳中，只要运动员连续三次试跳失败，即失去继续比赛资格。

③ 每名运动员应以其最好的一次试跳成绩，包括第一名成绩相等决名次赛的试跳成绩，作为其最后的决定成绩。

④ 在跳远比赛中。运动员超过八人，每人可试跳三次。前八名可再试跳三次。运动员只有八人或不足八人时，每人均可试跳六次。

⑤ 如有下列情况之一，则判为试跳失败。

a. 不论在未作起跳的助跑中或在跳跃动作中，运动员以身体任何部分触及起跳线以外地面者。

b. 从起跳板两端之外，不论是起跳线延伸线的前面或后面起跳者。

c. 在落地过程中触及落地区外地面，而区外触点较区内最近触点起跳线近者。

d. 完成试跳后，向后走出落地区者。

e. 采用任何空翻姿势者。

⑥ 每名运动员应以其最好的一次试跳成绩，为其最后的决定成绩。

⑦ 起跳板应安放在落地区近端 1～3m 外。至落地区远端不短于 10m。起跳板长约 1.21～122m，宽为 198～202mm，厚 10cm，涂以白色。

⑧ 在铅球比赛中，运动员超过八人，应允许每人试掷三次。前八名运动员可再度掷三次，当比赛人数只有八人或少于八人时，每人均可试掷六次。

⑨ 铅球应从圈内推出。运动员必须从静止姿势开始进行试掷。

⑩ 运动员进入圈内并开始投掷后，如果运动员身体的任何部位触及圈外地面，或触及铁圈和抵趾板上面，或以不符合规定的方式将铅球推出，均为一次试掷失败。

⑪ 运动员在器械落地后方可离开投掷圈。离开投掷圈时，最先触到的铁圈上沿或圈外地面必须完全在圈外白线的后面，圈外白线的后沿理论上应通过圆心。

⑫ 每名运动员应以其最好的一次试掷成绩包括第一名成绩相等决名次的试掷成绩，为其最后的决定成绩。

第八章　篮球运动

第一节　篮球运动概述

篮球运动是 1891 年由美国马塞诸塞州斯普林菲尔德（旧译春田）市基督教青年会训练学校体育教师詹姆士·奈史密斯博士所创造的，起初是以游戏的形式，用足球作比赛工具，用两只桃篮作为投掷目标，遂取名为"篮球"。

1894 年篮球运动传入我国天津，1904 年美国青年会男子篮球队在第三届奥林匹克运动会（奥运会）上进行了篮球表演赛，1908 年美国制定了全国统一的篮球竞赛规则，并用多种文字出版发行于全世界。1932 年在瑞士日内瓦成立了国际业余篮球联合会。1936 年第十一届奥运会将男子篮球列入正式比赛项目。1976 年第二十一届奥运会又增加了女子篮球比赛项目。1950 年和 1953 年分别举行了第一届男、女篮球锦标赛，并相继举行欧洲、亚洲、美洲等地区性的篮球锦标赛。

目前世界男子篮球水平最高的国家是美国，其次是欧洲的西班牙、立陶宛等国。美国拥有一个世界上最完整和合理的篮球体系，并拥有水平最高的联赛——NBA 职业联赛及 NCAA 美国大学生篮球联赛。欧洲也建立了统一的欧洲俱乐部篮球联赛。

篮球运动于 1894 年传入我国，新中国成立后，我国篮球运动得到了蓬勃发展。截至 2010 年 5 月，中国篮球在世界大赛中取得的最好成绩是：男篮在 1994 年第十二届世界锦标赛和 1996、2004、2008 年奥运会上四次闯入世界前 8 名；中国女篮则在 1992 年奥运会和 1994 年世锦赛上两次荣登亚军领奖台，2008 年获得第四名。

篮球运动是深受我国广大群众喜爱的运动项目之一。它不仅能引起参加者的兴趣，并对增强体质、提高人体各项机能有积极的作用，篮球运动具有以下特点。

① 篮球运动具有紧张激烈的对抗性。双方队员在有限的场地上进行着高速度、大强度的攻守争夺。

② 具有较强的集体性。它要求每个运动员在比赛中必须做到齐心协力，密切配合，只有个人为集体，集体才能为个人技术的发挥创造机会。

③ 篮球比赛具有独立性。任何运动项目的比赛都具有其特定的规则，因为它是根据各项运动竞技的特点及发展规律而制定的。

篮球运动自发明到现在已经有 100 多年的历史，它的发展是一个由低级到高级，逐渐发展、不断完善的过程，现代篮球运动向着高速度、高空优势、高超技巧方向发展。"快、高、全、准"四个字反映了当前篮球运动员的发展趋势。

1. "快"

① 高比分出现是现代篮球发展的重要标志，它反映了比赛朝着快速方向发展。

② 快攻发动次数增多，当前世界最强队除固定的快攻发动形式外，还争取利用一切可能的机会发动快攻。

③ 运动员的观察、判断、反应更加敏锐，主要表现在技、战术运用更加合理、快速、紧凑上。

2. "高"

"高"主要体现在运动员身高有较快的增长，以身高、弹跳、动作伸展而形成高空优势为基础，在这一基础上促进了技术的运用并高度发展了立体战术。

3. "全"

主要体现在全队全面和个人全面上。全队全面，是指全队战术形式的多样性，全体队员实力较平均；个人全面表现在运动员高超的技术、顽强的作风、良好的身体素质和篮球意识的高度统一上。

4. "准"

主要体现在投篮的准确性。还反映了运动员掌握的技术动作规范化，战术配合的熟练化，技术运用的准确化上。

第二节　篮球基本技术与练习方法

篮球技术是在篮球比赛中所运用的各种专门动作方法的总称。分为进攻和防守两大部分。每一部分都有许多技术类别（见图 8-1），各类技术动作还有许多具体不同的方法，如单手肩上投篮，双手胸前投篮等。各种方法又可以在不同条件下完成，如原地、行进间和跳起投篮等。

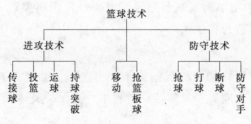

图 8-1　篮球技术

一、移动

移动运球是在篮球比赛中，控制自己身体和改变位置、方向、速度及争取高度采用的各种动作方法的总称。它们是掌握和运用供方技术的基础，移动的种类很多，主要介绍如下（图 8-2）。

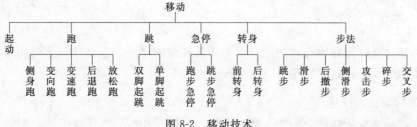

图 8-2　移动技术

1. 起动

准备姿势两脚前后或左右开立，两膝微曲，上身稍前倾，起动时以后脚或异侧脚的前脚掌用力蹬地，同时上体迅速前倾或侧转，向跑动方向移动重心，起动后的前两步应短促、迅速。

2. 跑

跑是队员在球场上改变位置，提高速度的重要方法，也是移动中运用最多的一项技术。

① 侧身跑　面向球转体，切入方向的内侧腿深屈，外侧脚用力蹬地，重心内倾。

② 变向跑　最后一步迈出的脚掌内侧蹬地，迅速屈膝蹬地转体，后脚快速向斜前方跨出，上体前倾，加速跑动。

③ 变速跑　加速时，上体稍向前倾，前脚掌短促有力地向后蹬，加快跑的频率。减速时，上体逐渐抬起，前脚掌抵地减缓冲力，降低跑速。

④ 后退跑　两脚前掌交替蹬地小腿积极后收向后跑动，同时提踵，两臂屈肘相应摆动，保持身体平衡。

⑤ 放松跑　中等速度跑，步幅不大，落地轻松，两臂自然弯曲而放松摆动。

3. 跳

跳是队员在场上争取高度及速度的方法之一。通常分为双脚起跳和单脚起跳。

① 双脚起跳　两膝快速下蹲，双腿用力蹬伸，腰臂协调提摆，身体自然展伸。

② 单脚起跳　起跳腿屈膝迅速蹬伸；摆动腿、腰、臂协同向上用力。

4. 急停

① 跨步急停　第一步跨出稍大，用全脚掌着地抵住地面，迅速屈膝；第二步脚尖稍内转用前脚掌内侧蹬地，两膝弯曲，重心落在两脚之间。

② 跳步急停　跑动中用单脚或双脚起跳腾空要低，距离要近，两脚用力时落地并屈膝缓冲，两臂屈肘微张，保持身体平衡。

5. 转身

重心移至中枢脚，中枢脚脚跟提起前脚掌用力蹬地，腰部扭转带动上体随着移动脚转动，向前或向后改变身体方向。在身体转动过程中，要保持身体重心平稳。转身后重心仍回到两脚之间的上方。

6. 滑步

滑步分为侧滑步、前滑步和后滑步。准备姿势两脚左右或前后开立，两膝微屈两臂张开，上体稍前倾。向左侧滑步时，在右脚前脚掌内侧蹬地同时左脚左侧横跨出，左脚落地后，右脚迅速蹬地随同滑行，一次往复。向右侧滑步则动作相反。前后滑步动作相同，只是前后进行。

二、传、接球

传、接球是篮球比赛中进攻队员有目的地转移球的方法，也是队员之间相互配合和组成进攻战术的纽带，传球的种类很多，分类如图8-3所示。

1. 双手胸前传、接球

传球前成基本姿势站立，两手五指自然分开，拇指相对成八字或一字，用指根以上部位

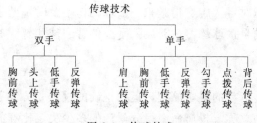

图 8-3　传球技术

握球侧后方，手心空出，两肘自然弯曲于体侧，将球置于胸前；传球时，后脚蹬地，身体重心前移，同时两臂前伸，手腕由下向上翻转，同时拇指用力下压，食、中指用力弹拨球。接球时，手臂后引缓冲，握球于胸腹前，动作连贯一致。

2. 双手反弹传、接球

传球手法与双手胸前传球相同，击地点一般应在接球人与传球人之间距离的 2/3 处，腕指急促抖动用力，出球快。接球时向前跨步并屈膝，上体前倾，两臂向前下方伸出迎球，十指自然分开，手腕略后仰，当球反弹触及手指瞬间，两手顺势握球引至胸腹前。

3. 单手传、接球

接球手自然伸出迎球，五指自然分开，手心对球，腕、指放松。指端触球时，顺球来势迅速收臂领球于身前（或体侧），另一手迅速扶球，保持身体平衡，做好下一个进攻动作的准备姿势。

4. 单手胸前传球

持球方法与双手胸前传球相同，手腕后屈、稍内翻，急促用力前扣，食、中、无名指用力拨球。

5. 单手肩上传球

用转肩带动肘部向前摆动并急促向前伸臂和抖腕，手指用力拨球。

6. 传球易犯错误及纠正方法

① 双手胸前传球易犯错误：持球方法不正确，用手掌握球，指端没有贴住球，肩、腕关节紧张；传球时两肘外展；伸臂和翻腕动作脱节形成挤球；两臂用力不均匀；全身动作不协调。

纠正方法：将动作分解开并通过徒手模仿动作练习使学生从中体会动作方法。

② 单手肩上传球易犯错误：传球时臂、肘外展，或传球时不以肘领先带动小臂摆甩和扣腕、指拨动作传球，形成推铅球式传球；腕指控制球能力不佳，传球落点不准。

纠正方法：重复讲解，示范单手臂上传球的动作顺序，强调传球时肘关节领先。并针对传球时前臂和腕指的错误，可采用各种单手传球的徒手练习和利用小球练习体会动作以及其他腕、指专门性练习，提高腕、指灵活性和力量，增强控制球能力。

③ 反弹传球易犯错误：传球时用前臂甩球，或两肘外张用力推挤球，球的击地点不合适。

纠正方法：反复做单、双手平传球体会动作。针对击地落点不准的错误，进行二人用反弹传球通过防守的练习，体会球的击地点。

④ 双手接球易犯错误：接球手形不正确，手指朝前，拇指前向上，形成由两侧或上下

去接球或挟球；伸臂迎球时臂、腕、指紧张、引球动作不及时，两手掌心触球。

纠正方法：多做自抛自接球练习，养成张手、伸臂迎球和及时屈肘引臂的习惯。

三、投篮

投篮是队员根据人体运动的科学原理，运用正确的投篮姿势和手法，将球从篮圈上面投入篮球的各种动作方法的总称，投篮命中得分累计的多少决定比赛的胜负，是篮球运动最重要的基本技术，投篮分类如图 8-4 所示。

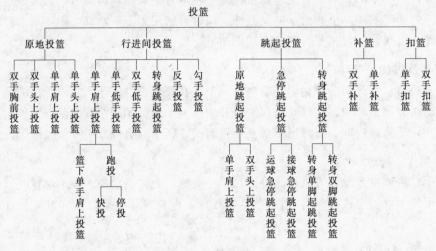

图 8-4　投篮

1. 原地单手肩上投篮

以右手投篮为例，右手五指分开，向后屈腕、屈肘持球于肩上（或高些），左手扶球，右脚稍前，左脚稍后，重心放在两脚之间；上体稍前倾，两膝微屈，上体肌肉放松；目视投篮目标。投篮时，用力蹬地，伸展腰腹，抬肘，手臂上伸，手腕，手指前屈，指端拨球，中指、食指用力拨球通过指端将球投出，手臂自然向前伸直。

2. 原地双手胸前投篮

两脚开立，微屈膝双手持球于胸前，屈肘自然下垂，两眼注视瞄准点。投篮时两脚蹬地，同时两臂向前上方伸出，出臂内旋，拇指下压，手腕翻转变前屈，食、中指用力拨球，通过指端将球投入，身体随投球出手方向自然伸展。

3. 单手跳起投篮

双手持球于胸部以上，两脚开立屈膝，重心在两脚之间。两腿用力蹬地垂直向上跳起，同时双手举球至额侧前上方，当身体上升接近最高点时，扶住手离球，投篮手稳定托球，利用压腕，指拨力量将球柔和投出。要求起跳和向上举球动作协调一致，在空中保持身体平衡，落地屈膝缓冲。

4. 行进间单手肩上投篮

以右手为例，右脚向前跨出时接球，接着迅速向上左脚起跳，右脚屈膝上抬，同时举球至头右侧，腾空后，上体稍后仰，当身体跳到最高点时，右手臂伸直，用手腕前屈和手指力量将球投出。

5. 行进间单手低手投篮

跑动步法与行进间单手肩上投篮基本相同，只是在接球后第二步要继续加速，向前上方起跳。投篮时，接球手五指自然分开，托球的下部，手心朝上，手臂向上伸展，接近球篮时，用手指上挑的动作，使球向前旋转投向球篮。

6. 原地投篮易犯错误及纠正方法

(1) 易犯错误

① 持球手形不正确，掌心未离球体，手指端未贴在球体上、持球不稳。

② 肘关节外展，致使上肢各关节运动方向不在一条线上。

③ 投篮时，肘关节过早地前伸，造成抛物线偏低。

④ 投篮出手时，抬肘伸臂不充分，缺乏随球跟送动作，出球动作僵硬。

⑤ 双手投篮时，双手用力不平均，肩关节紧张，手臂伸展不充分，食指、中指拨球动作不明显。

(2) 纠正方法

① 重复讲解和示范投篮动作要点，使学生了解投篮动作的基本结构，建立明确概念。

② 针对存在问题，采用各种专门性练习，如照镜子做模仿练习，观察自己投篮的全身协调用力动作和投篮出手的手指、手腕动作。

③ 针对肘关节外展错误，可让学生以投篮手臂侧靠墙、徒手做投篮模仿动作。

④ 针对投篮时肘关节前伸过早，弧线偏低的缺点，让学生体会投篮时先抬肘，后伸臂、压腕、指拨投篮出球的动作顺序。

⑤ 练习投篮时，要启发学生动脑思考，善于鉴别哪次投篮动作是正确的，哪次是不正确地，对正确的要及时予以肯定强化，错误的应及时分析纠正。

7. 行进间投篮易犯错误和纠正方法

① 初学时学生往往掌握不好右手投篮时先跨右脚接球，后跨左脚起跳的动作，而是采用右手投篮时先跨左脚接球，上右脚起跳造成上下肢不协调的错误动作。针对这一情况，应采用分解练习，可做三、五步助跑单脚跳起摸篮网或篮板的练习，模仿左右手跑篮动作。

② 控制球能力差，做单手手上运球和跑篮时举球不稳，不能用指腕力量柔和投篮，用力大；做单手低手投篮时，掌握不好用腕、指挑球出手动作。针对这一情况，除多做控制球的练习外，可分解进行单手肩上，单手低手投篮出手动作的练习。

③ 跑动中跨步接球与上第二步起跳衔接不好，腾空后身体前冲力过大。针对这一情况，教师可在篮下画一限制区，要求学生投篮出手后落地落在限制区内。或教师站在篮前举手，学生运球到篮前做行进间高手跑篮，当投篮出手后，不得撞在教师身上，克服惯性力。

四、运球

持球队员在原地或移动中，用单手连续按拍和迎引从地面反弹起来的球叫做运球。运球时队员在比赛中携带球移动的唯一方法；是控制、支配球，组织战术配合及突破防守的重要手段。运球分类见图 8-5。

1. 高运球

抬头，目视前方，上体稍前倾以肘关节为轴，用手按拍球的后侧上方，球的落点在身体侧前方，球反弹的高度在腰、胸之间。手脚协调配合，有节奏地前进。

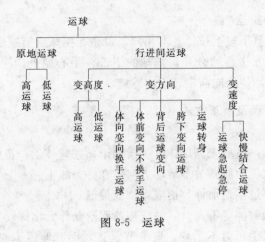

图 8-5　运球

2. 低运球

抬头、目视前方，两膝深屈，降低身体重心，同时，用手短促地按拍球，控制球的反弹高度于膝部，手脚配合协调一致超越防守。

3. 运球急停急起

运球急停时，用手快速按拍球的前上方，同时，两脚做跨步急停，并转入低运球，用臂、身体和腿保护球。运球急起时，后脚用力蹬地，同时，按拍球的后侧上方，向前运球，加速超越对手。

4. 体前变向换手运球

从防守右侧突破时，向防守者左侧运球假突破动作，当防守者重心向左移瞬间，迅速按拍球经自己体前反弹至左侧前方，同时右脚向左前方跨出，上体左转侧肩，换左手按拍球的后上部，左脚前跨快速从防守者的右侧突破。

5. 运球转身

以右手为例，当对手堵截运球路线时，把球运到身体右侧，左脚跨前一步为中枢脚，置于对手两脚之间，然后右脚用力蹬地后撤，顺势做后转身动作，同时换左手按拍球；或是在转身同时，右手向后拉球，然后换手运球，转身动作要快，从对手右侧快速运球突破。

6. 运球中易犯错误和纠正方法

① 用手掌拍击球。主要原因是运球手型和最后对球加力部位不对，缺少迎、送球动作。

纠正方法：强调运球手法、徒手做模仿练习，反复练习手、臂迎送动作；单手举球到头前侧上方，用手腕前屈，后仰和手指拨球动作连续做对墙运球练习。

② 控制不住球。主要原因是指、腕过于紧张、按拍球的部位和加力不对以及球的落点不适当等造成。

纠正方法：讲解产生错误的原因，进行正确示范，反复进行按拍球的动作练习。

③ 低头运球。主要原因是手对球控制能力差；身体过于前倾，不能保持基本姿势。

纠正方法：让学生目视教师手势进行运球也可采取戴遮视线的"眼镜"进行练习来加以改进。

五、持球突破

持球突破时持球队员运用脚步动作与运球技术相结合的快速超越对手的一项攻击性很强

的进攻技术。根据持球时应用的步法，可分为交叉步和同侧步（顺步）持球突破两种。

1. 交叉步突破

以从防守队员左侧突破为例，突破时用左脚掌内侧向左后方用力蹬地，迅速向防守人左侧跨出一大步，同时弯腰屈膝上体右转探肩，贴近对手身体；在右脚离地前用右手立即将球拍到左脚右侧前方；右脚迅速蹬地跨步，加速超越对手。

2. 同侧步（顺步）突破

以从防守队员左侧突破为例，突破时用左脚掌内侧向左后方用力蹬地，迅速向防守人左侧跨出一大步，同时弯腰屈膝上体右转探肩，贴近对手身体；在右脚离地前用右手立即将球拍到右脚右侧前方；右脚迅速蹬地跨步，加速超越对手。

3. 易犯错误及纠正方法

(1) 突破时双脚移动和中枢脚离地过早

纠正方法：

① 讲解规则要求，明确中枢脚概念，剖析造成原因，进行正确示范；

② 做针对性练习或放慢速度做突破动作，待熟练后逐步加快速度。

(2) 跨步时身体挺直或远离防守

纠正方法：

① 针对错误讲解跨步时转体插肩的目的和作用，明确跨步方向和身体姿势，并进行正确示范。

② 反复做模仿练习；

③ 要使学生明确，它是持球突破技术动作过程的一个环节，不能有意停顿。

(3) 放球落点不对，被防守队员打掉

纠正方法：

① 讲清突破时持球移动的路线，放球时机，球的落点和反弹高度的要求，强调指出适宜的落点应该是便于保护，控制球和加速超越对手，并进行正确示范；

② 教师做有针对性的防守，让学生反复进行练习。

六、个人防守

防守技术是队员在防守时，为了阻挠和破坏对手的进攻，达到夺球反攻的目的所采取的各种专业动作的总称，个人防守技术是一项综合的技术动作，集体内容如图 8-6 所示。

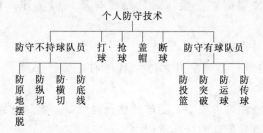

图 8-6 个人防守技术

1. 防守不持球（无球）队员

防不持球队员时主要注意位置的选择，防守队员应站在对手与球篮之间的内侧位置上，

积极地移动；保持正确的防守准备姿势，一般离球较近防守时，采用面向人、侧向球的站法，不让对手摆脱接球。离球较远处防守时，采用侧向人、面向球的站法；随对手的移动而积极地运用后撤步、滑步、交叉步、碎步和快跑等脚步移动跟住对手。随时堵截其移动路线。随时挥臂以使有效地阻挠对手顺利接球和争取断球。

2. 防守有球队员

基本方法是位置、距离的选择，站在对手与球篮之间的有利位置，挥摆两臂阻封传投，积极移动，堵、截、运、突。不要轻易前扑、上移以免失去重心。根据对方的特长如善投、离篮近，则采用斜步防守，两脚前后站立，一臂在上，另一臂侧伸来回阻挠投篮视线。如进攻者善于突破，而防守者离篮较远则采取平步防守，即两脚平行站立，两臂侧伸和不停地挥摆，左右滑动，抢占对方进攻的移动路线，给予进攻上的制约使之造成进攻失误，但不要轻易强求以免失去防守位置。

3. 抢球

抢球的方式有自上而下和自下而上两种，一般常用自上而下的方式。抢球时首先要靠近对手，动作要突然、果断，当两手手指触球和控制球时，可利用前臂和手腕、手指的转动力量，迅速将球抢下。

4. 断球

断球分为横断球和纵断球。断球时首先要判断进攻队员的传球意图，在准备断球时，应先降低重心，略微放松对手，隐蔽自己的真实意图，并注意观察队员的动作。当持球者传球时，迅速起动，以短而快的冲刺助跑（横断球）或突然绕步（纵断球），用单脚或双脚蹬地，向来球方向跃出，充分伸展腰腹和手臂截获来球。

5. 防守技术容易犯错误及纠正方法

（1）防守无球队员易犯错误

① 视野范围小，不能人球兼顾。

纠正方法：检查矫正防守站立姿势和角度，有助于扩大视野的基本功练习。

② 防守姿势高、重心不稳、移动步法乱。

纠正方法：反复进行短距离防守移动、变换步法练习，要求低重心，保持身体平衡，多做各种一对一徒手追拍游戏，提高变速变向移动的灵活性。简化防守练习形式，限制进攻者移动路线和范围。

③ 手臂动作运用不当或手臂动作紧张僵硬，缺乏断球意识。

纠正方法：练习抢位堵截对手接球时，教师有意识向防守人传球，诱导防守者注意断球。

（2）防有球队员时易犯错误

① 防守中脚步移动慢，当对手由无球到有球时，防守不能及时到位，或不敢逼近持球者。

纠正方法：强调防守注意力集中，随球转移及时到位，做到球到手、人到位，球出手后撤，人球兼顾，增强有球无球的转换意识。

② 防守中投和突破时，身体重心不稳，手脚配合不协调，易受到对手假动作迷惑。

纠正方法：简化练习方法，要求进攻者协助防守者练习，并检验防守者的动作和反应。进攻由慢至快，由单一到结合，逐步增加练习难度。

③ 防守时脚步移动慢，不敢贴近对手，用手臂拦截代替抢先移动，不要盲目掏打球。

纠正方法：提高脚步移动速度和灵活性。强调以抢先移动用身体躯干堵截抢位。开始练习时，要求只能迅速移动跟防，不准用手打球，待水平提高后再提出打球的要求。

七、抢篮板球

比赛双方队员在争抢投篮未中的球统称为篮板球。篮板球是攻守双方获得控制球权的重要手段之一。

1. 抢进攻篮板球

根据自己所处位置，及时判断球的位置，快速起动摆脱防守，抢占有利位置。起跳腾空后身体和手臂充分伸展，在最高点用单手或双手补篮或将球抢下来。落地后及时调整重心，以便完成下一次进攻。

2. 抢防守篮板球

攻方投篮出手后，防守队员及时上步挡人，及时抢占有利位置，跳起用单手或双手将球迅速抢下。落地后注意保护好球和观察场上情况，以便迅速发动反攻。

3. 易犯错误及纠正方法

(1) 易犯错误

① 抢篮板球意识差或挡人抢位不及时。

② 对球反弹的方向、落点判断不准确。

③ 起跳时机不好，不能在最高点抢球。

④ 手对球控制力差，跳起后控球不牢或抢不到球。

(2) 纠正方法

① 一攻一守，练习抢篮板，提高拼抢意识和抢位技术。

② 多点投篮后抢篮板球，体会观察球的运动规律。

③ 加强控球能力练习，提高抢球能力。

④ 徒手起跳至最高点作抢球动作，体会改进空中抢球的窍门。

⑤ 自抛自抢，体会抢球动作、时机及得球后落地动作。

第三节 篮球基本战术与要求

篮球战术是篮球比赛中队员所运用的攻守方法的总称。是队员个人技术的合理运用和队员之间相互协同配合的组织形式。战术的目的是针对对方的具体情况来确定比赛中运用技术的方式和形式、去制约对方、掌握主动、争取胜利。

下面介绍篮球基本战术。见图8-7。

一、基础配合

基础配合是两三个人之间有目的、有组织攻守合作行动的方法。它包括进攻基础配合与防守基础配合。

1. 进攻基础配合

是指两三名进攻队员，为了创造攻击机会，合理运用技术而组成的合作方法。包括传切、

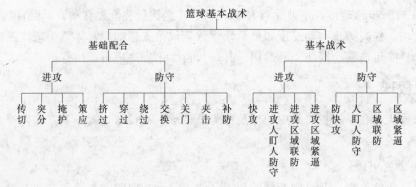

图 8-7　篮球基本战术

突分、掩护和策应等多种配合方法，现介绍主要的配合方法。

(1) 传切配合

它是进攻队员之间利用传球、切入等技术组成的简单配合。包括一传一切和空切配合两种。

示例一：如图 8-8 所示，④传球给⑤后，立刻摆脱对手向篮下切入，接⑤传来的球投篮。

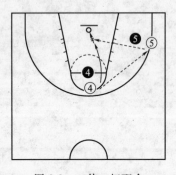

图 8-8　一传一切配合

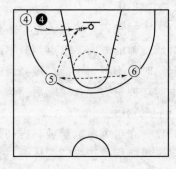

图 8-9　空切配合

示例二：如图 8-9 所示，在⑤与⑥互相传球之际，④乘其对手不备之机，突然空切篮下，接外围同伴的传球，然后投篮。

(2) 突分配合

突分配合是持球队员突破受阻后，利用传球与同伙配合的方法。

示例：如图 8-10 所示，⑤突破后，遇到❼迎上补防，立即将球传给切入篮下的⑦；⑦接球后投篮或与其他同伴配合。

(3) 掩护配合

掩护配合是掩护队员采用合理的行动，用身体挡住同伴的防守者的移动路线，使同伴借以摆脱防守，或利用同伴的身体摆脱防守，这是接球进攻的一种配合方法。包括前、侧、后掩护。

方法：掩护时，掩护队员跑到同伴的防守者前、后或侧面，保持适当距离（要符合规则要求），两脚开立，膝微曲，两臂屈肘于胸前，上体稍前倾，扩大掩护面积。当同伴利用掩护摆脱防守时，掩护队员要及时转身跟进，准备抢篮板球或接回传球。掩护配合有无球队员掩护和有球队员掩护，也有持球队员给无球队员掩护和无球对员给无球队员掩护。

(4) 策应配合

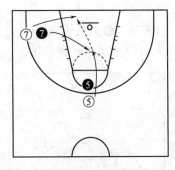

图 8-10　突分配合

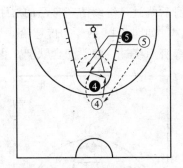

图 8-11　策应配合

策应配合指进攻队员背对或侧对球篮，由他作枢纽，与同伴相配合而形成一种里应外合的配合方法。

示例：如图 8-11 所示，⑤传球给④，利用假动作突然摆脱防守跑到外策应位置，接④的球做策应。④传球后立即摆脱❹跑到⑤面前接球投篮或突破上篮。

2. 防守基础配合

是两三个防守队员利用合理的技术、协调的动作破坏进攻的一种方法。它包括挤过、穿过、绕过、交换防守、关门、补位和夹击等配合。

（1）挤过配合

它是破坏掩护配合的方法之一。当进行掩护时，防守队员在掩护队员接近自己时，要迅速向前跨出一步，靠近对手，从两个进攻队员之间侧身挤过，继续防守自己的对手。防守掩护的队员应及早提醒同伴并后撤一步，以备补防。

示例：如图 8-12 所示，⑤接⑥的传球后向④的方向运球，④上来掩护，当④接近自己的一刹那，❺迅速向前跨一步靠近⑤，并从⑤与④之间侧身挤过，继续防守，❹及时后撤一步，以备防守。

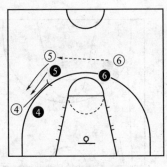

图 8-12　挤过配合

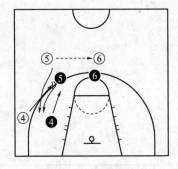

图 8-13　穿过配合

（2）穿过配合

它是破坏掩护的一种方法。当进攻队员掩护时，防掩护者的队员及时提醒同伴并主动后撤一步，让同伴及时从自己和掩护队员之间穿过，继续防守自己的对手。

示例：如图 8-13 所示，⑤传球给⑥，④给⑤掩护，❺后撤从④和❹中间穿过，继续防守⑤，❹要主动后撤，以便让❺顺利通过。

（3）绕过配合

绕过配合是破坏掩护的一种方法。当对方掩护时，防掩护者的队员贴近对手，让同伴从自己的身后绕过，继续防守自己的对手。

示例：如图 8-14 示。④传球给⑥后，去给⑤掩护，⑤切入，❺发现不便于挤过或穿过时，从❹身后绕过，❹要配合默契，主动贴近自己的对手，以便使同伴顺利通过。

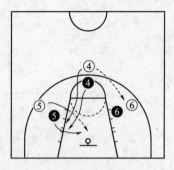

图 8-14　绕过配合

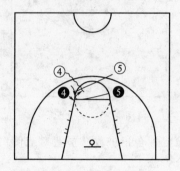

图 8-15　交换防守配合

（4）交换防守配合

交换防守配合是破坏掩护配合的一种方法。进攻队员利用掩护已经摆脱防守时，防掩护的队员及时发出换防信号，与同伴互换各自的对手。在适当的时候再换防原来的对手。

示例：如图 8-15 所示，⑤去给④掩护，❺要提示同伴，❹被挡住时，❺主动互换同伴换防，❺防守④的运球，❹应迅速调整位置防守。

（5）关门配合

关门配合是临近的两个防守队员协同防守突破的配合方法。当进攻队员运球突破时，防守突破的队员向侧后方移动挡住其移动路线，临近突破一侧的防守队员，应及时快速向突破队员的前进方向移动，与防突破的队员靠拢，像两扇门一样地关起来，堵住突破者的前进路线。

示例：如图 8-16 所示，④向右侧突破时，❹和⑥进行"关门"，向左则突破时，❹和❺进行"关门"。

图 8-16　关门配合

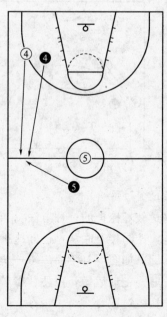

图 8-17　夹击配合

（6）夹击配合

夹击配合是两个防守队员防守一个进攻队员的一种配合方法。

示例：如图 8-17 所示，当④沿边线运球过中线时，❺突然迎上去迫使停球，并协同❹夹击停球的④。

（7）补防配合

补防配合是两个防守队员之间的一种协同配合方法。当同伴被突破时，临近的防守队员立即放弃自己的对手，去补防那个威胁最大的进攻者，而漏人的防守队员则要及时换防。

示例：如图 8-18 所示，当❻被突破后，❼应迅速补防⑥，❺应放弃⑤，撤到篮下，防止⑦切入篮下要球、投篮。

图 8-18　补防配合

二、基本战术

战术基础配合，是两三人之间组成的简单配合。包括进攻与防守两个部分。它是组成全队战术的基础。比赛中战术变化多端，但是都离不开这些战术配合。只有这样，才能使全队战术更加灵活、更加有效地发挥作用。

1. 快攻

是由防守转入进攻时，以最快的速度、最短的时间把球推进到前场，在对方尚未部署好防守之前，造成人数上、位置上的优势，果断而合理地进行攻击的一种进攻战术。

快攻是篮球进攻战术中的重要组成部分，也是进攻战术中最锐利的武器，它最能体现篮球运动的快速发展方向。它对培养队员积极主动、勇猛顽强的作风，对提高身体素质水平，对发展快速技术运用的能力，都起着重要的促进作用。

快攻分为长传快攻、短传结合运球快攻两种。

（1）长传快攻　是队员在后场获球后用一次或两次传球，将球传给超越对手快速向对方篮下移动的同伴进行投篮的一种方法。它由快攻的发动和快攻的结束两个阶段组成。它的特点是突然性强、速度快、成功率较高。

（2）短传结合运球快攻　是队员在后场获球后，利用快速的短距离传球、运球、迅速将球推进过中场，创造有利的投篮时机的一种方法。它的特点是灵活多变，层次清楚，容易成功。

2. 防守快攻

是防守战术的重要组成部分。针对当前篮球比赛速度不断加快的特点，加强防守快攻的教学训练有着积极的意义。

防守快攻的方法：拼抢前场篮板球，封、堵快攻第一传和接应、紧防快攻队员，减缓对方推进速度，以少防多（一防二，二防三）。

三、人盯人防守与进攻人盯人防守

1. 人盯人防守

是每个防守队员防守一个进攻队员，在防守住自己对手的基础上，相互协作的全队防守战术。它分为半场人盯人防守和全场紧逼人盯人防守。

2. 半场人盯人防守

是由进攻转为防守时，全队迅速退至后场进行人盯人防守。按防守范围分为半场缩小人盯人（控制在三分球线内）和全场扩大人盯人防守（控制在三分球线以外附近）。随着篮球运动的发展，防守队员为了限制对方三分球投篮，半场人盯人防守的区域不断扩大，对持球队员的防守越来越严密。

防守有球队员：防守有球队员的位置应该站在对手与篮球之间，以伸手能触到对方的球为最佳位置。防守队员两脚斜前或平行站立，一手臂伸向对方的持球部位，另一手臂侧举积极封盖对方的投篮，堵截对方的运球突破线路，干扰运球，并伺机打球、抢球，迫使对方停球。当运球停止时，防守队员要立即上前紧贴对手挥动双臂封堵对方的传球路线。

防守无球队员：对初学者防守队员的防守位置应该选择在对手与球篮之间的位置，要人球兼顾，并随进攻队中队员的移动而移动，保持正确的防守位置和防守姿势。

对于有一定技术水平的队员，防守无球队员应该在对手和球之间，选择有适当角度的位置，做到人球兼顾。离球越近，防守距离越近，离球越远，防守距离越远。

3. 全场紧逼人盯人防守

是指进攻转入防守时，防守队员在全场内分工负责紧逼自己的对手，并利用各种防守配合破坏进攻的一种攻击性防守战术。它一般分为前场、中场和后场三个区域。

4. 进攻人盯人防守

根据对方防守的范围和特点，分为进攻半场人盯人防守和进攻全场紧逼人盯人防守。进攻队运用传切、策应、掩护、突分等配合组成进攻人盯人防守的各种全队战术。

5. 进攻半场人盯人防守

是最基本的进攻战术，在比赛中运用的最多，最普遍。所以每一个篮球队都应该掌握进攻半场人盯人防守的战术。进攻半场人盯人防守战术的队形如下。

① 2-1-2 队形，单中锋站在罚球线附近。

② 2-2-1 队形，单中锋站在篮下附近。

③ 2-3 队形，单中锋站在篮下附近。

④ 1-3-1 队形，双中锋上、下站位。

⑤ 1-2-2 队形，双中锋篮下站位。

⑥ 1-2-2 队形，无固定中锋，五个队员"马蹄"形站位。

⑦ 1-4 队形，以中锋在罚球线的两侧站位。

6. 进攻全场紧逼人盯人防守

是指进攻转入防守时，防守队员在全场范围内分工负责紧逼自己的对手，并利用各种防守配合破坏进攻的一种攻击性防守战术。一般分为前场、中场和后场三个区域。

7. 方法

(1) 进攻队形 进攻队员的队形排布是进攻的准备阶段。它与采用的进攻战术方法紧密相关。进攻队形一般有两种：一种是，由防守转入进攻时，五名队员集中在后场，拉空前场，在后场组织固定进攻配合，另一种是五名队员分散在全场，利用防守的薄弱环节进行各个击破。

（2）进攻战术方法　前场、中场和后场如图 8-19 所示。

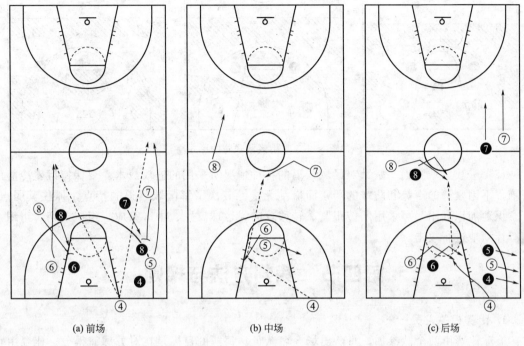

(a) 前场　　　　　　　　(b) 中场　　　　　　　　(c) 后场

图 8-19　进攻战术方法

四、区域联防与进攻区域联防

1. 区域联防

是由攻转守时，防守队员迅速退回后场，接每个队员分工负责防守一定的区域，严密防守进入该区域的球和进攻队员，并与同伴协同防守，用一定的队形，把每个防守区域有机联系起来，组成的全队防守战术。这种战术的特点是防守队员随球的转移而积极地移动和协防、位置区域分工明确，比较集中在限制区周围，因此，有利于内线防守、组织抢篮板球和发动快攻。

随着攻守战术、技术的提高和竞赛规则增加的"三分球"规定，促进了区域联防的发展，防守队形从固定变为不固定，从而形成"一对一"的对位联防，加强了区域联防的针对性。同时，在区域联防的运用中，也发展了"以球为主"的球、人、区三者兼顾的原则，扩大了每个防守队员的控制范围，强调与同伴的协防以及封盖、夹击等防守技术的运用，进一步加强了区域联防的集体性、伸缩性和攻击性。区域联防的发展，使它在现代篮球比赛中，仍然作为一种有效地防守战术而广为运用。

（1）常用区域联防的形式　有"2-1-2"、"2-3"、"3-2"、"1-3-1"等。如图 8-20 所示。

（2）进攻区域联防　是针对区域联防的形式和变化特点所采用的进攻战术。进攻区域联防的战术队形常用的有以下几种："1-3-1"、"1-2-2"、"2-2-1"、"2-3"等。

2. 区域紧逼与进攻区域紧逼

（1）区域紧逼　是紧逼防守的一种方法，是在由攻转守时，组织全队在规定范围内，迫使对方按照防守队的意图行动，展开以争夺控球权为目的的一种体现"攻势防御"的全队防守战术。

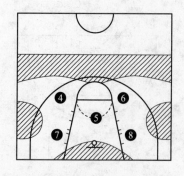 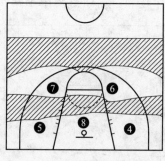 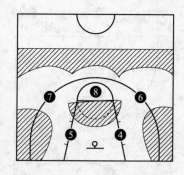

图 8-20　常用区域联防的形式

（2）进攻区域紧逼　是针对区域紧逼的各种情况所采用的进攻战术。要保持沉着冷静的头脑，不因紧逼的声势和防守的严密而慌乱无措。其次了解区域紧逼的特点，抓住其弱点，有意识地加以利用，可采用回传跟紧、转移攻向、运球反跑、中区策应、组织空切，组织全队有计划地进行攻击。

第四节　裁判方法与规则

1. 比赛相关人员

篮球比赛由两个队参加，每队出场 5 名队员。每队的目标是在对方球篮得分。比赛由裁判员、记录台人员和技术代表（如到场）管理。

2. 比赛场地

篮球场地是一块平坦、坚实且无障碍物的表面。长 28m、宽 15m，从界线的内沿丈量。

3. 比赛规则

比赛由四节组成，每节 10min。在第一节和第二节（第一半时）之间，第三节和第四节（第二半时）之间以及每一决胜期之前应有 2min 比赛休息期间。

① 半时的比赛休息期间为 15min。

② 在比赛预定的开始之前，应有 20min 的比赛休息期间。

③ 一次比赛休息期间开始：比赛预定的开始之前 20min；当结束一节的比赛计时钟信号响时。

④ 一次比赛休息期间结束：在第 1 节的开始，当球在跳球中被一名跳球球员合法拍击时。在所有其他节的开始，当球在掷球入场后触及一名场上队员或被场上队员合法触及时。

⑤ 如果在第 4 节比赛时间终了时比分相等，为打破平局，需要一个或多个 5min 的决胜期来继续比赛。

⑥ 如果结束比赛时间的比赛计时钟信号响时或恰好之前发生了犯规，在比赛时间结束之后应执行最后的罚球。

⑦ 如果作为此罚球的结束需要一个决胜期，那么，在比赛时间结束后发生的所有犯规应被视为在比赛休息期间发生的，在决胜期开始之前应执行罚球。

4. 临场裁判区域分工和跑动路线

如图 8-21 所示，当球在 1、2、3 区内时，追踪裁判员应负责观察球与靠近球区域的比赛情况。当球落在第 4 区域时，追踪裁判主要观察远离球区域的比赛情况。当球在第 5 区

（即限制区）时，两裁判员都应观察靠近球区域的比赛。追踪裁判员负责观察球的飞行，球是否投中以及攻和守队员干扰球，应特别注意观察抢篮板球队员情况，当球在 6 个区两分投篮区内时，追踪裁判员负责观察远离球区域队员的动作。

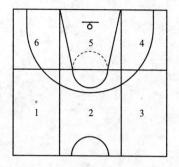

图 8-21　临场裁判区域分工

当球在 1、2、3 区时，前导裁判应处于与球保持直线的位置，主要负责观察无球区域内攻守队员的动作。当球在 4 区时，他负责观察球和靠近球区的比赛。当队员处于该区进行三分投篮时，他应立即做出三分投篮手势以通知追踪裁判，此外，还应观察强侧内策应队员的动作。当球进入第 5 区（限制区）时，前导裁判员负责观察投篮时防守队员的动作。当不慎进入 6 区时，前导裁判员应迅速移动并与球保持直线位置，观察球和靠近球区域的比赛。

当记时员发出比赛结束信号时，主裁判员应立即鸣哨停止比赛。主裁判审查核对记录表，认为准确无误，先由副裁判签字，然后主裁判签字，承认比赛成绩。

第九章　排球运动

第一节　排球运动概述

　　排球运动起源于美国。1895 年，美国麻省霍利约克城基督教青年会干事威廉摩根创造了一项球类游戏：人们分站在网球场球网的两侧，用篮球胆之类的球托来拍去，击球的次数不限。这就是排球运动的雏形。首次排球比赛是 1896 年在美国斯普林费尔体育专科学校举行的。出场人数由双方共同商定，不限多少，但必须相等。一次比赛共打九盘，一方的一名队员发球连得 3 分为一盘；场地的面积为 7.62m×15.24m；球网宽 0.61 米，长 8.235 米，离地高度为 1.98 米；球重 255～346 克，橡胶球胆，外壳用皮革和帆布缝制而成，球的圆周为 63.5～68.8 厘米；发球者必须一足踩在端线上，有两次发球机会等。1912 年，规定双方上场的队员必须轮转位置。1917 年，规定每队上场队员为六人。1922 年，规则已趋完备，规定每方必须在三次以内将球击过网。1977 年，国际排联对规则又进行了修改。将标志杆内移 20 厘米；拦网触手后还可击球三次。这两条规则有利于防守，对进攻技术、战术的发展是一个很大的促进。

　　排球运动首先传入加拿大、古巴、巴西等国，在美洲流行开来。第一次世界大战期间，排球传入法国、意大利、苏联、捷克斯洛伐克、波兰等国。由于当时"六人制"、"位置轮转"等项规则已被确定，故欧洲排球运动逐渐普及起来。

　　排球传入亚洲较早，1913 年首届远东运动会即把排球列入竞赛项目。20 世纪 60 年代以前，苏联、捷克斯洛伐克、波兰罗马尼亚、保加尼亚、民主德国、匈牙利等东欧国家的排球水平一直处于领先地位。亚洲地区开展六人制排球之后，特别是中国首创的快球打法得到迅速传播后，世界排坛形成"三股风"。

　　1981 年，中国女排崛起，以全胜的战绩夺得第三届世界杯赛冠军。1982 年，中国女排又赢得了第九届世界女子排球锦标赛的桂冠，1984 年奥运会夺得冠军，取得了三连冠誉满世界排坛，刮起高一股"龙卷风"。进入新千年后，新一届中国女排在 2003、2004 年再度成为世界冠军，并在 2008 年北京奥运会获得了第三名。

第二节　排球基本技术与练习方法

　　排球运动的基本技术有：准备姿势与移动、垫球、发球、传球、扣球和拦网。

一、准备姿势

　　准备姿势按身体重心的高低，分为稍蹲、半蹲和低蹲三种。半蹲姿势运用较多。

半蹲准备姿势的动作：两脚左右开立稍比肩宽，适当提踵，双膝弯曲，上体自然前倾，两臂放松，自然弯曲，双手置于腹前，两眼注视来球，两脚始终保持微动。

半蹲准备姿势的方法：可根据教师左右抛球，转动身体，始终面向来球。

二、移动

移动是接好球的重要条件，其目的主要是迅速接近来球，保持好人与球的适当位置，以便击球，移动速度的快慢取决于预判能力、反应速度及起动速度、移动步法的熟练程度和速度以及变向移动能力等。排球比赛中通常采用以下几种移动步伐。

1. 并步法

当来球距身体约一步左右时适合采用这种方法。移动时，一脚支撑并蹬地，另一脚向来球方向迈出一步，当脚落地后，支撑脚迅速并上成接球前的准备姿势。如连续并步则称为滑步移动。

2. 跨步及跨跳步法

采用跨步移动时，后腿用力蹬地，前腿向来球方向跨出一大步，跨出腿的同时要屈膝深蹲，重心移至跨出的腿上，上体前倾，胸部几乎贴近大腿，臂部下降，后腿自然伸直或随着重心前倾而跟着上步成接球的准备姿势。当来球较远，跨步尚不能接近球时，可采用跨跳步法，跨跳时两脚用力蹬地，使身体有腾空动作，当身体向移动方向跃出的同时，两臂在体侧向前摆动，以带动身体更快更远的跨跳，跨跳腾空后，后脚要迅速伸出首先落地，前脚随后落在后脚的前面。接着两腿深蹲，重心下降，准备接球。为减少向前冲力和保持身体的平稳，在跨跳后两脚要分开站立，比肩稍宽。

3. 交叉步法

当来球在体侧或体前较远距离时，可采用交叉步法。若向右移动，身体稍向右转，左脚从右脚前面向右交叉迈出一大步，然后右脚再向右跨出一步，落在左脚侧面，同时转动身体对准来球，保持击球前的准备姿势。向左移动，动作方向相反。

4. 综合步法

当球的落点距身体很远，运用其他移动方法不能接近球时，可采用综合步，移动时，要判断好来球方向和落点，迅速跑动接近落点，再采用交叉步或者跨跳步，以逐渐降低重心，保持好击球前的准备姿势。

三、垫球

垫球是接发球和后排防守的主要技术动作，也是组织进攻和反攻战术的基础。因此，提高垫球技术的熟练程度和运用能力是排球教学的重要环节。垫球技术包括：正面双手垫球、体侧垫球、跨步垫球、正面低姿势垫球、背垫球、前仆垫球以及鱼跃、滚翻等动作垫球。我们只学习正面双手垫球以及体侧垫球。

1. 正面双手垫球

正面双手垫球是各项垫球技术的基础，适合接速度快、弧度平、力量大、落点低的各种来球。在接发球和后排防守时广泛采用。因为正对准来球，容易找好击球点，便于控制球，垫球的准确性较好。在比赛中，有些困难球，不能运用上手传球做二传时，也可利用双手垫球组织进攻。

正面双手垫球的技术分析（图9-1）：为分析方便，下面分为六部分来谈。

图 9-1　双手正面垫球

① 准备姿势　面对来球方向，两脚开立稍宽于肩，左脚在前，右脚在后（在右半场防守时右脚在前，左脚在后；在场地中央防守时可两脚平行开立），脚跟提起，两膝弯曲微内收，膝部垂直面应超出脚尖。上身前倾，重心降低，两肩的垂直面超过膝部。两臂微屈内靠，两手置于腹前。两眼注视来球，两脚要保持"静中待动"的状态，随时准备移动。

② 击球动作　身体对正来球后，手臂迅速插入球下，蹬腿提腰，重心随之前移，同时两臂相夹，含胸收肩，压腕抬臂等动作的密切配合，击球准确的垫在小臂上。在垫击的一瞬间，两臂要保持平稳固定。击球时，身体和两臂要有自然的随球伴送动作，以便控制球的落点和方向。

③ 击球手型　一种是两手手指重叠，掌根紧靠，合掌互握，两拇指朝前 [图9-2(a)]；另一种是两手抱拳互握，两拇指平行朝前 [图9-2(b)] 两臂自然伸直，小臂稍外展靠拢，手腕下压，腕关节以上的前臂形成一个垫击的平面。

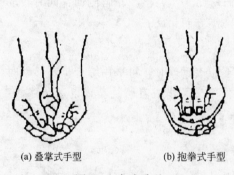

(a) 叠掌式手型　　(b) 抱拳式手型

图 9-2　击球手型

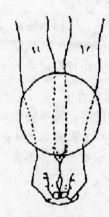

图 9-3　击球点和前臂触球的部位

④ 击球点和前臂触球的部位　正面双手垫球的击球点一般保持在腰腹前的一臂距离，用前臂腕关节以上 10cm 左右桡骨内侧平面触球为宜（图9-3）。击球部位过高或者过低，既不便于控制球，而且易造成"持球""连击"犯规。

⑤ 击球用力　如来球力量小或者垫击球的距离远，垫击必须加上抬臂动作，加大给球的反击力；如来球的力量大或垫击的距离近，则只需轻垫靠反弹力垫起。有时来球力量很大，为了缓冲来球的力量，手臂还需顺势后撤，加上含胸收腹的协调，使球得到缓冲而垫击。一般来说，垫球的用力大小与来到的力量成反比，与垫击球的距离成正比。

⑥ 手臂角度 手臂角度对控制球的方向、弧度和落点的影响很大。根据入射角等于反射角的原理叙述如下。

A. 来球的弧度同垫击手臂的角度（与地面所构成的角度）的关系：来球弧度高，手臂角度要小；来球弧度平，手臂角度要大。

B. 垫击球的弧度同手臂的角度关系：在来球弧度相同的情况下，要求垫击球的弧度低，距离远，手臂的角度应稍大；垫击球的弧度高，距离近，则手臂角度应较小。

C. 手臂的反射面与垫出的预定目标的关系：手臂的反射面必需对着击球的方向，有时击球点很低，又要争取把球垫高，可以弯曲肘关节利用前臂的反射面把球垫高。

根据训练垫球的实践经验，把垫球技术动作按连贯顺序概括为：预判、移动、插、夹、提压五个要素。

预判：预先准确的判断。

移动：迅速起动和移动，取位找准落点。

插：两臂伸直，插入球下。

夹：两臂夹紧，含胸收肩，用两前臂的平面击球。

提压：提肩、压腕送臂，身体重心随击球方向前移。

2. 体侧垫球

当来球飞向体侧来不及移动对准来球时，即要采用侧垫。如球向左侧飞来，左脚向外跨出一步。右脚前脚掌内侧蹬地，重心随即移至左脚，左膝弯曲。转腰同时两臂向侧伸出，左肩必须高于右肩，手臂并拢形成一个截面拦住球飞行的弧线，触球时，腰部发力．重心内转，两臂向前用力，将球垫出（图9-4）。

图 9-4 体侧垫球

垫球的练习方法如下。

① 徒手练习垫球动作。

② 一人持固定球，一人上步垫球，体会击球部位、击球用力大小。

③ 原地自垫，对墙垫。

④ 两人一球，一抛一垫，或者对垫（相距 2～3m），或者一扣一垫。

⑤ 三人一组，一扣一垫，一调整。

四、发球

发球是排球进攻的基本技术之一。发球是比赛的开始。有威力的发球可以起到先发制人、争取主动的作用。其目的在于力争直接得分，或者破坏对方的一攻战术，减轻我方的防守负担，创造反攻的有利条件。发球的种类有：正面上手发球、下手发球，侧面下手发球、勾手大力发球、勾手飘球、正面上手飘球、跳发球等。

1. 正面上手发球

在发球区选好位置，面对球网站立，左脚在前，右脚在后，两膝微曲，重心落在后脚上，左手持球置于胸前。抛球时，左手将球平稳地向右肩的前上方抛起，高度适中。抛球的同时，右臂抬起，并屈肘后引，肘与肩平或略高于肩，上体稍向右转、抬头、挺胸、展腹、重心落在右脚上。击球时，利用蹬地转体和迅速的收胸收腹动作带动手臂迅速而猛烈的向前上方挥动，重心随之前移，手臂挥至右肩上方，用全手掌击球的后中下部，用力地将球击入对方场区。触球时，手腕应有向前推压的动作，使球呈向前旋转飞行（图 9-5）。

图 9-5 正面上手发球

2. 勾手飘球

此种发球可使球体在飞行时飘晃不定，造成接发球队员难以判断，而产生失误。发球前，左肩对网两脚开立，左手持球置于体前，抛球时，左手将球平稳地向左肩前上方抛起，抛起高度约 1m。抛球的同时，右臂自然向身体右下方摆动，左脚向侧迈出一小步，身体重心落在右脚上。当抛起的球接近最高点时，右腿蹬地。身体重心移至左脚。与此同时，腰和右肩向左转动带动手臂，沿着与地面接近垂直的弧度向前挥动。击球时，手腕保持紧张，以掌根的坚硬平面，或以半握拳、拇指根等部位，击球的后中下部（图 9-6）击球用力要集中，通过球体重心，使球不旋转地向前飞行。触球时，手臂挥动加上短促而集中的冲力，或

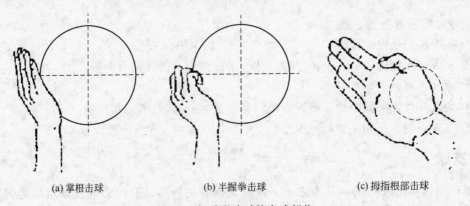

(a) 掌根击球　　　　　(b) 半握拳击球　　　　　(c) 拇指根部击球

图 9-6 勾手飘球时的击球部位

者触球后，手臂突停回收以及突停加下拖可发出前冲、轻飘、下坠等不同性能的飘球（图9-7）。

图 9-7 勾手飘球

发球的注意事项：无论采用哪种发球，要把球发好，必须注意以下几点。

① 抛球 要求掌心向上平稳地把球抛起。每次抛球的高度和身体的距离应固定。

② 击球准 用力方向必须和所要发出球的方向相一致。

③ 正确的手法 击球的手法不同，发出球的性能也不同。如发旋转球时，必须使手掌包住球，击球并有推压动作。如发飘球时，手触球瞬间的动作方向（作用力）要通过球的重心。

发球练习方法如下。

A. 徒手练习模仿发球的完整动作。

B. 向空中固定目标（或者顺网）做抛球练习，手掌持球要平托上送，切忌带腕带指，体会正确动作要领。

C. 击固定球练习摆臂动作，体会击球部位。

D. 在场内短距离发球过网，体会和掌握发球的正确动作，逐渐加长发球距离向发球区过度，在准确的基础上，加大发球力度。

E. 发球区内发球，发不同远度、不同区域的定点球。

五、传球

传球是排球运动中最基本的一项技术，是进行比赛和组织战术的基础，特别是做为组织进攻的第二传有其特殊的重要意义，常用的传球方式有正面上手传球、背传球、跳传球、侧传球、单手传球等。正面上手传球是最基本的方法，只有打好上手传球技术基础才能进一步掌握和运用其他各种传球技术。传球是一个完整动作（图9-8）。为便于分析，现将该技术分为以下四个部分细述。

① 传球前的准备姿势 正面对准来球方向，两脚左右开立，约同肩宽，左脚稍前，后脚脚跟稍提起，两膝半屈，重心落在两脚之间（略偏前脚）上体稍前倾。两肩放松，两臂弯曲置于胸前，两肘自然下垂，两手成传球手型全身放松，准备传球。

② 击球点 一般在脸前，当来球至脸前约一个球左右距离时，便要做击球的动作。

③ 传球手型 当手触及球时，其手型应该是手腕稍后仰，两手张开，手指微屈成半球状，小指在前，拇指相对成接近一字形（图9-9）。

④ 击球的用力 传球前，手指、手腕稍放松，不要过早用力，球触手的瞬间，手指和

图 9-8　正面上手传球

手腕应保持一定的紧张程度，并以拇指、食指、中指负责球的压力，无名指和小指帮助控制球（图 9-10）。传球时，要利用蹬地伸膝向上展体和伸臂协调动作。最后通过手腕手指的弹力将球传出。传球距离较近时，用手腕、手指的弹力较多；传球距离较远时，必须尽可能地使用蹬地展体伸臂的协调力量，才能将球送至预定的位置。

图 9-9　传球手型

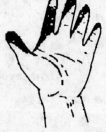

图 9-10　传球手指触球部位

　　总之，传球时首先要判断准确，移动迅速对正来球，保持好击球点，手型正确，用力协调，才能保证传球的质量。

　　传球练习方法如下。

　　① 原地做徒手传球的模仿练习。

　　② 二人一组。一人按传球手型持球于额前，另一人用手压住球，持球者按传球方法向上伸展，体会传球手型和协调用力。两人交换进行。

　　③ 二人一组。自抛传给对方，另一方做传球前准备。在额前将球接住，再自抛传回。

　　④ 近距离对墙传球，自抛对墙传球。

　　⑤ 两人一组，一抛一传。

　　⑥ 两人一组，一抛一传，抛球者有意将球向前、后、左、右抛。传球者移动对正球再传回、互相交换练习。

　　⑦ 两人对传。先自传一次再传给对方。

　　⑧ 三人一球，三角顺时针，逆时针方向传球，或者三人换位传球。

六、扣球

　　扣球是进攻的最有效方法，是得分和得发球权的重要手段。扣球技术有多种，如正面扣球、调整扣球、勾手扣球、单脚起跳扣球等。正面扣球是其中最基本的一种扣球技术。它的特点是面对球网，便于观察，准确性大，能根据对方的拦网情况而变化各种路线，能适应扣近网、远网、集中和拉开各种不同的球，并能演变出快球、平快球，"时间差"等扣球技术。

1. 正面扣球

其技术动作包括：准备姿势、判断、助跑、起跳、空中击球与落地几个相互衔接的部分。

(1) 准备姿势与判断

两脚自然开立，两膝微屈，上体自然前倾，两眼注视来球首先判断一传的到位情况，然后根据二传球的方向、速度、弧度、落点，来选择起跳点和起跳时间，判断贯穿于整个的助跑与击球全过程中。

(2) 助跑与起跳

助跑的目的主要是为了增加弹跳高度和选择起跳地点和起跳时间。由于来球的方向、速度、弧度的不同，助跑的速度可快可慢、步幅可大可小、步数可多或少。步法一般以两、三步运用较多。以两步助跑为例，（右手扣球者）左脚向前迈出一小步，对正来球方向接着右脚再迅速跨出一大步，借以接近来球并降低重心，两臂由体前经体侧摆至体后下方，左脚及时并上踏至右脚稍前，两膝弯曲并内扣．两脚迅速有力地蹬地踏跳；两臂由体后下方向前上方摆起，同时快速展腹，带动身体腾空而起。常用的起跳方法有两种：一是并步法，即一脚跨出后，另一脚迅速向前并步，落于该脚之前，随即蹬地起跳；二是跨跳法，即一脚跨出的同时，另一脚也跨跳击去（两脚有一腾空阶段），两脚几乎同时着地和蹬地。前者便于稳定重心，适应性强；后者蹬地力量大。可增加反作用力，有利于增加弹跳高度。

(3) 空中击球与落地

起跳后，挺胸展腹、上体稍向右转，左手自然置于体前，右臂屈肘举起，手置于头的右侧方，身体成反弓形。挥臂时，以迅速转体．收腹发力。依次带动肩、肘、腕各关节成鞭甩动作向前方挥动。击球时五指微张成勺形，并保持紧张、用全手掌击球的中上部，同时主动用力屈腕屈指向前推压，扣出上旋球，击球点应在起跳的最高点和手臂伸直的最高点的前上方，如图 9-11 所示扣球后，应控制好身体下落的平衡，力争双脚同时落地。落地时，应有前脚掌过渡到整个脚掌，同时顺势屈膝、收腹，以缓冲下落的力量，并立即准备做下一

图 9-11　空中击球与落地

动作。

2. 扣球练习方法

① 徒手练习，做原地挥臂动作；做原地起跳动作，做原地起跳挥臂动作；做一步起跳挥臂动作；在三米线附近面对网做两步或者三步助跑起跳挥臂动作。

② 击球手法练习，对墙自抛自扣；对网自抛自扣；两人一组，一抛一扣。

③ 助跑起跳和往前固定吊球；助跑起跳打树梢，或者固定标志物。

④ 教师抛球，学生在网前做一步起跳扣球，并逐步加大助跑距离。

⑤ 在 4 号位、3 号位或 2 号位助跑扣教师抛球。

⑥ 在 4、3、2 号位扣二传手传来的球。

七、拦网

拦网是排球运动的基本技术之一，拦网是防守的第一道防线。同时也是反攻的开始，成功的拦网可以直接拦死或拦回对方的扣球，使本方由被动转为主动，也可以将有力的扣球拦起，为本方减轻后排防守的压力。拦网技术可分为单人拦网和集体（二至三人）拦网两种。比赛中双人或单人拦网运用最多。单人拦网是组成集体拦网的基础。所以在此重点讲授单人拦网技术。

1. 单人拦网动作方法

（1）准备姿势

两脚平行，约与肩同宽，膝关节稍屈，上体适当前倾，两臂自然弯曲，手放于胸前。随时准备起跳。

（2）移动

目的在于迅速的移至拦网位置，便于起跳拦截。移动的步法有并步（连续并步又称为滑步）交叉上、跑步三种。并步移动一般在近距离移动时采用，如向右侧移动时，右脚向右迈一步。左脚迅速并上［图 9-12(a)］。交叉步移动一般在拦网起跳点稍远时采用，如向右侧方移动时，左脚内侧蹬地从右脚前面向右交叉迈一大步。然后右脚再向右跨出一步，右脚落地时，脚尖内转制动，使两脚平行站立，身体正对球网［图 9-12(b)］。跑步移动在距离起跳点较远时采用。如向右移动时，身体微向右转，先出右脚，然后跑动，用左脚制动，右脚再向前跨一步，脚尖内转，身体正对球网时立即起跳。

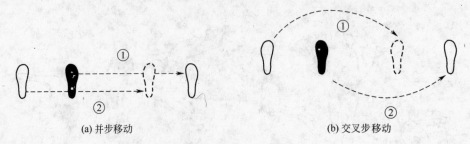

(a) 并步移动　　　　　　　　　　　　(b) 交叉步移动

图 9-12　单人拦网移动步法

（3）起跳

从拦网的准备姿势开始，两脚用力蹬地、两臂在体侧前方划小弧用力上摆，带动身体垂直向上跳起。起跳后应稍收腹，以便控制平衡和延长腾空时间（图 9-13）。

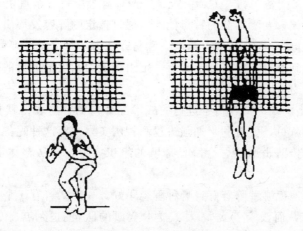

图 9-13 单人拦网起跳

（4）空中击球

在身体腾空后，两手从胸前向头上方伸出，两臂向上伸直并伴有提肩动作。身体贴近球网，两臂之间距离要小于球体，手指张开弯曲成勺形（图 9-14），并保持一定紧张程度。拦近网球时，两手应尽量伸到对区上空接近球。并要成弧形去"包球"。以防打手击界。当对方击球时，手腕应迅速下压"盖帽"以增加拦死拦回的可能性。

图 9-14 拦网手型

（5）落地

拦网后身体要自然下落，先以脚前掌着地，随之屈膝缓冲身体落地力量。同时迅速做好下一动作的准备。

2. 拦网练习方法

① 面向网，原地起跳做拦网模仿动作练习。

② 两人一组隔网相对，一人抛球于网上约一球半距离，另一人"盖帽"拦回。

③ 两人一组隔网相对，由左至右．或者由右至右，做并步，交叉步，跑步移动起跳，互拍手掌。

④ 拦 4 号位、3 号位、2 号位固定路线的扣球。再逐渐增加扣球的路线变化以及进攻点，以提高拦网者判断、移动和选位能力。

第三节　排球基本战术

排球运动的基本战术是指在比赛规则允许的条件下，以基本技术为基础，依靠集体合作，充分发挥个人能力，把个人与集体、进攻与防守诸多方面行之有效的战术配合整理成完整的战术体系。其包括：阵容配备、接发球进攻（一攻）战术、防守以及防守反击战术（防反战术）等。

一、阵容配备

目的在于把全队的力量最合理、最有效地组织起来，保证本队战术的实施和特长的发挥。当前，有"四、二配备"和"五、一配备"两种阵容配备方法可供选择。这两种方法各有长短，是否选用得体，要看本队的特点能不能通过选定的阵容发挥出来。

"四、二配备"可以发挥全队的攻击能力和防守能力，每个轮次都可以保证三个进攻点。但一般队都难以物色到既有一定高度，又有一定组织能力和攻击能力的两个二传手，故有的轮次偏弱，影响进攻力量。

"五、一配备"是围绕一个二传手进行的战术配合，更容易取得默契。由于另一个二传手位置可安排攻击型队员，更有利于加强进攻和拦网实力。但这种配备有三个轮次只有两个进攻点，而且由于二传队员减少，会降低球队的组织能力，会从整体上削弱扣球和拦网的力量。

可见，不能简单地说哪种阵容好，哪种阵容不好。一个队若有 4 个进攻能力的队员，有 2 个符合条件的二传，而没有身材高大、技术全面的队员打接应二传位置，这个队选择"四、二配备"比较好。相反，如果只有一个好二传，又有合格的接应二传，那当然应选择"五、一配备"。

二、接发球进攻战术

接发球进攻是在接起对方发球后所组织的第一次进攻，简称"一攻"其目的是夺取发球权以及得分。接发球进攻战术有以下四种形式。

1. "中一二"进攻战术

场中 3 号区（位）的队员作二传，2、4 号位队中作进攻配合的方法称为"中一二"进攻（图 9-15）。"中一二"进攻战术组织简单，但不便于进行各种变化。

为了组成"中一二"战术，当二传队员不在 3 号区时，就要"换位"，"换位"方法有两种：

① 从 2 号区换到 3 号区（图 9-16）；

② 从 4 号区换到 3 号区（图 9-17）。

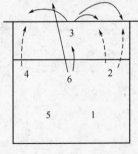

图 9-15 "中一二"

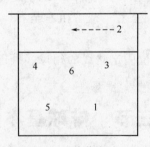

图 9-16 换位方法一

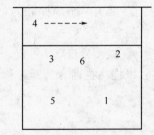

图 9-17 换位方法二

2. "边一二"进攻战术

二传队员在 2 号位（区）组织进攻，3、4 号位队员的进攻配合，就是"边一二"进攻战术（图 9-18）。"边一二"进攻战术特点是便于两个进攻队员相互掩护、相互配合，构成较多的战术变化。其攻击性比"中一二"战术高。"边一二"进攻战术变化可列以下 5 种：

① "快球掩护"（图 9-19）；② 前交叉战术（图 9-20）；③ "围绕"战术（图 9-21）；④ "夹塞"战术（图 9-22）；⑤ "重叠"战术（图 9-23）。

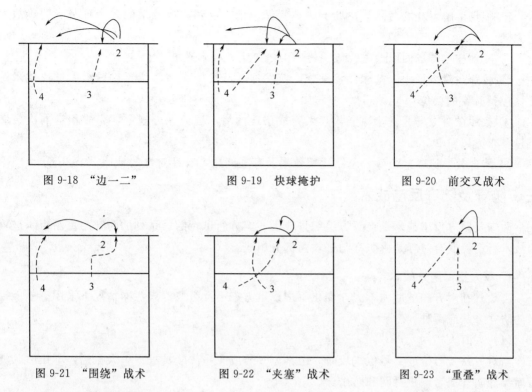

图 9-18 "边一二"　　图 9-19 快球掩护　　图 9-20 前交叉战术

图 9-21 "围绕"战术　　图 9-22 "夹塞"战术　　图 9-23 "重叠"战术

3. "插上"进攻战术

后排队员在对方发球击球之后，插至前排指定区域作二传的配合，叫做插上战术。插上战术有三个以上进攻点，能自如地组织各种平快进攻和立体进攻，是当前广为流行的接发球进攻战术形式。

插上的形式有，1 号位插上，6 号位插上，5 号位插上（见图 9-24）。

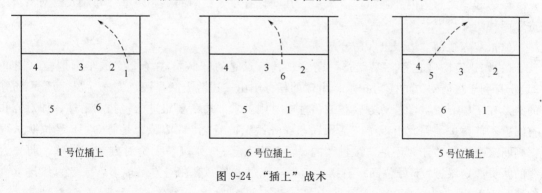

1 号位插上　　　　　6 号位插上　　　　　5 号位插上

图 9-24 "插上"战术

插上战术前排有三个进攻点，战术进攻就更加丰富，在此就不一一例举，可参看"边一二"进攻战术，增加 2 号位进攻点，以及 2 号位队员与 3 号位队员的相互掩护配合等进攻战术。

4. 接发球进攻战术的教学步骤与方法

接发球进攻战术以一传为基础，二传是灵魂，扣球为最后手段。三者技术质量决定战术的成败。在教学之初要考虑三项基本技术的水平，必要时对某项技术进行补课，使之达到一定水平。教学中应从学生实际水平从易到难地进行。

① 临场讲解，让 6 名队员在场上按位置做示范，讲解组成战术的各个环节，明确战术的关键。

② 教师在本方场内以抛球代替一传，由二传组织战术进攻。

③ 教师在对方场中以抛球代替发球，接发球队员按轮次站好位置接球组织进攻战术练习（包括必要的换位）。

④ 教师在对方场区发球，全队 6 人完成预定的战术配合。可规定，完成预定的次数和质量要求方可轮转。

⑤ 结合教学比赛，统计、总结运用效果及存在问题，有针对性的补课。

三、防守及防守反击战术

防守及防守反击战术是在对方组织进攻后，本方所进行的一系列的防守与重新组织进攻的战术行动。其全过程是由防守与进攻两部分组成。

1. 单人拦网防守战术

一般是在对方扣球威力不大，变化不多或本方来不及组成双人拦网情况下采用。单人拦网的防守方法有两种。

(1) 人盯人拦网

当对方从 4 号位或 2 号位进攻时，由本方 2 号或 4 号位队员进行单人拦网，不拦网队员后撤参加防守或者保护拦网和防吊球。

(2) 以 3 号位队员为主拦网

若遇本队 3 号位队员拦网比较好时，前排三个位置的拦网任务可由其一人完成，不拦网队员应及时后撤参加防守以及保护。

2. 双人拦网防守战术

该防守阵式为国内外强队广泛采用。其变化有双人拦网的"心跟进"和双人拦网"边跟进"两种防守战术。

(1) 双人拦网"边跟进"防守战术

"边跟进"防守也称"马蹄形"防守。其特点是防守队员在场上完成半圆取位（图9-25），有利于接防对方的无力扣杀。吊球的任务则由"边"上队员跟进完成。"马蹄形"防守的缺点在于中心较空，若对方轻扣或吊球时，则要求"边"要跟进防轻扣和吊球，如对方扣直线就不能跟进。因此出现了"活跟"与"死跟"的变化。"活跟"是防守，5 号位队员根据判断来决定是"守"还是"跟进"的灵活防守布置。"死跟"无论对方是否吊球，防守直线的队员固定跟进，6 号位固定右摆，运用"死跟进"一般在对方吊球多，或者直线进攻少的情况下采用。

(2) 双人拦网"心跟进"防守战术

又称"中跟进"或者"6 号位跟进"防守，当对方具有一定攻击威力，又善于轻吊时，而本方拦网配合比较好时采用将更为有效。"心跟进"防守对本方拦网应有效地封锁住对 6 号区的进攻，6 号位队员跟进保护。接应吊球，其他队员扼守自身的位置（图9-26）。此种形式的弱点是 1、5 号之间有较大的空隙地区。对 1、5 号队员防守技术要求较高。另外对跟进的 6 号队员，也有较高的技术要求，他必须善于接吊球和传调整球。一般来说，二传队员打跟进位置较为有利，因为便于反击中的行进间插上。比赛中如遇二传队员在 6 号位时，则

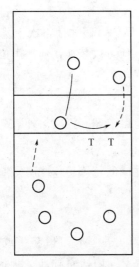 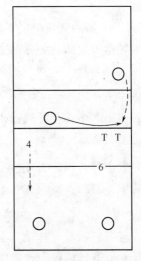

图 9-25 双人拦网"边跟进"防守战术　　　　图 9-26 双人拦网"心跟进"防守战术

应进行换位。

3. 防守反击进攻战术

简称"防反"。防反是在拦、防起对方的球之后，组织各种战术配合，向对方进行"反攻"。由于在防守时处于被动地位，防反战术的组织较"一攻"更为困难。因此要求场上队员应十分注意攻防转换，更要注意捕捉战机，及时组织各种进攻战术。防守反击战术的组织形式与接发球进攻形式相同。

第四节　裁判方法与规则

1. 比赛方法

① 双方上场队员为各 6 名，从右往左排列：前排 2、3、4 号位，后排为 1、6、5 号位。比赛开始前教练员将上场队员号码站位表交第二裁判员，由记录台登记，位置表一经交出，则不得更改。

② 比赛开始，由发球队 1 号位在发球区发球，发球直落对方场地上或接球失误，发球得 1 分，继续发球，如果发球失误，则失 1 分并由对方发球，并依次按顺时针方向轮转并由转至 1 号位的队员发球。

③ 在比赛过程中，每队只允许 3 次击球（拦网除外），球不得落地。将球击到对方场地，场上队员每人不能连续触球 2 次（拦网除外）。

2. 暂停

国际、国内正式比赛，每局有 2 次技术暂停，当某队比分先到 8 分或 16 分时将自动执行，相应每队还有一次时间为 30s 的自由暂停。第五局没有技术暂停。可请求 2 次时间为 30s 的暂停。

3. 换人

① 由场上队长或教练员请求，在死球的情况下经裁判员允许后，才准予换人。一名队员离场后，替补队员才能进场接替他的位置。每局每队最多可换 6 人次，可同时换也可分

开换。

② 每局开始上场的队员只能退出比赛1次，在同一局中，假如他再次上场比赛，也只能回到他原来轮次的位置，替换队员每局只能上场1次，他可以替换任何一个位置。或任何一个队员、但在同一局中，他只能被他换下的队员来替换。

4. 持球与连击

球必须被击出，不得接住或抛出；队员不能连续2次触击球（拦网除外）。

5. 进攻性击球

队员向对方击球，即为进攻性击球。前排队员不得在球的整体超越球网的垂直面时进行击球。后排队员不得踏及或超过3米限制线进行进攻性击球。

6. 拦网犯规

拦网时，球可以触击身体的任何部位，只要不妨碍对方击球，可以将手或手臂伸过球网。但不得在对方击球前或击球时触及球、在对方场区或空间内妨碍对方，也不允许后排队员参加拦网并起拦网作用。否则判犯规。

7. 过中线或触网

比赛进行中，队员身体任何部分都不允许触网（但无试图传接球、拦网和进攻，触网不判犯规）。队员脚踏中线即判为犯规。

8. 比赛结果

采取每球得分，五局三胜制，前四局为25分领先2分得胜，决胜局为15分领先2分得胜。先得25分同时超出对方2分的队胜一局，当比分为24：24时比赛继续进行至某队领先2分（（26：24；27：25）为止．决胜局采用15分制，方法以此类推。

9. 按每球得分制

如对方失误或者犯规，则由本方得分。如对方发球失误，则由本方得分，并获发球权。

10. 自由防守队员

每队可在12名队员中选择登记一个专门防守的队员为"自由人"。自由人仅限作为后排队员参加比赛，在任何地区均不得将高于球网的球直接击入对方场区，也不得发球、拦网或试图拦网，自由人在进攻区（包括其延长线内）进行上手二传。当球的整体高于球网时任何队员不得将球击入对方场地，当自由人在后场区做同样动作时，则可进行进攻性击球。

要点：三个动作必须连贯。成虚步时，重心落于右腿上，右大腿与地面平行。左腿微屈，脚尖点地。

第十章　足球运动

第一节　足球运动概述

足球运动是一项两队相互对抗的、激烈而又富有战斗性的球类运动。足球是世界体育运动中开展最广泛、影响最大、令人百看不厌的运动项目之一，被誉为"世界第一运动"，深受世界各国人民所喜爱。

古代足球游戏起源于我国，它的历史源远流长。世界上一些国家的学者都把足球的起源说成是自己国家，但凭证不足。而我们的凭证有二：一是有可靠的文字记载；二是经过了文物考证。

据有关史料记载，公元前475～公元前221年的战国时期，就有了足球游戏。《战国策·齐策》记载，游说家苏秦周游各国后，到了齐国，对齐宣王说"临淄之民七万户……临淄甚富而实，其民无不吹竽、鼓瑟、击筑、弹琴、斗鸡、走犬、六博、蹋鞠者"。战国时代的足球游戏称为踢鞠或蹴鞠，踢或蹴是用脚踢的意思，而鞠是指球。可见，早在2500年前我国就有了足球运动，要比其他国家早1000多年。

现代足球诞生于英国，1863年10月26日在英国伦敦成立了世界上第一个足球运动组织——英格兰足球协会，并统一制定了原始的14条足球规则。从此，国际足坛把这一天作为现代足球的诞生日。英国足协于1872年开始举办"优胜杯"足球赛，推动了全国的足球发展。随着国际交往的增多，特别是英国的海员、牧师、商人、士兵、学者以及政界人士在世界各地的活动，从而把现代足球运动传播到世界各地，并相继成立了足球俱乐部和足球协会。他们都沿用英国人制定的比赛规则和踢球的模式，开展了现代足球运动。1886年英格兰、苏格兰、威尔士和北爱尔兰四个足球协会发起成立了"国际足球理事会"，进一步统一了比赛规则。

随着足球运动在世界各国迅速的发展，为了便于各国国家间的相互交流、比赛，迫切需要成立一个世界性的组织。1904年5月21日由法国、瑞士、瑞典、比利时、西班牙、荷兰、丹麦等国足球协会的代表在巴黎发起成立了"国际足球联合会"。法文缩写为"FIFA"。1909年英国足协加入了国际足联。国际足联的宗旨是促进国际足球运动的发展和各国足协之间的友好关系。从此，世界足球运动在国际足联领导下得到了迅速发展。

目前，由国际足联组织的世界性比赛有六种：世界杯足球赛、奥运会足球赛、世界青年足球锦标赛、世界少年足球锦标赛、世界女子足球锦标赛、世界室内足球锦标赛。其中世界杯足球赛和奥运会足球赛水平最高、影响最大。

在我国境内的重大足球赛事主要有：全国足球甲级联赛、全国运动会足球赛、全国男子足球乙级联赛、全国男子青年足球赛、全国男子足球锦标赛（足协杯）、全国女子足球锦标赛、中国足球超霸杯赛、省港杯足球赛、全国大学生"菲利普"杯足球联赛。

第二节　足球基本技术与练习方法

一、踢球

踢球是运动员有目的地用脚的某部分把球踢向预定的目标，它是完成战术配合的基础和手段，在比赛中运用最多。踢球包括传球和射门，起动过程由助跑、支撑、摆腿、击球和踢球后的随前动作组成。

踢球方法有脚内侧踢球、脚背正面踢球、脚背内侧踢球、脚背外侧踢球、脚尖和脚跟踢球等。现以脚内侧和脚背内侧踢定位球为例。

1. 脚内侧踢球（脚弓）技术动作分析

用脚内侧部位触球的一种踢球方法。脚接触球面积大，易控制出球方向，传球较准确，适用于近距离传球配合和射门。

踢定位球时，直线助跑，最后一步稍大，支撑脚落地时脚尖指向出球方向．距球10～15cm，膝关节微屈。摆动腿以能为轴后向前摆动，在前摆过程中屈膝外转，脚尖稍翘起，脚掌与地面平行，脚内侧与出球方向约成90°角，用脚内侧部位推送或敲击球的后中部，击球后踢球腿随球前摆（图10-1）。

图 10-1　脚内侧踢球

2. 脚背内侧踢球技术动作分析

用脚背内侧部位触球的一种踢球方法，适用于中、远距离传球和射门。

踢定位球时，斜线助跑，要与出球方向约成45°角，支撑脚以脚掌外沿积极着地．踏在球的侧后方20～25cm处。屈膝、脚尖指向出球方向，身体向支撑脚一侧倾斜。支撑脚着地同时，踢球腿以膝关节为轴大腿带动小腿，呈弧形由后向前摆动。当膝盖摆到接近球的内侧垂直上方一刹那，小腿加速前摆，脚尖稍外转，脚面绷直，脚趾扣紧、脚尖指向斜下方。以脚背内侧踢球的后中部（踢高球，击球中下部），踢球腿继续前摆。

3. 练习方法

用脚内侧，脚背背正向，脚背外、内侧进行练习。

① 做各种踢球的模仿练习，先做向前跨一步的踢球模仿练习。然后做助跑的踢球模仿练习。

② 一人踩球，另一人做跨步踢球练习和助跑踢球练习，体会支撑脚的选位和该动作与摆腿的关系。

③ 对墙踢定位球，距离由近到远。力量由小变大。

④ 将球放在罚球区线上，向中圈踢高球，争取使球入中圈。

⑤ 两人一球，对面进行踢球练习。距离可适当调整，体会摆腿、击球点、摆腿力量相互之间的关系。

⑥ 以上练习主要是提高脚背内外侧、脚背正面踢球技术，也可适当练习脚内侧踢球技术。

二、接球

接球是指运动员有目的地用身体合理部位，把运行中的球接控在所需要的控制范围内的动作，为更好的传球、运球过人和射门服务。一般常用接球方法有脚内侧接球、脚底接球、脚背正面接球、脚背外侧接球、胸部接球和大腿接球。

选取内侧和胸部接球为例。

1. 内侧接球的技术动作分析

脚内侧接球，可接地滚球、空中球、反弹球。脚内侧接球的一般动作方法为支撑脚正对来球，膝关节微屈、膝外转、脚尖稍翘起、在球触脚的一刹那，对地滚球倒引拉，对空中球迎、引，对反弹球倒压推（如图 10-2 所示）。

| 1 | 2 | 3 | 4 | 5 | 6 |

图 10-2　内侧接球的技术动作

2. 胸部接球的技术动作分析

胸部接球有挺胸、收胸两种方法，一般要身体正对来球，两脚前后开立，重心落在两脚之间。两膝微屈，当球运行接近胸时两臂自然张开，胸自然放松、根据球的力量和需要，选择用挺胸方法还是收胸方法。采用挺胸方法时，接触球后，上体后仰，使球向前上反弹，改变运动轨迹、速度。采用收胸方法时，胸部接触球刹那，迅速收胸收腹挡压球，缓冲球的力量、速度（如图 10-3 所示）。

| 1 | 2 | 3 | 4 | 5 |

图 10-3　胸部接球的技术动作

3. 练习方法

（1）接地滚球

① 接迎面地滚球，两人对面站立，一人踢抛地滚球，另一人主动迎上接球。

② 对墙踢球，迎上去接反弹回来的球。

③ 三人一组成横向站立，甲、乙传球，丙迎上，向两侧身后接球，再传向另一方。

④ 跑动中接侧面来球，两人一组，相距 10～15m，甲向乙两侧传，乙跑动用规定部位接球，乙接球后再回传给甲。

（2）接反弹球

① 自己将球向上抛或踢起，练习接反弹球。

② 两人对面踢抛高球、练习接反弹球。

③ 追接由身后传来的高球，两人一组，一人转身跑接另一人由身后传来的高球。

（3）接空中球

① 自抛自颠接空中球练习。

② 两人对面互踢定位球、练习接空中球。

三、运球

指运动员在跑动中用脚连续推、拨球，使球保持在自己的控制范围内的触球动作。运球是运动员控制球和进攻能力的集中体现，是为完成战术配合和个人突破服务的。其方法有脚背内、外侧运球及脚背正向运球和脚内侧运球等。

1. 运球技术分析

身体自然放松，上体稍前倾，两肩自然提动，步幅要小，运球脚根起地，膝关节弯曲。脚跟提起，脚背正面运球要脚尖下指，背侧运球时要脚尖内转。

2. 练习方法

① 走和慢跑中用单脚或两脚交替运球。

② 直线运球，队员分成两组，各成一路纵队相距 20m，面对面站立运球。

③ 沿中圈运球，接同一方向运球前进。

④ 中圈内变向自由运球。

⑤ 运球绕杆练习。

⑥ 两人一组，做一过一练习，运球者做向各方向运球，防守者做消极堵截。

⑦ 运球过人练习，一人运球过人，另一人积极争抢，抢到后，交换位置再做。

四、抢截球

抢截球分为抢球和截球，它是把对手控制的球夺过来，转守为攻。

1. 抢球

是在规则允许的条件下，使用各种方法把对方控制的球夺过来、踢动和破坏掉。抢球分正面、侧面和侧后等方法。

（1）正面抢球技术动作分析　面对对手，两脚前后开立，两膝弯曲，身体重心下降，在对手运球脚触球后，即将着地时，支撑脚立即用力，抢球脚以脚内侧对准球跨动，膝关节弯曲，上体前倾重心稍至抢球脚、另一脚即前跨，如双方脚同时触球时，则顺势向上提拉，使球从对方脚背滚过，同时身体重心要迅速跟上把球控制好。

（2）侧、后面抢球技术动作分析　侧、后面抢球，往往用铲球技术。铲球要领为，当对手将球推离控制脚的一刹那，后脚用力蹬地，身体重心下降，铲球脚以脚外侧着地，沿地面向球滑铲。

2. 截球技术动作分析

是把对方队员之间传动的球截住或破坏掉。比赛中要根据临场具体情况，选择恰当的位置、时机，果断、快速地采用踢球、顶球、铲球或运球等技术完成截球。

3. 练习方法

① 两人一球，一人脚前放一球，另一人做抢球练习。

② 两人一组，相距10m，一人向前直线带球，另一人做正面抢球练习。

③ 对静止球做铲球动作，先慢后快，然后加助跑二、三步铲球。

④ 一人带球前进，另一队员做侧面冲撞抢球练习。

⑤ 一队员持球突破，另一队员做正面抢球练习。

⑥ 一对一攻防练习，正面、侧面抢球，以触球为准，相互交换练习。

⑦ 在一定范围内要一对二、二对三、三对三的传抢练习。

五、头球

头球是运动员在比赛中，为争取时间和空间优势用头触击球的动作。

1. 头球技术的动作分析

头球都是由蹬地、摆体、颈部紧张或甩头、头击球等动作组成，头击球时间与部位是头球的重要环节。

2. 头球技术动作方法

① 前额正面顶球：原地头顶、跳远头顶（单、双脚）、鱼跃头顶。

② 前额侧面顶球：原地侧面顶、跳起侧面顶。

3. 练习方法

① 两人一组，原地顶正、侧面练习。

② 做各种顶球模仿练习。

③ 做原地和助跑起跳顶球练习。

④ 两人一组，相对站立，一人抛高球，另一队员只做原地跳起顶球，也可做上步或退步跳起顶球。

⑤ 两人一组，一人踢球，一人做原地。上步或者退步顶球。

⑥ 争顶球，一人抛球，两人争顶。

⑦ 头球射门，抛球顶射、传中顶射。练习时应先原地、后移动，先正面、后侧面。

六、掷界外球

掷界外球是指运动员在比赛中按照规则的规定与要求，有目的地用双手将球掷入场内的动作方法，它是一次很好的组织进攻机会，特别是靠近对方罚球区附近掷界外球。

掷界外球时，面对出球方向，双脚不离地，双手持球过头，一次用力，收腹甩臂将球掷入场内。

练习方法：先空手体会完整动作，再体会手接球的方法和置球的位置，然后两人一组对掷．从 5～6m 开始，随技术的不断掌握而逐渐加远、加力。

七、守门员技术

守门员技术包括准备姿势、移动、接球、扑球、拳击球、托球、掷球、踢球等。

准备姿势和移动练习方法：从一端门柱向另一端门柱往返做滑步和交叉步移动；按教练手势做左右前后的移动；按教练手势做左右交叉步和滑步起跳。

接球和托击球练习方法：接队员踢的地滚球、平直球和高空球；守门员自己将球向上抛或向上踢高球，做原地起跳或助跑起跳和托击高球，补接和托击向球门两侧踢来的地滚球、中直球、高空球；守门员在移动中做接和托击教练抛向或踢向球门的球。

第三节　足球基本战术与比赛阵型基本战术

在足球比赛攻守过程中，根据主客观的情况所采取的个人行动和集体配合行动称为足球战术。足球战术可分为进攻和防守两个方面，其中又包含着个人战术和由 2 人或 2 人以上协同配合形成的集体战术。

一、进攻战术

1. 个人进攻战术

是指队员在比赛中为战胜对方，完成一队进攻战术任务而采取的行动。包括：传球、跑位、运球过人、射门。

(1) 传球

传球是指比赛中有目的地把球传给同伴或踢向预定的方位，依比赛实际掌握好球方向、距离、力量、落点和球的性质。传球是进攻战术的基础，是组织进攻、变换战术和创造射门的手段。比赛中，选择目标，掌握时机，控制力量和落点的传球是衡量战术意识和传球技能的标志。

(2) 跑位

跑位是指队员有意识地跑动，创造空档。跑位是进攻战术的基础之一，可分为：摆脱或接应跑位；摆脱后切入；插上跑位；有意识地抽动牵制或制造空档。

方法：突然起跑，变速跑，变向跑等。

(3) 运球过人

① 时间：指过人的时机，当对方伸腿的一刹那越过防守队员。

② 距离：是指运球接近对手的远近。

③ 速度和方向的变化：速度是指运球时掌握快慢，运行过人。方向是指依对手重心移动的反方向过人。

(4) 射门

射门是得分的手段，也是足球比赛的最终目的。比赛的成败集中体现在射门质量中。越接近球门拼抢越凶，果断抓住时机，以准确、迅速、多变的射门才能奏效。射门时应注意以下要求。

① 敏锐的观察、快速起动。

② 依守门员的位置选择射门角度。

③ 起脚射门时两眼要看球。

④ 准确为前提，力量要适当。远射应强调力量，近射时应着重准确。

⑤ 要珍惜射门机会，沉着冷静，力争抢点射门。

2. 局部进攻战术

是指两人以上的战术配合行动。它可以丰富和完善全队的进攻战术，是实施全队战术的基础，比赛中经常采用的局部进攻战术有传的配合、二过一配合、掩护配合和三过二配合等（图 10-4）。

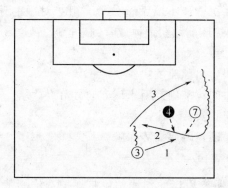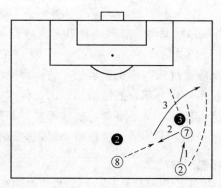

图 10-4　局部进攻战术

3. 整体进攻战术

① 边路进攻　指在对方半场两侧的进攻路线，进攻主要是通过边路插上的前卫、后卫，运用个人运球突破或传球配合突破对方防线，达到集中射门的目的（如图 10-5 所示）。

② 中路进攻　指在对方中间方向的进攻，中间地带正对球门，一旦突破就能直接射门得分。但中间防守密集，不易攻破，中间进攻主要通过中锋、内切的边锋或插上的前卫之间的配合或运用个人突破等方法突破中路达到射门得分的最终目的（如图 10-6 所示）。

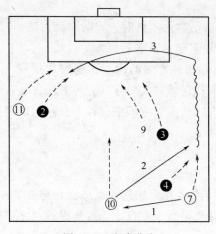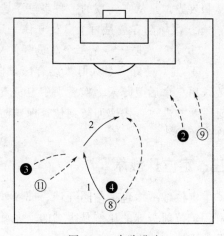

图 10-5　边路进攻　　　　　　　　　图 10-6　中路进攻

二、防守战术

1. 个人防守战术

（1）选位与盯人

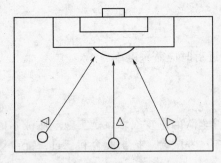

图 10-7 后场防守位置

后场防守时应选位于对手与本方球门中心构成的直线上（图 10-7）。一般情况下紧逼接球队员及其附近有可能接球队员，对离球远的对手采取松动盯人战术。对方接近球门时应紧盯，力争断球，但不能盲目出击。

（2）抢截球

在保证整体防守稳固前提下运用抢截球技术。原则是不因个人盲目而给对手以多打少的有利局面。

要沉着，不断调整位置，阻止对手的速度。选位要恰当，判断要准、掌握好时机。在对手未接球前截获捅掉或者倒地铲球。

（3）守门员防守

① 反应速度快，脚步移动快，动作速度快，出球速度快。

② 技术动作合理，把握准接、击、传球时间；准确判断来球方向、落点。

③ 沉着稳妥，有条不紊，临危不惧，动作扎实。

④ 不受伤，不掉球，接扑球牢靠，击球要准，跳起姿势保险。

2. 局部防守战术

保护与补位：保护是补位的前提，队员间距离适当的斜线站位是保护选位的基本要求，也是后卫线防守站位的基本要求，这样可避免对方突破一点一线崩溃的局面。后卫的斜线站位，相互间的纵深距离不能太大。补位是防守队员之间相互协助补漏的配合，补位有两种方法，一是补空档，一是队员互相补位，即交换防守，一般是临近人员之间进行。

3. 整体防守战术

它包括越位战术、区域防守、人盯人防守和混合防守。

① 越位战术　是防守队员利用规则主动制造对手越位的配合。它可破坏对方的进攻节奏和攻势，是从守转攻的一种良好手段。

② 区域防守　是每个队员守住一定的区域，对方队员进入本区时进行防守的方法，

③ 人盯人防守　是每个队员盯住一个对手。限制和阻碍对手活动的方法。

④ 混合防守　是人盯人结合区域防守的方法，融合两种方法的优点、克服其缺点。一般采用三个后卫盯人、拖后，中卫负责补位、前卫和前锋区域盯人防守的分工方法。比赛中延缓对方进攻，快速回防到位，保护防守层，紧逼盯人，严密防守门前区域，保护门前是防守的关键。

三、定位球战术

定位球战术包括中圈开球、掷界外球、球门球、罚点球、角球和任意球。足球比赛中，利用定位球进球的比例是很高的。尤其是角球、任意球和点球。它已成为现代足球高水平球队的重要进攻手段。

1. 角球战术

（1）角球进攻战术

① 长传角球战术，多为踢弧线球，中路争顶射门，球传至远端门栏附近，离门 7～10m 外。在发球时，进攻队员不能等在门前，球踢出后判断运行路线和落点，冲上抢射。

② 短传配合的角球战术：当对方身材高大，本方身材较小争顶困难，不迎风时，多用短传配合。

③ 踢弧线角球射门，顺风时最理想，射向球门两上角。

（2）角球防守战术

对方发角球时，除留一前锋外，前锋、前卫应回到组织防守危险区域，以盯人防守，守门员站在球门线离后球门栏处。

2. 任意球战术

（1）任意球进攻战术

① 直接射门：用隐蔽性配合，以急速的弧线球射过人墙射门。

② 配合射门：距离球门较远或间接任意球时。采用二人或多人次的配合射门方法。

③ 罚球区两侧的任意球：把球传到对方背后，其他人包抄射门。当守方密集时，以回、横传球配合射门。

（2）任意球防守战术。

在中、后场时，防守队员包括前锋、前卫都要回防，组织人墙，人数依射门角度增减。己方守门员站在球与人墙内侧的延长线上。

3. 罚点球战术

① 罚球时，主罚队员要沉着机智，预测对准某角度，再依守门员的反应，踢向与其反应相反的一侧射门。

② 防守时，准确判断，结合假动作扑球，依出球方向扑球，向一侧扑球。若擅长扑某一侧偏向另一侧扑出。

四、足球比赛的基本阵形

比赛阵形是对场上队员位置、职责的分工。随着足球技、战术水平的不断提高，特别是现代足球"全攻全守"以快制胜的特点，人们对足球阵形有了新的认识和应用。目前普遍采用的比赛阵形有"4-3-3"［图 10-8（a）］、"4-4-2"［图 10-8（b）］"3-5-2"［图 10-8（c）］"5-3-2"［图 10-8（d）］。

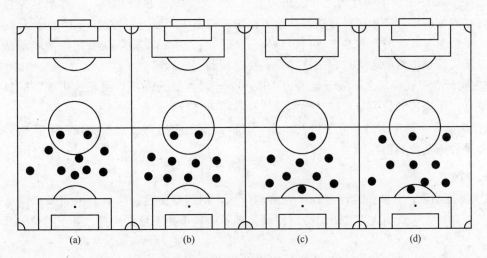

(a)　　　　　(b)　　　　　(c)　　　　　(d)

图 10-8　足球比赛的基本阵形

第四节 裁判方法与规则

1. 比赛场地及各线

球场规格：足球比赛场地必须是长方形，场地长 90～120m，宽 45～90m。国际比赛场地最长 100～110m，宽 64～75m。球门宽 7.32m，高 2.44m。比赛场地由边线、球门线、中圈、罚球弧构成（简称四线、三区、三点、两弧和一圈）。

2. 比赛用球和比赛时间

球为圆形，周长为 68～71cm，比赛开始时球的重量为 396.453g，充气后的压力为 6～1.1 个大气压。

时间分为 2 个 45 分钟相等的半场，每半场由于各种原因损失的时间，由裁判员斟酌补足。

3. 比赛开始

开球队一方在裁判员发动信号后，球必须向对方半场滚动一周，方为比赛开始。开球队员不得连踢。球被开动前，双方队员应在本方半场内，对方应在中圈外。

4. 比赛进行，死球和恢复比赛

比赛开始至结束时，比赛均在进行中，包括球从门柱、横木、角旗杆弹回场内；球碰在场内的裁判员、巡边员后落于场内。当球的整体在地面上或空中越过边线或端线，比赛被裁判员鸣哨停止时均为死球。这时应以掷界外球、罚球门球、角球、任意球、坠球、重新开球的方式恢复比赛。

5. 犯规与不正当行为

犯规与不正当行为有如下几种。

① 在比赛中凡队员出现下列行为之一者，均属犯规：由对方踢直接任意球；对对方队员踢、绊；跳向；猛烈冲撞；从背后冲撞；打；拉扯；推和利用手或臂携带或击或推球。比赛进行中，如守方在本方罚球区内出现上述行为之一时，应判攻方罚点球。

② 在比赛中出现下列行为之一者由对方在犯规地点踢间接任意球：动作有危险性；为得到对球的控制球，在未接触球前冲撞对方队员；故意阻挡对方；冲撞守门员（除守门员抓球时，阻挡对方队员时，在本方球门区以外）；守门员用手触及同队队员用脚故意踢回的回传球及同队队员掷给的边线球，故意延误比赛时间和二次触球。

③ 队员有下列情况之一应予以警告：队员未经裁判员允许擅自离场或进场；队员持续违反规则；用语言和行为对裁判员表示异议和有不正当行为。

④ 队员有下列情况之一应予以罚出场：凡队员有恶劣行为或严重犯规；语言粗秽或辱骂及经警告仍坚持不正当行为。

6. 越位

① 越位位置：凡队员较球更近于对方球门线，即为处于越位位置。但如果该队员在半场或至少有对方队员两人更接近对方球门线，则不能算作处于越位位置。处于越位位置并不犯规。

② 越位判罚：队员处于越位位置，当同队队员踢球或触及球的一瞬间，裁判员认为处

于越位的队员干扰比赛或对方，或企图从越位位置获得利益则应判罚越位。

③ 队员被判罚越位，裁判员应判由对方队员在犯规地点踢间接任意球。

④ 关于越位的图解说明如图 10-9。

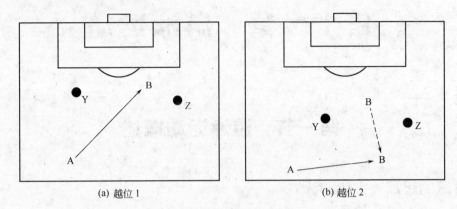

(a) 越位 1　　　　　　(b) 越位 2

图 10-9　越位的图解说明

第十一章 游泳运动

第一节 游泳运动概述

一、游泳的起源（古代游泳）

游泳的起源与发展是与人类社会的生产劳动、生活娱乐及战争等活动紧密联系的，它是人类在征服自然、改造自然的生产劳动中产生的，在满足人们的娱乐、竞争的需要中发展起来的。由于生存的需要，人们发展了走、跑步、跳跃、爬山、游水、投掷等技能。同时由于生活所需，人类不可避免地要与水打交道，当水阻路人们要涉过时，当水中有鱼要捕食的时候，游泳技能就产生了。随着国家的出现，古代国家之间发生战争时，也利用水作为攻战的手段，或利用泅水潜行破坏敌人的防守，用泅泳配合陆上步兵和骑兵作战。同时随着生产力的发展，人类生活的稳定与提高，游泳又与娱乐紧密地联系在一起。古代人沐浴开始，继而在水中嬉戏，逐渐形成古代游泳——泅水、泅泳、涉、浮、没、潜等多种形式。

二、现代游泳竞赛与发展

现代游泳竞赛的历史是与奥运会的发展紧密地联系在一起的。1896年在第1届奥运会上，就把游泳列为竞赛项目之一。当时只有100m、200m、1200m自由泳三个比赛项目，匈牙利人海奥什获得100m自由泳冠军，成绩是1分22秒2。这个成绩相当于我国三级运动员标准。以后又陆续增加了仰泳、潜泳、蛙泳和接力（5×40m）。1908年在英国举办第4届奥运会时成立了国际业余游泳联合会，审定了各项游泳世界纪录，并制定了国际游泳比赛规则，游泳得到迅速发展。1912年在瑞典的斯德哥尔摩举行的第5届奥运会上增加了女子项目，当时设100m自由泳和4×100m自由泳两个项目，澳大利亚人弗·达尔克获得100m自由泳冠军。第1届至第5届奥运会，匈牙利、英国、德国、美国、澳大利亚均获得过各项冠军。第6届奥运会由于第一次世界大战而停办。第7届至第9届奥运会，美国队成绩比较突出。在第10届和第11届奥运会上日本男子出现了几个优秀运动员，在世界泳坛上轰动一时，这是日本游泳成绩最辉煌的时代。女子则是美国、荷兰比较突出。1948年在英国伦敦举行了第14届奥运会，很多国家正在进行战后重建，恢复经济，美国运动员处于绝对优势地位。第15届奥运会，国际泳联把蛙泳和蝶泳分为两个单项比赛。至此蝶泳作为一个正式的比赛项目出现于世界泳坛，被排挤已久的蛙泳技术也得到恢复与发展。从此竞技游泳发展成目前的4种姿势。在第16届奥运会上澳大利亚游泳运动员成绩相当突出，获得男女13个项目的8项冠军，澳大利亚一跃成为游泳强国。20世纪60年代，美国男女运动员崛起，在所有的比赛项目中占有绝对优势。进入20世纪70年代，前民主德国女子游泳崛起，在

1973 年第 1 届世界游泳锦标赛上以 10∶3 的金牌优势大胜美国队，从此创立了泳坛霸主的地位。

三、中国游泳竞赛的发展

游泳在我国古代的史书上虽早有记载，但在当时的历史环境下，游泳未能作为一种运动项目发展起来，只能是在生产劳动、军事和娱乐活动中存在。现在已成为一个竞技体育比赛项目。

新中国成立以后，1953 年毛主席题词"发展体育运动，增强人民体质"。并身体力行地参加游泳活动，游泳运动得到了很好的发展。1952 年，举行了新中国成立以来的第一次全国游泳比赛大会，有东北、华北、中南、华东、西南、人民解放军和全国铁路等地区和单位165 名运动员参加。比赛共设 17 个项目，在这些项目中一部分是国际上通常采用的比赛项目，有些是从我国实际情况出发设置的。在这次比赛后宣布了全国游泳选手名单，他们中的很多人成为新中国游泳事业发展的骨干，掀开了中国游泳运动史上新一页。

新中国的游泳运动员参加的第一次国际比赛是在芬兰赫尔辛基举行的第 15 届奥运会的游泳比赛，我国游泳运动员因交通受阻，只有吴传玉一人参加了游泳比赛。

在 1953 年 8 月举行的第一届国际青年友谊运动会上，吴传玉以 1 分 06 秒 4 获得了 100米仰泳冠军，中国的五星红旗第一次升起在国际泳坛上。1953 年，中央体育学院（现北京体育大学）体训班游泳班正式成立，这支相当于国家队的队伍的成立，在推动我国游泳运动的开展上起到了重要的作用，他们频频进行国内外比赛的交流，使中国的游泳水平提高很快。进入 20 世纪 80 年代，改革开放政策为游泳运动腾飞创造了良好的外部环境，使我国游泳水平得到飞速发展，特别是女子游泳运动成绩突出，1988 年，中国队的杨文意打破女子50m 自由泳世界纪录，1992 年巴塞罗那奥运会钱红、庄泳、林莉获得冠军，2004 年雅典奥运会罗雪娟获得冠军，2008 年北京奥运会刘子歌获得冠军，中国游泳开始走进世界先进行列。

第二节　游泳运动的内容与特点

一、游泳运动的内容

随着游泳运动的发展，其分类变化很大，时至今日人们将它分为竞技游泳和实用游泳两大类。水球、跳水和花样游泳已从游泳中分离出去，成为独立的竞赛项目。一些新的项目，如蹼泳、潜泳等正在崛起。

符合竞赛规则，以速度来决定优劣的游泳称为竞技游泳，设项的泳式有自由泳、仰泳、蛙泳、蝶泳和以这四种泳式组合的混合泳，具体项目见表 11-1。

二、游泳运动的特点

游泳运动是在水的特殊环境中进行的一项体育运动，由于水具有浮力、压力和阻力以及导热等特性，人们就充分利用水的这些性质，进行运动锻炼身体。游泳运动是克服阻力和利用阻力的运动，当前进时，身体要尽可能地减小身体总阻力；又要利用水有阻力的这一特性，用四肢划水，使水对手和脚产生反作用力，进而产生尽可能大的推进力来推动身体前进。

表 11-1　游泳比赛项目表

项目 　　　　性别 泳式	男　子					女　子				
自由泳	50m	100m	200m	400m	1500m	50m	100m	200m	400m	800m
仰泳		100m	200m					100m	200m	
蛙泳		100m	200m					100m	200m	
蝶泳		100m	200m					100m	200m	
个人混合泳		200m	400m					200m	400m	
接力	4×100m 混合泳 4×100m 自由泳 4×200m 自由泳					4×100m 混合泳 4×100m 自由泳 4×200m 自由泳				
备注	1. 在国际比赛中，男子没有 800m 自由泳。 2. 在国内、国际比赛中，还设有 4×50m 接力项目。									

两者是对立统一的关系。

另外，游泳不同于其他项目，它是在水中，人体处于平卧姿势。水对人体表面有压力，增加血液循环的外周阻力，肢体血液易于回流心脏，加之游泳时心跳频率加快、心血输出量大大增加，便能提高心脏的机能，对呼吸系统有锻炼。通过游泳训练、体温调节能力可以得到提高。

第三节　游泳基本技术与练习方法

一、熟悉水性教学

熟悉水性教学是游泳教学中的一个重要环节，是游泳初学者首先必经的阶段。其目的主要是让初学者体会与了解水的特性，逐步适应水的环境，消除怕水心理，培养对水的兴趣，并掌握游泳中的一些最基本的动作，如呼吸、浮体、滑行和站立等动作，为以后学习和掌握各种竞技游泳技术打下基础。教学应尽可能选择在齐腰深的水里进行。

1. 浸水

目的：使脸习惯在水中，消除怕水心理。

方法：站立水中。手抓水槽，张嘴深吸一口气。憋气低头脸浸入水。停留片刻后头慢慢抬起，并用嘴向外吐气。

教法提示：呼吸要深。憋气时间由短到长（5～20s）。增大难度，如蹲下全浸入水，睁眼，手不抓槽等。

2. 呼吸

目的：学习正确的呼吸方法。

方法：站立水中，两手抓住水槽，深吸气后头浸水，然后逐渐吐气，吐气时慢慢抬头，当嘴出水面即用力吐完气，接着张大嘴深吸一口气，再低头憋一会儿气连续做呼吸动作。

教法提示：气要吐完、吸气要快、要深。呼吸动作要稳，有节奏的做呼、吸、憋，开始可以慢一些。刚学时，可以先在水中憋气，不吐气，而是当头抬离水面时，再吐气吸气，学会后再要求在水中吐气，并尽可能使吐气时间长一些。

3. 漂浮及站立

目的：体会水的浮力，在水中控制身体平衡，掌握站立的方法。

方法：两臂平放在水面，两脚前后站立深吸气后上体前倾，头浸入水用前脚向后上方轻轻蹬池底，腿向上漂起。身体浮在水面。站立时两臂向下按压水，同时两腿屈膝向腹部收，接着头、上体抬起，两脚着地。

教学提示：漂浮时吸气要满；在水中要憋住气。漂起时，身体肌肉放松，下肢下沉或身体有轻微倾斜时不紧张。站立时，两臂下压和抬头动作不要过猛。收腿时两腿动作应同时，前后收腿身体易失去平衡。

4. 滑行

目的：掌握身体平衡的能力，体会向前滑行的感觉。

方法：背靠近池壁站立，上体前倾，两臂在水中前平伸，深吸气后低头。上体前倾入水，头夹在两臂之间，同时脚轻蹬池底，收腿屈膝提臀，两脚用力蹬离池壁，身体伸直，臂腿并拢成水平向前做滑行。

教法提示：应同时做低头、蹬底、收腿屈膝、提臀动作。滑行时身体最好流线型，并适当紧张。不要过分低头，蹬池壁时脚不要向上，力量要均匀。

二、游泳基本技术练习方法

1. 蛙泳的基本技术

蛙泳是古老的游泳姿势之一，因其动作结构模仿青蛙而得名。游蛙泳时，呼吸方便、省力、持久，声响小，易观察，能负重，因此，蛙泳是一种实用性很强的泳式。强有力的大划手，快而窄的鞭水蹬腿，快速连贯的晚呼吸配合，游起来上体起伏较大，两臂几乎在水面上向前伸出，蹬腿有明显的腰腹动作，身体有流线型的水下伸展滑行。

（1）身体姿势

身体俯卧，保持自然伸展，稍收腹成流线型。身体纵轴与水平面的夹角区间 5°～15°。臂划水快结束时，头和两肩均抬出水面，臂前伸，蹬腿进入滑行阶段时，低头压胸，头和身体均潜入水下，游进时，身体明显上下起伏。

（2）腿部动作

蹬腿是蛙泳推进力的主要来源，可分解为：收腿、翻脚、蹬腿、滑行 4 个阶段。两腿动作要求对称进行，收腿为蹬腿作准备，翻脚是收腿的结束和蹬腿的开始。

收腿：先是由大腿带动小腿前收，边收边分，两脚和小腿在大腿正表投影截面内，两脚后跟尽量靠近臀部，此时，大腿与躯干约成 30°～150°，两膝分开最大时与肩同宽（图 11-1A）。

翻脚：翻脚是腿部动作的关键，蹬水效果好坏，很大程度取决于翻脚的质量。当收腿将完成时，脚仍向臀部靠近，两膝稍向内合，两脚外转勾脚尖，脚尖向外，小腿离开大腿的投影截面（图 11-1B）。

蹬腿：翻脚后，以大腿发力向后弧形蹬腿，伸髋伸膝作快而有力的鞭水蹬腿动作（图 11-1C）。蹬腿是获得推进

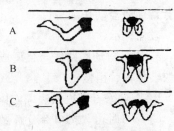

图 11-1　腿部动作

力的主要来源。

滑行：蹬腿结束后，两腿并拢伸展，脚踝伸直。

（3）臂部动作

臂部动作可分为抓水、划水、收手和伸臂四个部分。

抓水：由水下前伸滑行开始（水下 15～20cm），两肩关节略内旋，手掌外转 45°，稍勾腕，直臂向外撑水［图 11-2（1～2）］。

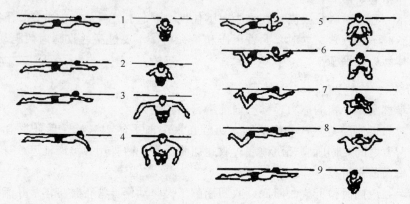

图 11-2　臂部动作

划水：当两臂分成 40°～50°时，逐渐屈臂形成高肘，向两侧、后下划水，至两臂之间为120°时，肘屈成约 90°［图 11-2（3～4）］。

收手：当两臂划至最宽处，开始向内划水，转腕使手掌和前臂始终对准水，直至两前臂和手掌心相对，此时肘下降低于手［图 11-2（5～6）］。

伸臂：两臂由肩带动积极向前伸出、伸直，掌心由向内上转向下［图 11-2（7～9）］。

（4）配合技术

蛙泳配合一般是蹬腿 1 次，划臂 1 次，呼吸 1 次。由于腿、臂、呼吸配合时间的不同，形成不同的技术特征。

一般的配合技术是：两臂划水时腿伸直，收手的同时收腿；划水至收手时抬头吸气，低头压胸；蹬腿时两臂前伸接近伸直，后蹬腿；滑行时大腿主动上抬。也可以用四句话来说明：划手腿不动，收手又收腿，伸了胳臂再蹬腿，手腿伸直漂一会儿。

2. 蛙泳的练习方法

（1）腿的练习

① 陆上腿的模仿练习。

目的：体会蛙泳腿的动作，为水中练习作准备。

方法：俯卧凳子上，两腿平直并拢，做收翻蹬突停动作，可先由一人在后面用手抓住其脚背帮助体会动作。

教法提示：

a. 体会腿动作路线，强调成弧形蹬夹动作，强调翻脚动作，动作节奏，收、翻慢，蹬夹快，伸直后稍慢；

b. 要求练习者边做边练，体会肌肉感觉；

c. 练习时可先按口令分解做，然后过渡到连贯做。

② 水中原地腿的练习。

目的：掌握腿部动作。

方法：练习者一手抓池槽并屈肘顶住池壁，另一手在下方反撑池壁。肩没水，身体伸平，头在水面。由另一人帮助体会动作，然后独立练习。

教法提示：

a. 防止大腿收得太紧或太少，也避免两膝过宽或过窄；

b. 强调弧形蹬夹水要紧密连贯，防止蹬了再夹，蹬夹水后，两腿伸直并拢稍停顿；

c. 防止蹬腿时挺腹，臀部下压或向下蹬水，练习时，身体要挺平，动作有节奏。

③ 滑行蹬腿。

目的：掌握正确的蹬夹腿动作。

方法：与蹬边或蹬底滑行同，当身体漂起成水平时做腿的动作（如图 11-3）。

教法提示：

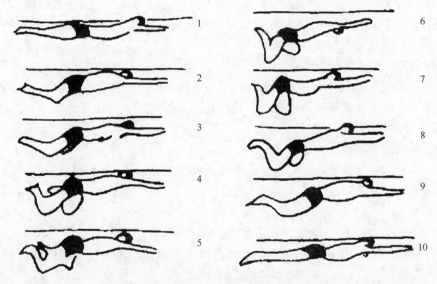

图 11-3　滑行蹬腿

a. 强调练习时动作慢，这一动作对于初学者是最基本的练习，要反复多练习，达到熟练的程度；

b. 练习中可在水中吐气或抬头呼吸，可根据情况采用扶板练习。

(2) 蛙泳臂、臂与呼吸配合

① 陆上模仿练习。

目的：体会臂划水动作过程。

方法：站立、上体前倾，两臂前伸，手做划臂模仿练习，练习时可结合呼吸（如图 11-4）。

a. 两手划水动作宜小不宜大，不要划得过宽过后。

b. 划水强调先直后屈，先慢后快。

c. 划水时注意手臂对准水。

d. 收手呼吸时臂不要停顿，但伸直臂后要稍停。

② 水中原地或走动与呼吸的配合。

目的：掌握正确的臂划水和呼吸动作。

方法：划水同时抬头，嘴将露出水时使劲吐完气，接着吸满一口气，收手低头憋气，伸

图 11-4　陆上模仿练习

臂时慢慢在水中吐气，然后再做下一动作。

教法提示：

a. 抬头时防止挺胸，强调向前顶，头向前上方，动作不要猛；

b. 头在水中结合划臂做呼吸，掌握动作节奏后，再结合低头、抬头做呼吸；

c. 可由一人帮助，在体侧扶腹部或在背后两臂夹住两腿，使身体成水平姿势做划水呼吸练习，划水与呼吸动作应反复多练习。

(3) 蛙泳腿、臂、呼吸配合

蛙泳腿、臂、呼吸配合可分为：划—收—伸—蹬—停。也可以用四句话来说明：划手腿不动，收手不收腿，伸了胳臂再蹬腿，手腿伸直漂一会儿。

① 腿、臂分解配合

目的：体会配合动作。

方法：滑行后，先做腿动作，当蹬腿滑行后再做划臂动作。（憋气）臂划水腿不动，腿蹬水，臂不动，反复练习。

教法提示：

a. 防止伸臂同时蹬腿，强调手划完或腿蹬后并拢伸直；

b. 可采用蹬二三次腿，划 1 次臂，过渡到蹬 1 次腿划 1 次臂，当腿臂动作一掌握就应马上过渡到下一配合。

② 腿、臂配合。

目的：掌握正确的腿、臂配合技术。

方法：滑行后做划水，腿不动，收手又收腿，伸了胳臂再蹬腿，手腿伸直漂一会儿的动作。

教法提示：反复练习，并结合做划臂与呼吸练习。

③ 完整配合。

目的：掌握正确的蛙泳技术。

教法提示：

a. 腿、臂呼吸配合，动作宁慢勿快；

b. 呼吸时强调吐完气，吸气后再低头；

c. 先采用二个动作吸一口气，再过渡到一个动作一次呼吸；

d. 完整配合中，可在水中憋气，抬头时再吐气和吸气，掌握动作后再在水中吐气；

e. 充分发挥腿的作用，当游 25m 后，注意吐完气和吸气深，动作放松、放慢，反复游注意提高和改进动作。

3. 自由泳（爬泳）的基本技术

自由泳是不限姿势的一个游泳比赛项目，在所有泳式中速度最快。身体姿式高平，采用高肘屈臂划水和晚呼吸配合技术。腿部动作，短距离采用 6 次打腿，中长距离采用 4 次或交叉打腿。

（1）身体姿势

身体平卧于水中，脸没入水。淹至发际与头顶之间，微收腹。游进时用臂划水和转头吸气，身体沿纵轴自然转动，不应有起伏和左右摇摆。

（2）腿部动作

腿部动作是维持身体平衡，抬高下肢和产生推进力的关键动作。两腿做上下打水动作，向下时用力，踝关节内旋，向上时放松。大腿发力带动小腿，膝关节适当紧张，屈度最大的 150°，成鞭打动作。踝关节的灵活性与放松程度对打腿的效果至关重要。

（3）臂部动作

臂划水是自由泳推进力的主要来源。动作分为：臂入水、抱水、划水和空中移臂。

① 臂入水。手掌入水点一般在肩延长线与身体中线之间，手指自然并拢，指先触水，此时肘关节弯曲为 150°～160°。入水动作自然，手掌、前臂、上臂依次入水至臂伸直。

② 抱水。手臂略前伸，肩带前送，接着上臂内旋，使肘处于较高部位，至前臂与水面成 40°时，形成高肘抱水，屈肘约 150°（图 11-5，图 11-6）。抱水动作似用臂去抱一个大圆球，以利肩带肌群能处于拉长状态，手掌、前臂，乃至上臂的正面投影面迅速增大。

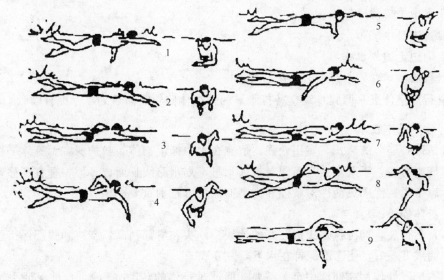

图 11-5　自由泳的基本姿势

③ 划水。划水指手臂在前与水平面成 40°，至后与水平面成 15°～20°的一动态过程，是臂划水产生推进力的主要阶段。划水又以肩垂直面为界，前为拉水，后为推水。

拉水是一个保持高肘逐渐屈臂的过程，划至肩垂直面屈肘约 90°（图 11-5），此时整个臂的有效划水面最大。

推水是一个以最大屈肘为 90°开始的逐渐伸直臂的过程。应尽量保持前臂和手掌的对水截面不至很快减小［图 11-5（6）］，防止肘向身体靠拢过早上提，在体侧下方完成推水动作。

划水应连贯、加速。手移动的路线是一个 S 形，开始在肩前，中间在胸腹下，后在大腿旁。

④ 空中移臂。由上臂带动，肘部向外上，屈臂向前上转肩移动。先是掌心向后上方，手落后于肘，后是掌心转向前下方，手超过肘时，臂前伸准备入水。移臂过程应肘高于手，做到放松、协调、自然。

两臂的配合：如左臂入水时，右臂处于开始划臂阶段称为前交叉；左臂处于肩下称中交叉；右臂已划至腹部身下为后交叉，中交叉和后交叉配合，两臂衔接较紧凑，有利于速度的均匀性。

（4）呼吸与划臂的配合

自由泳采用转头吸气，一般是两臂各划一次做一次完整的呼吸，即呼气、吸气和闭气。以向右吸气为例，右手入水后，口和鼻开始慢慢地呼气；右臂划至肩下，向右侧转头，呼气量开始增加；推水快结束时，做快而有力的呼气；右臂出水时，张口吸气；移臂至一半时，吸气结束，并开始转头恢复面向下，而后闭气。

4. 自由泳的练习方法

学习自由泳一般按腿部动作，臂部动作，臂腿配合和呼吸，再到完整配合的顺序进行。两腿鞭状打水是自由泳技术的基础，两臂划水动作的效果是自由泳前进的主要动力，掌握呼吸时机是自由泳的前提，放松、协调是自由泳长游的关键。

① 坐地、坐池边，双手后撑，两腿伸直做上下打水动作，踝稍向内旋，踝关节放松。

② 在水中手扶池壁打水练习。

③ 滑行中打水练习。

④ 水中边走边划水练习。

⑤ 滑行后做单臂划水练习，并配合呼吸。

⑥ 滑行后身体展平两腿连续交替打水，两臂在体侧轮流向后划水（配合呼吸）。

5. 仰泳的基本技术

仰泳是仰卧姿势的泳式，实用性强，适宜在水中拖运物体、救护弱者。身体平稳，强有力的上下规则打腿，手入水点远而深，抢入水早，划水路线长而成 S 形，垂直高移臂，中交叉配合。肩带柔韧性和灵活性对掌握和提高仰泳技术特别重要。

（1）身体姿势

身体自然伸展，仰卧在水中成较好的流线型，头和肩部稍高。腰腹和腿部保持水平，身体与水平面成 5°～7°，使髋部保持在水下 5～10cm。

头的"舵"性作用在仰泳中至关重要。仰泳时身体的转动（约 45°）是保证手臂划水效果所必需。头应相对稳定，避免上下左右晃动。

（2）腿部动作

腿部动作是保持身体高平卧姿势或控制身体摇摆和产生推力的决定因素。和自由泳的不同在于仰泳以上踢为主，即"上踢下压"，是屈腿上踢、直腿下压、大腿带动小腿，以"鞭打"的形状来完成。膝关节屈度为 135°～140°，打腿幅度为 40～45cm，应注意膝关节不露出水，用力向上、向后踢水（图 11-6）。

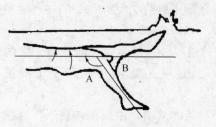

图 11-6　腿部动作

（3）臂部动作

臂部动作是推进力的主要来源，臂的一个循环动作分为入水、抱水、划水、出水、空中移臂几个阶段。

①入水。借助移臂惯性，臂部自然放松，入水点在身体纵轴与肩轴线之间。臂入水时，应保持直臂、小指向下、掌心向侧后方，不要用手背拍击水面，避免加大阻力。

②抱水。臂入水后，利用移臂产生的动量，使臂滑到一定的深度积极抓水，并转腕和肩、臂内旋、屈肘，使手掌和前臂处于最有利的划水部位。配合上体的转动，完成抱水，此时应稍有压水的感觉。

③划水。是推进身体前进的主要动力，由屈臂抱水开始，以肩轴作由下至上再向下的S形路线划动，划至肩平肘屈臂最大为90°［图11-7（5～6）］。推水结束时，手臂完全伸直，手掌在大腿侧下方距臀部15～20cm处。

图11-7　仰泳示意图

④出水。借助臂推压水的反作用，然后以肩带动上臂、前臂和手依次出水。

⑤空中移臂。提臂出水后，应迅速沿着肩的垂直面，向肩前移动。臂要伸直，移臂的后阶段要注意肩关节充分伸展。

(4) 两臂配合

一般是当一臂划水结束时，另一臂正好开始划水，当一臂处于划水中段时，另一臂空中移臂至一半，这样配合能保证动作的连贯性和速度的均匀性。身体移动应与两臂动作紧密配合，有利于加强划水力量和效果。

(5) 臂腿配合与呼吸

采用6次打腿，2次划臂配合；配合要整个动作平衡、协调，防止扭动和臀部下沉。呼吸一般是两臂各划一次，呼吸一次，要用口呼吸，当一臂移臂开始吸气，然后短暂地憋气，当另一臂移臂时呼气。

6. 仰泳的练习方法

①陆上模仿练习（手臂、两腿打水）。

②水中滑行打水练习。

③水中单手扶池边，另一臂做划水练习。

④完整配合练习。

7. 蝶泳的基本技术

蝶泳以两臂经空中前移形成的臂和水帘像蝴蝶展翅而得名。由于蹬腿的蝶泳不如两腿模仿海豚的上下波浪击水蝶泳速度快，发展至今，海豚泳已垄断了蝶泳的所有比赛项目，是速度仅次于自由泳的泳式。两臂屈臂划水，身体姿势高平，水波浪，快频率晚呼吸，即"高、平、快、长"。

(1) 身体姿势

身体姿势不固定。两臂同时划水，头和上体向上抬起，而两臂前移又下沉至水中，而两腿同时形成波浪形上下打水，身体姿势处于不断变化的小波浪形的状态。

(2) 躯干和腿的动作

蝶泳的打水动作是由腰部发力，大腿带动小腿作鞭状打水形成的。打水时，两腿自然并拢，两脚稍分开成内八字形。当两腿处于最低点时，臀部上升至水面，髋关节约屈成160°〔图11-8（8）〕，然后两腿伸直向上，髋关节逐渐展开，臀部下沉〔图11-8（4）〕，当膝关节弯曲成110°～130°时〔图11-8（1）〕至最底点。紧接着两脚向下打水，踝关节放松，脚内旋打水，然后脚面、小腿随着大腿加速下压动作，加速向后推水。这是打水推进力来源的主要阶段。

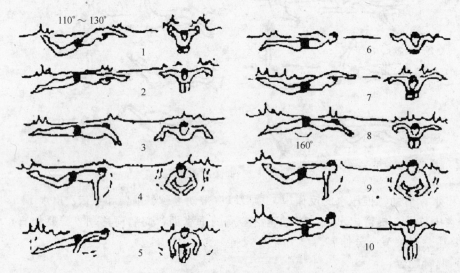

图11-8　蝶泳示意图

(3) 臂部动作

入水时，手掌领先，前臂、上臂依次入水。入水后，手和前臂内旋并向外侧下方抱水，接着两臂逐渐向内，向后屈臂划水。进入划水阶段，应屈肘保持"高肘"姿势，即作加速划水。两手划至腹下时，两手距离最近，再做两手的弧形向外推水。两臂推水结束时，两肘开始上提，利用加速划水的惯性力提肘出水。两臂屈肘侧甩，直臂经体侧前移。

臂腿配合与呼吸：配合应是速度均匀，节奏明显，打腿间歇时间相同，打水连贯有力采用2∶1∶1配合技术。

两臂入水第一次打腿，臂抓水时，腿向上，两臂划至胸腹下肘，做第二次打腿，臂推水、两腿打水结束时，两臂经空中前移，两腿向上，臂快入水时屈膝最大。

呼吸动作一般采用划1次臂，呼吸1次。

8. 蝶泳的练习方法

① 陆上模仿练习（臂、腿）。

② 水中滑行打腿练习或扶板打腿练习。腿不动、划臂练习。

③ 配合练习。

第四节　裁判方法与规则

1. 游泳池

游泳池应长 50m，短池池长为 25m。游泳池池宽 21m 或 25m。

2. 泳道

游泳池内设八条泳道，由九条分道线构成。每条泳道宽 2.5m。

3. 出发

自由泳、蛙泳、蝶泳的各项比赛必须从出发台起跳出发，仰泳项目在水中出发。当听到总裁判发出长哨声信号后，运动员应站到出发台上，两脚距出发台前缘相同距离；仰泳各项运动员下水，在总裁判发出第二声长哨时仰泳运动员应迅速回池端做好出发准备。当发令员发出"各就位"的口令后，运动员应至少有一只脚立即在出发台的前缘做好出发准备；仰泳各项运动员在水中做好出发准备。当所有运动员都处于静止状态时，发令员发出"出发信号"（鸣枪、电笛）。运动员在听到出发信号后才能做出发动作。

运动员如在"出发信号"发出之前出发，应判出发抢码犯规。第一次出发抢码犯规，发令员应召回运动员并组织重新出发。第一次出发抢码犯规以后，无论哪一个运动员抢码犯规（不论该运动员是第几次犯规），均应取消其比赛资格或录取资格。

4. 计时

使用精确至 1/100s 的计时表，应按所计取的 1/100s 成绩记录、公布、上报。在 3 名计时员中，有 2 个以上的计时表所计的成绩相同时，此成绩应为正式成绩。如 3 个计时表所计成绩都不相同，应以中间的成绩作为正式成绩。

5. 比赛和犯规

① 运动员必须在自己的泳道内比赛完毕，否则即算犯规。

② 游出本泳道或用其他方式干扰、阻碍其他运动员者应取消其录取资格。

③ 比赛中，运动员转身时必须使身体某一部位触及池壁，转身必须从池壁完成，否则即算犯规。

④ 比赛中除自由泳可在池底站立外，其他泳式（包括自由泳）均不得跨越或行走，否则算犯规。

⑤ 比赛中，运动员不得使用或穿戴任何有利于其速度、浮力的器具（如手蹼、脚蹼等），否则即算犯规。

⑥ 每一个接力队应有 4 名队员，接力比赛中任何一名队员犯规即算该队犯规。

⑦ 接力比赛时，如本队的前一名队员尚未触及池壁，而后一名队员即离台出发，应算犯规，如该队重新返回并以身体任何部分触及池壁再行游出时，不作犯规论。

6. 各项泳式的比赛规定

（1）第一条　自由泳

① 自由泳比赛中，可采用任何泳式。

② 转身和到达终点时，可采用身体任何部分触池壁。

（2）第二条　仰泳

① 运动员面对出发端，两手抓住握手器，两脚（包括脚趾）应处于水面下，禁止蹬在水槽内或水槽上或用脚趾钩住水槽边。

② 出发和转身后，运动员应蹬离池壁，并在整个泳进过程中呈仰卧姿势。

③ 在整个游进过程中，运动员身体的某部分必须露出水面。在转身过程中，允许运动员完全潜入水中，但在出发和每次转身后，运动员潜泳不得超过 15 米，在 15 米前运动员的头必须露出水面。

④ 运动员在到达终点时，必须从仰卧姿势触壁。

（3）第三条　蛙泳

① 出发和每次转身后，从第一次手臂动作开始，身体应保持俯卧姿势、两肩应与水面平行。

② 两臂和两腿的所有动作都应同时并在同一水面上进行，不得有交替动作。

③ 两手应同时在水面、水下或水上由胸前伸出，并在水面或水下向后划水，除最后一个动作外，在手臂的完整动作中，两肘不得露出水面。除出发和每次转身后的第一次划水动作外，两手向后划水不得超过臂线。

④ 在蹬腿过程中，两脚必须做外翻动作，不允许做剪夹、上下交替打水或向下的海豚式打水动作。只要不做向下的海豚式打腿动作，允许两脚露出水面。

⑤ 在每次转身和到达终点时，两手应在水面、水上或水下同时触壁，触壁前两肩应与水面平行。在触壁前的最后一次向后划水动作结束后，头可以潜入水中，但在触壁前的一个完整或不完整的配合动作中，头应部分露出水面。

⑥ 在每个以一次划臂和一次蹬腿顺序完成的完整动作周期内，运动员的某一部分应露出水面。只有在出发和每次转身后，运动员可在全身没入水中时，做一次手臂充分的向后划至腿部的动作和一次蹬腿动作，但在第二次划臂至最宽点并在两手向内划水前，头必须露出水面。

（4）第四条　蝶泳

① 除做转身动作时，身体必须始终俯卧。

② 两臂必须在水面上同时向前摆动，并同时在水下向后划水，

③ 两脚的动作必须同时进行，允许两腿和两脚在垂直面上同时做上下打水动作，两腿或两脚可不在同一水平面上，但不允许有交替动作。

④ 在每次转身和到达终点时，两手应在水面、水上或水下同时触壁，触壁前两肩应与水面平行。

（5）第五条　混合泳

① 个人混合泳须按照下列顺序进行比赛：蝶泳、仰泳、蛙泳、自由泳。

② 混合接力须按照下列顺序进行比赛：仰泳、蛙泳、蝶泳、自由泳。

③ 在个人混合泳和混合接力项目的仰泳转蛙泳过程中，运动员肩转动超过垂直面之前必须呈仰泳姿势触及池壁。

第十二章　武术、散手、跆拳道运动

第一节　武术运动概述

中国武术源远流长，是中国的传统体育项目之一。它历来是"武"、"健"并重的，与其他运动相比，对人体各个肌肉群的相应运动中枢之间的协调关系要求很高，而锻炼方法也有所不同，注重内外兼修、增强体质。武术内容丰富多彩，各种套路的动作结构、技术要求、运动风格和运动觉都有所不同，因此，不同年龄、体质和不同爱好的人，都可从选择适合自己的项目进行锻炼。另外，它不受时间、季节、场地、器材的限制，易于普及和推广，这就使武术运动具有广泛的适应性。武术不仅有健身和技击价值，而且富于浓郁的艺术色彩。其套路动作充满着矫健、敏捷、洒脱、舒展而刚劲的美，使人的情感在演练中受到陶冶，自身的修养和审美能力得到提高。攻防的技击性是武术运动的主要特点，现代套路的表现形式仍以体现攻防实战方法的动作为基本内容，因此，通过练习，不仅能强壮身心，还能锻炼防身自卫的能力。在目前的大学体育中，武术运动也深受大学生的喜欢和追捧，特别是对于武术运动的套路，以及散打、跆拳道等项目。下面的几节将重点介绍男子长拳、太极拳、散手、跆拳道等项目的相关知识。

第二节　武　术　套　路

一、男子长拳基本套路

1. 预备势

（1）虚步亮掌（如图 12-1～图 12-4）

要点：三个动作必须连贯，成虚步时，重心落于右腿上，右大腿与地面平行，左腿微

图 12-1　　　　　　图 12-2　　　　　　图 12-3　　　　　　图 12-4

屈，脚尖点地。

(2) 并步对拳（如图 12-5～图 12-8）

要点：并步后挺胸、塌腰，对拳、并步、转头要同时完成。

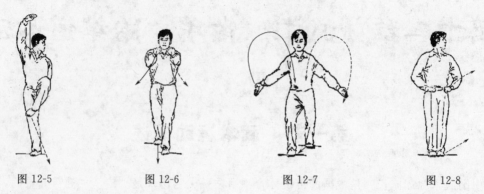

图 12-5　　　　　图 12-6　　　　　图 12-7　　　　　图 12-8

2. 第一段

(1) 弓步冲拳（如图 12-9～图 12-10）

要点：成弓步时，右腿充分蹬直，脚跟不要离地；冲拳时，尽量转腰顺肩。

图 12-9　　　　　　　　　　图 12-10

(2) 弹腿冲拳（如图 12-11）

要点：支撑腿可微屈，弹出的腿要用爆发力，力点达于脚尖。

(3) 马步冲拳（如图 12-12）

要点：成马步时，大腿要平，两脚平行，脚跟外蹬，挺脚、塌腰。

图 12-11　　　　　　　　　图 12-12

(4) 弓步冲拳（如图 12-13～图 12-14）

要点：与本段的"弓步冲拳"相同，只是左右相反。

图 12-13

图 12-14

(5) 弹腿冲拳（如图 12-15）

要点：与本段的"弹腿冲拳"相同。

图 12-15

图 12-16

(6) 大跃步前穿（如图 12-16～图 12-19）

要点：跃步要远，落地要轻，落地后立即接做下一个动作。

图 12-17

图 12-18

图 12-19

(7) 弓步击掌（如图 12-20）

要点：右腿发力蹬直成左弓步，勾手、击掌同时移位。

(8) 马步架掌（如图 12-21～图 12-22）

要点：成马步时，大腿要平，两脚平行，脚跟外蹬，挺胸、塌腰。

3. 第二段

(1) 虚步栽拳（如图 12-23～图 12-24）

图 12-20   图 12-21   图 12-22

图 12-23   图 12-24

要点：重心移至右腿上，下蹲成左虚步；右掌变拳落于左膝上；右勾手变拳，屈肘上架于头右上方；三个动作要同时完成。

（2）提膝穿掌（如图 12-25～图 12-26）

要点：支撑腿与右臂要充分伸直。

（3）仆步穿掌（如图 12-27）

要点：右腿全蹲，左腿向左右方铲出；左掌下穿时要用力，且随左掌。

图 12-25   图 12-26   图 12-27

（4）虚步挑掌（如图 12-28～图 12-29）

要点：右腿蹬地发力，上步要快，虚步要稳。

（5）马步击掌（如图 12-30～图 12-31）

要点：右手做搂手时，先使臂稍内旋，腕伸直，手掌向下，向外转，接着臂外旋，掌心经下向上翻转，同时抓握成拳；收拳和击掌动作要同时进行。

图 12-28   图 12-29

图 12-30   图 12-31

(6) 叉步双摆掌（如图 12-32～图 12-33）

要点：两臂要划立圆，幅度要大，摆掌与后插步配合要一致。

图 12-32   图 12-33

(7) 弓步击掌（如图 12-34～图 12-35）

图 12-34   图 12-35

要点：左腿蹬地后撤的同时，右掌向下，向后伸直摆动成勾手，勾手向上；左掌向前击出，目视左掌。

(8) 转身踢腿马步盘肘（如图 12-36～图 12-40）

要点：两臂抡动时要划立圆，动作连贯；盘肘时要快速有力，右肩前倾。

图 12-36   图 12-37   图 12-38

图 12-39   图 12-40

4. 第三段

(1) 歇步抡砸拳（如图 12-41～图 12-43）

要点：抡臂动作要连贯完成，划成立圆；歇步要两腿交叉全蹲，左腿大，小腿靠紧，臀部贴于左小腿外侧，左膝关节在右小腿外侧脚跟提起；右脚尖外撇，全脚着地。

图 12-41   图 12-42   图 12-43

(2) 仆步亮掌（如图 12-44～图 12-46）

要点：仆步时，左腿充分伸直，脚尖内扣，右腿全蹲，两脚脚掌着地；上体挺胸塌腰稍左转。

图 12-44　　　　　　　图 12-45　　　　　　　图 12-46

（3）弓步劈拳（如图 12-47～图 12-49）

要点：右脚上步稍带弧形。

图 12-47　　　　　　　图 12-48　　　　　　　图 12-49

（4）换跳步弓步冲拳（如图 12-50～图 12-53）

要点：换跳步动作要连贯、协调，震脚时腿要弯曲，全脚掌着地，左脚离地不要高。

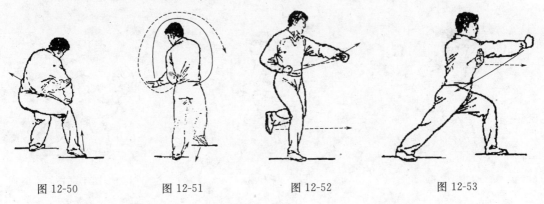

图 12-50　　　　图 12-51　　　　图 12-52　　　　图 12-53

（5）马步冲拳（如图 12-54）

要点：重心移至两脚中间，成马步；左掌变拳向左冲出，拳眼向上。

（6）弓步下冲拳（如图 12-55）

要点：左拳变掌向下经体前向上架于头左上方；掌心向上，右拳自腰侧向左前斜下方冲出。

（7）叉步亮掌侧踢腿（如图 12-56～图 12-58）

要点：插步时上体稍向右倾斜，腿臂的动作要一致；侧踹高度不能低于腰，大腿内旋，

图 12-54

图 12-55

着力点在脚跟。

图 12-56

图 12-57

图 12-58

(8) 虚步挑拳（如图 12-59～图 12-61）

要点：右拳经上下方向斜前屈臂挑，拳眼斜向上，拳与肩同高。

图 12-59

图 12-60

图 12-61

5. 第四段

(1) 弓步顶肘（如图 12-62～图 12-66）

要点：交换步时不要过高，但要快，两臂抡摆时要成圆弧。

(2) 转身左拍脚（如图 12-67～图 12-68）

要点：右掌拍脚时，手掌稍横过来，拍脚要准确而响亮。

(3) 右拍脚（如图 12-69～图 12-73）

要点：同上。

图 12-62

图 12-63

图 12-64

图 12-65

图 12-66

图 12-67

图 12-68

图 12-69

图 12-70

(4)腾空飞脚（如图 12-71～图 12-73）

要点：蹬地要向上，不要太向前冲；左膝尽量上提，击响要在腾空时完成；右臂伸直成水平。

图 12-71

图 12-72

图 12-73

(5)歇步下冲拳（如图 12-74～图 12-75）

要点：左、右脚先后相继落地，两腿全蹲成歇步，左拳由腰侧向前下方冲出。

图 12-74

图 12-75

(6)仆步抡劈拳（如图 12-76～图 12-78）

要点：抡臂时一定要划立圆。

图 12-76

图 12-77

图 12-78

(7)提膝挑掌（如图 12-79～图 12-80）

要点：抡臂时一定要划立圆。

(8)提膝劈掌弓步冲拳（如图 12-81～图 12-83）

要点：三个动作要连贯、流畅，提膝劈掌时，左手立掌护胸。

图 12-79

图 12-80

图 12-81

图 12-82

图 12-83

6. 结束动作

(1) 虚步亮掌（如图 12-84～图 12-86）

要点：同前。

图 12-84

图 12-85

图 12-86

(2) 还原（如图 12-87～图 12-88）

图 12-87

图 12-88

二、太极拳基础套路（简化二十四式太极拳）

1. 起势 [见图 12-89(a)～(e)]

要点：两肩下沉，两肘松垂，手指自然微屈，屈膝松腰，臀部不可凸出，身体重心落于两腿中间；两臂下落和身体下蹲的动作要协调一致。

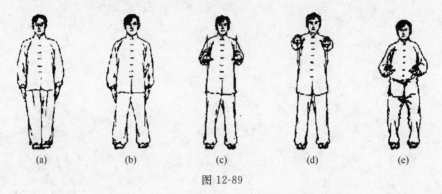

(a)　　　　　(b)　　　　　(c)　　　　　(d)　　　　　(e)

图 12-89

2. 左右野马分鬃 [见图 12-90(a)～(o)]

要点：上体不可前俯后仰，胸部必须宽松舒展，两臂分开时要保持弧形；身体转动时要

(a)　　　　(b)　　　　(c)　　　　(d)　　　　(e)

(f)　　　　(g)　　　　(h)　　　　(i)　　　　(j)

(k)　　　　(l)　　　　(m)　　　　(n)　　　　(o)

图 12-90

以腰为轴；弓步动作与分手的连度要均匀一致；做弓步时，迈出的脚先是脚跟着地，然后脚掌慢慢踏实、脚尖向前，膝盖不要超过脚尖，后腿自然伸直，前后脚夹角成 45°～60°。野马分鬃式的弓步，前后脚跟要分在中轴线两侧，它们之间的横向距离（即从动作行进的中线为纵轴，其两侧的垂直距离为横向）应该保持在 10～30cm。

3. 白鹤亮翅〔见图 12-91(a)～(c)〕

要点：完成姿势胸部不要挺出，两臂上下部要保持半圆形，左膝要微屈。身体重心后移和右手上提、左手下按要协调一致。

(a)　　　　　　(b)　　　　　　(c)

图 12-91

4. 左右搂膝拗步〔见图 12-92(a)～(o)〕

要点：手推出后，身体不可前俯后仰，要松腰松胯；推掌时须沉肩垂肘，坐腕舒掌必须

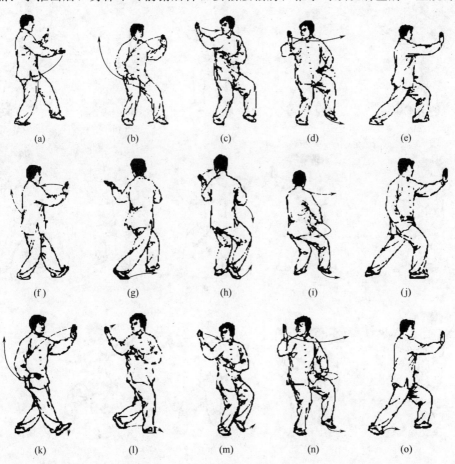

(a)　　　　(b)　　　　(c)　　　　(d)　　　　(e)

(f)　　　　(g)　　　　(h)　　　　(i)　　　　(j)

(k)　　　　(l)　　　　(m)　　　　(n)　　　　(o)

图 12-92

与松腰、弓腿上下协调一致；做弓步时，两脚跟的横向距离一般不少于 30cm。

5. 手挥琵琶 ［见图 14-93(a)～(c)］

要点：身体要平稳自然，沉肩垂肘，胸部放松；左手上起时不要直向上挑，要由左向上向前，微带弧形；右脚跟进时，前脚掌先着地，再全脚落实；身体重心后移和左手上起要协调一致。

(a)   (b)   (c)

图 12-93

6. 左右倒卷肱 ［见图 12-94(a)～(n)］

要点：前手不要伸直，后手也不可直向回抽，仍走弧线；前推时，要转腰松胯，与两手

(a) (b) (c) (d) (e)

(f) (g) (h) (i) (j)

(k) (l) (m) (n)

图 12-94

的速度要一致，避免僵硬；退步时，脚尖先着地，再慢慢踏实，同时把前脚扭正，退左脚略向左后斜，退右脚略右后斜，避免使两脚落在一条直线上；后退时，眼神随转体动作向左右看（约转90°），然后再转看前手。

7. 左揽雀尾 ［见图 12-95(a)～(l)］

要点：两臂前后均保持弧形，分手与松腿、弓腿三者必须协调一致。

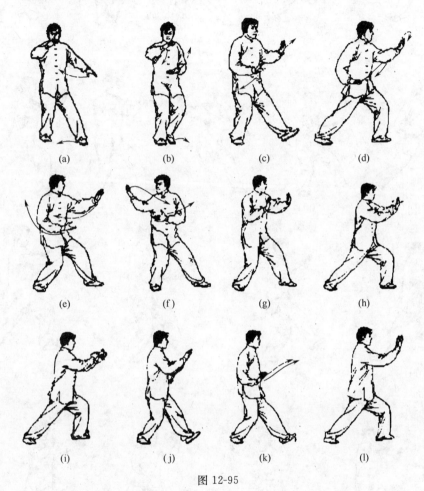

图 12-95

8. 右揽雀尾 ［见图 12-96(a)～(n)］

要点：与左揽雀尾相同。

9. 单鞭 ［见图 12-97(a)～(f)］

要点：上体正直，松腰，右臂肘部稍下垂；左肘与左膝上下相对，两肩下沉；左手向外推时，要随转随推，不要翻掌太快；全部动作，上下要协调一致。

10. 云手 ［见图 12-98(a)～(o)］

要点：身体转动要以腰脊为轴，松腰、松胯，避免忽高忽低；两臂随腰运转，要自然、圆滑，速度要缓慢均匀；下肢移动时，重心要平稳，眼的视线随左右手而移动。

11. 单鞭 ［见图 12-99(a)～(e)］

要点：与"9. 单鞭"相同。

(a)　　　　　(b)　　　　　(c)　　　　　(d)　　　　　(e)

(f)　　　　　(g)　　　　　(h)　　　　　(i)　　　　　(j)

(k)　　　　　(l)　　　　　(m)　　　　　(n)

图 12-96

(a)　　　　　(b)　　　　　(c)　　　　　(d)

(e)　　　　　(f)

图 12-97

图 12-98

图 12-99

12. 高探马 ［见图 12-100(a)～(b)］

要点：上体要自然正直、双肩要下沉、右肘微下垂。

图 12-100

13. 右蹬脚 ［见图 12-101(a)～(f)］

要点：身体要稳定；两手分开时，腕部与肩齐平；左腿微屈，蹬脚时脚尖回勾，力达脚跟，分手和蹬脚须协调一致；右臂和右腿上下相对。

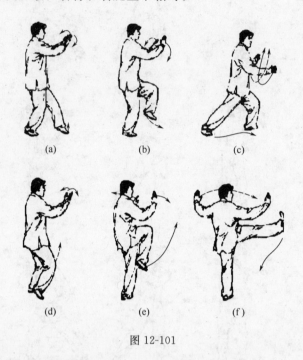

图 12-101

14. 双峰贯耳 ［见图 12-102(a)～(d)］

要点：头颈正直，松腰，两拳松握，沉肩垂肘，两臂均保持弧形。

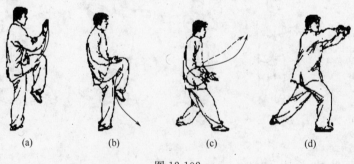

图 12-102

15. 转身左蹬脚 ［见图 12-103(a)～(f)］

要点：与右蹬脚相同。

16. 左下势独立 ［见图 12-104(a)～(g)］

要点：右腿全蹲时脚尖微向外撇，左腿伸直时脚尖向里扣，脚掌全部着地，左脚尖与右脚跟在一条直线上，上体不可过于前倾。

17. 右下势独立 ［见图 12-105(a)～(g)］

要点：与"16. 左下势独立"相同，左右相反。

(a)　　　(b)　　　(c)　　　(d)

(e)　　　(f)

图 12-103

(a)　　　(b)　　　(c)　　　(d)

(e)　　　(f)　　　(g)

图 12-104

18. 左右穿梭 ［见图 12-106(a)～(j)］

要点：推出后，上体不可前俯；手向上举时防止引肩上耸；前推时，上举的手和前推的手的速度，要与腰腿前弓上下协调一致；做弓步时，两脚跟的横向距离不少于 30 厘米为宜。

19. 海底针 ［见图 12-107(a)～(b)］

要点：身体要先向右转，再向左转；上体不可太前倾，避免低头和臀部外凸，左腿要微屈。

(a)   (b)   (c)   (d)

(e)   (f)   (g)

图 12-105

(a)   (b)   (c)

(d)   (e)   (f)

(g)   (h)   (i)   (j)

图 12-106

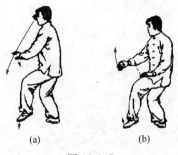

图 12-107

20. 闪通臂 ［见图 12-108(a)～(c)］

要点：上体正直，松腰、松胯，左臂不要伸直，背部肌肉要伸展开；推掌和弓腿动作要协调一致。

图 12-108

21. 转身搬拦捶 ［见图 12-109(a)～(g)］

要点：右拳松握，前臂先慢慢内旋后收，再外旋停于后腰旁，拳心向上；向前打出时，

图 12-109

右肩随拳略向前引，沉肩垂肘，右臂微屈。

22. 如封似闭 ［见图 12-110(a)～(f)］

要点：身体后坐时，避免后仰，肩部不可凸出，两臂随身体回收时，肩、肘部略向外松开，不要直着抽回，两手宽度不要超过两肩。

图 12-110

23. 十字手 ［见图 12-111(a)～(d)］

要点：两手分开和合抱时上体勿前俯；站起后，身体自然正直、头微上顶、下额稍向后收；两臂环抱时须圆满舒适、沉肩垂肘。

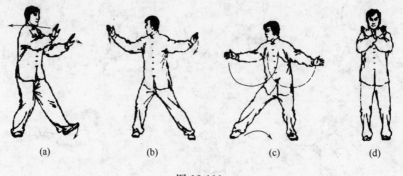

图 12-111

24. 收势 ［见图 12-112(a)～(d)］

要点：两手左右分开时，全身注意放松，同时气徐徐向下沉（呼气略加长）；呼吸平稳后，把左脚收到右脚旁，再走动休息。

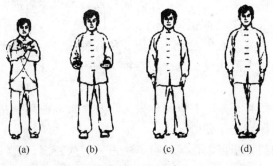

　　　(a)　　　　　(b)　　　　　(c)　　　　　(d)

图 12-112

第三节　散　手

一、散手简介

　　散手是在中华民族传统武术的基础上，经过提炼、升华得出来的最具实践性的一种武术攻防格斗形式。它是两人在一定规则限制下，以踢、打、摔等方法进行徒手搏击的一项紧张、激烈、对抗性较强的运动项目。散手能增强人的忍耐力、责任心，使人头脑冷静、自信心强，身体素质也会得到改善，更可贵的是增强人的一种无所畏惧的心理素质。散手比赛按运动员体重分为 9 个级别。运动员身着散手护具和拳套，比赛双方在高 60cm、长 800cm、宽 800cm 的木结构的台上进行比赛。比赛以先胜 2 局者为胜方。比赛时每场比赛分 3 局，每局 3 分钟。比赛中不得用头、肘、膝和反关节动作攻击对方，不得用转身摆腿进攻对方头部，不得用迫使对方头部先着地的摔法或有意砸压。当一方倒地后，另一方不得用脚进攻对方的头部。运动员可以使用除上述禁用方法外的各种武术流派的招式。

二、散手的格斗姿势与步法

1. 格斗姿势

　　格斗姿势即拳桩，是运动员格斗时的基本攻防姿势，所露出的空位最少，适合进攻、回防或反击，是运动员在发动攻击之前和之后，都必须保持的姿态。

　　其动作说明如下。

　　① 双拳成先后势，高与肩平，擅长右手的人以左拳在前，为左先锋拳。肘曲与身体距离 10cm 左右。收腹圆背，头略低，下颌内收以保护咽喉要害部位。

　　② 双脚前后分开，相距约比肩略宽，左脚内扣，右脚脚后跟提起，双脚平行，身体略侧转，以最小的身体横截面侧对敌人，双膝微曲。

　　③ 身体重心置于双脚之间，以前脚掌触地，身体重心应可迅速、轻易地移动。

　　④ 目光宜注视对方眼睛和前胸，但视野必须包围对方全身上下。

2. 步法

　　步法是进攻退守，保持身体平衡的工具。步法好的运动员，能够连续不断运用各种步法，不给对方固定的目标，把握进攻的主动权。任何步法的原则是简洁和有效，运动员借以突入有效攻击距离，进行攻击，然后退出有效距离。步法的移动路线，基本上有 4 个方向：

前移、后移、左侧和右侧移动。无论向任何方向移动，均以在前进方向上的前脚先动，后脚紧随完成动作。因此，凡左拳桩的运动员，前进时左先右后，后退时则右先左后。侧向移动：左移时左先右后，右移时右先左后。下面介绍几种步法，在擂台上常见应用，在攻击与防守的场合，均可发挥很大的功效。均以左拳桩为例。

（1）前移步

动作要领：由格斗姿势开始，右脚蹬地发力，身体重心前移，左脚向前一步，全脚掌先着地，右脚迅速跟进并保持格斗姿势。

实战作用：快速的前移步可以让运动员迅速进入有效距离，进行攻击，并可促使攻击动作发挥更大作用。

（2）后移步

动作要领：由格斗姿势开始，左脚蹬地发力，身体重心后移，右脚向后退一步，全脚掌先着地，左脚迅速跟进并保持格斗姿势。

实战作用：快速的后移步可以避开对方的近距离攻击和侧面的攻击。

（3）旋绕步

旋绕步是在格斗时，双方游斗或持观望态度，或左或右的互相旋绕、伺机而动的步法，运行时双手必须保持格斗姿势，一脚走一脚随。

（4）左闪步

动作要领：由格斗姿势开始，左脚提起向左横跨一步，前脚掌先着地，右脚迅速蹬地并保持格斗姿势。

实战作用：常用于向左侧闪避，使对方的直线快攻落空。

（5）右闪步

动作要领：由格斗姿势开始，右脚提起向右横跨一步，前脚掌先着地，左脚迅速蹬地跟进并保持格斗姿势。

实战作用：常用于向右侧闪避，使对方的直线快攻落空。

（6）转折步

转折步是一种技术性较强的步法，运动员借以改变身体方向。身体以一足为轴心转动，角度大小，可随意转折。转折步运用熟练，可使对方进攻无效，使之困惑，并可就对方所处位置发动反击。

（7）换步

换步是拳击中技巧性较强的步法，在散打比赛中很常见。由于腿法应用的需要，常常要变换迎敌方向，随时应战，故优秀的散打运动员，应当左右两势都能用。其实战作用是闪避对方攻击，同时便于本身进行反击。应实战情况的需要，可以演变为前进式与后退式换步。

（8）步法训练

步法是技战术在实战中能否发挥其功效的基础。"打拳容易，走步难；步不稳，拳则乱；步不快，拳则慢。"因此，在训练中，要把步法作为重点进行系统的训练。为了便于训练和自学，将步法训练方法编排如下。

① 各种步法的单独训练：

向前连续做前移步练习；

向后连续做后移步练习；

向左连续做左闪步练习；

向右连续做右闪步练习。

② 各种步法的综合训练：

反复做前移步、后移步的配合练习（前移步—后移步—前移步）；

按如图所示的路线反复做前移步、右闪步的练习；

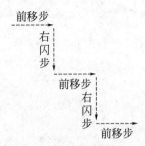

按如图所示的路线做前移步、左闪步的练习；

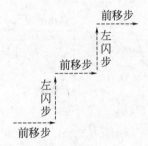

按如图所示的路线反复做后移步、左闪步的练习；

按如图所示的路线反复做后移步、右闪步的练习；

按如图所示的路线反复做前移步、右闪步、前移步、左闪步的练习；

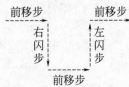

按如图所示的路线反复做后移步、左闪步、后移步、右闪步的练习；

按如图所示的路线反复做前移步、右闪步、后移步、左闪步的练习；

按如图所示的路线反复做前移步、左闪步、后移步、右闪步的练习；

③ 各种接受信号的步法反应训练：

练习者根据教师的手势作各种步法练习；

假如教师或同伴手势向前，练习者就连续做后移步，反之就做前移步，总之，练习者的动作要与给的信号相反。

④ 两人步法配合练习：

甲乙两人以格斗姿势做好准备，规定以某方为主，做各种步法的配合练习；

甲（乙）方前移步，乙（甲）方则后移步。

其他步法也是如此，方向总是相反，乙（甲）方根据甲（乙）方的步法变化而变化，以提高各种步法的应变能力。

三、散手的基本技术

1. 基本姿势

基本姿势又叫拳桩、戒备姿势，它是运动及格斗时的基本攻防姿势，所露出的空位最少，适合进攻、回防或反击，是运动员在发动攻击之前和之后都必须保持的姿态。散手的基本姿势如下（以左势为例）。

① 双拳成先后势，高与肩平，左拳在前，为左先锋拳，举至左眼前方；右拳举至下颌右前方，双肘弯曲，并与身体距离 10cm 左右，上体略右转，以最小的横截面侧对对方，含胸圆背，头略低，下颌内收以护咽喉要害部位。

② 两脚相距约比肩宽，左脚内扣，右脚脚后跟提起，身体重心平均落于两脚，两膝轻微弯曲，使身体处于一种弹性状态，轻松灵活。

③ 目光要注视敌人眼睛和前胸，但视野必须包围敌人全身上下。

2. 基本拳法

(1) 直拳

直拳是拳法中最简单，实用价值最高的一种拳法。特别是左直拳，它可以连续进攻，能为所有拳法、腿法做引拳，是不可缺少的技击基本功。右直拳是重拳，距离较远，击打力量大。右直拳一般使用的机会少，在有充分把握时才能使用，但是右直拳在左直拳的掩护下连续使用，能破坏对方的平衡，扰乱对方视线，给其他腿法、摔法创造有利的进攻机会。

① 左直拳。

动作说明：身体重心移向左脚，右脚蹬地，脚后跟提起，脚掌蹬地；身体向右扭转，左肩前倾，左拳内旋迅速向前冲击，力达拳面，同时右拳护腮，手臂防守身体中部，以防对方反击。

击打部位：眼、鼻、嘴、下颌等部位。

动作要领：运用左直拳时，要注意步法和距离，出拳必须配合拧腰转肩，身体前倾，以加大出拳的力量；完成动作后，要立即回收。

② 右直拳。

动作说明：由基本姿势开始，身体右转，重心移至右脚上；右脚蹬地使身体前倾，右肩前倾，右臂、右拳内旋前冲，力达拳面，同时左拳护腮，手臂防守身体中部，以防对方反击。

击打部位：对方的面部、下颌、心窝和腹部。

动作要领：使用右直拳时应特别注意拧腰转肩；在拳接触目标时，拳、肩、腰和右脚要协同发力；完成动作后，要立即回收。

（2）摆拳

左摆拳用于击打对方面部右侧，由基本姿势开始，左脚左闪步，左臂肘关节外展，大臂与小臂的角度约90°；随即向右弧形摆击，拳心向下，同时右拳微上举，上体略向右转，重心微前移，含胸收腹，目视前方。

动作要求：闪步、摆拳、转体要协调一致；摆拳时，左拳和小臂略向内旋。

右摆拳用于击打对方面部左侧，由基本姿势开始，左脚向左前移步，右臂肘关节外展，大臂和小臂的角度约90°，随即向左弧形摆击，拳心向下，同时，左拳护腮，重心落于前脚，身体微左转，含胸收腹，目视前方。

动作要求：右拳击打时预摆动作不宜过大，要有催肩爆发力，蹬腿转腰与催肩爆发力要协调配合。

（3）勾拳

左勾拳用于击打对方下颌、胸、腹部，由基本姿势开始，左脚向前移步，身体右转，同时左拳下沉、外旋，以蹬地、拧腰、髋的合力，由下向前曲臂猛力勾击，呼气发力，拳心向内，拳与胸同高，上体微向前倾，右拳护腮，含胸收腹，目视左拳。

动作要求：在发力过程中，含胸收腹、前移转体要协调一致。

右勾拳击打的部位与左勾拳一样，由基本姿势开始，左脚向前内扣，右脚前移步，重心落于左脚，身体左转并微前倾，同时右拳由下向上勾击，拳心向内，呼气发力，拳与胸同高左拳护腮，含胸收腹，目视右拳。

动作要求：勾击不要有预摆动作，上勾、转体、送髋要协调一致；勾击要有力，要迅速、突然、连贯。

（4）其他拳法

① 劈拳。

动作说明：右拳以肩关节为轴由下经后向左前下方劈击，同时右脚蹬地跟进，着力点是小鱼际，动作完毕后，右臂停在体前，作好防守。

劈拳的实战作用：在实战中，劈拳往往与其他拳法、腿法配合使用，可劈击对方颈部、背部，挂击对方面部，如运用得当，可获得技术性击倒对方的效果。

② 转身鞭拳。

动作说明（以右转身鞭拳为例）：由基本姿势开始，右脚蹬地发力向左脚脚后插一步，身体迅速右转，同时右臂折叠，由内向外鞭打而出，身体重心前移，成左弓步，左拳护腮，目视前方。

注意：转身鞭拳通常是在一拳击空，借助转体的旋转力量，用另一臂的拳背或前臂反扫对方头部，转身鞭举动作幅度大、路线长、力度大，如运用得当，可获得技术性击倒的效果；但因其摆幅很大，又是背向，决不能随便使用，如被对方抓住机会，施加反击，后果是十分严重的。

3. 基本腿法

（1）正蹬

动作说明（以右正蹬为例）：由基本姿势开始，重心前移，右脚蹬地，左脚支撑体重，右脚曲膝提起，勾脚尖，以脚跟为着力点，由曲到伸向前蹬出，呼气发力，力达脚跟，右臂自然后摆助力，目视前方。

用途：用于蹬击对方腹部。

要求：蹬腿要猛，腿快有力，猛蹬快收，支撑腿要稳。

注意：做左正蹬时，右脚可自然向前垫一步。

（2）侧踹

动作说明（以右侧踹为例）：由基本姿势开始，右脚蹬地，重心前移，身体左转并微向左倾斜，同时右脚迅速提起，膝盖内扣，大腿、小腿、脚掌所构成的平面与地面水平，脚尖内扣，随即由曲到伸向前踹出，呼气发力，力达脚跟，目视踹击方向。

用途：用于踹击对方肋部、腰部、头部。

要求：踹击快速有力，翻腿迅速，猛踹快收，支撑脚重心要稳。

注意：踹击对方头部时，可向后倒体，将踹击腿抬高，如果对方太远，可通过垫步来调整距离。

（3）鞭腿

动作说明（以右鞭腿为例）：由基本姿势开始，左脚脚掌外翻，左脚微屈支撑，身体稍向左转的同时，右大腿抬平屈膝，脚背绷平，大腿带动小腿由右向左、由曲到伸快速鞭打，呼气发力，力达脚背，目视前方。

用途：用于踢击对方头部、胸部、腹部、肋部。

要求：转体要快，鞭打要猛，猛击快收，支撑脚重心要稳。

注意：出腿时一定要膝盖前顶，让对方认为是正蹬，从而不敢轻易近身。

（4）其他腿法

① 小鞭腿。

动作说明：由基本姿势开始，右脚垫步至左脚后，左脚迅速屈膝抬腿，脚尖绷直，踝关节紧张，身体重心落于右脚，借助身体稍向右转挺髋的合力，快速将腿由左向右前下方侧鞭打，着力点在脚背踝关节。

用途：用于鞭打对方臀部、大腿、小腿。

要求：出腿快，鞭打有力，支撑腿要稳。

注意：出腿时要隐蔽、突然，如果自己腿的硬度不够，使用小鞭腿一定要采用异侧拳桩。

② 倒地后扫腿。

动作说明：由基本姿势开始，身体重心移向前下方，左腿突然屈膝随即向右后方转体180°，同时，右脚伸直向右后扫击，以左腿的大小腿外侧着地，呼气发力，力达脚后跟，扫击后迅速起立，恢复拳桩。

用途：用于扫绊对方小腿、脚跟将其击倒。

要求：转体下蹲后扫要快、要猛、要准确。

4. 基本摔法

(1) 裹腿摔

方法：双方由基本姿势开始，甲方用右鞭腿攻击乙方左侧时，乙方右脚迅速蹬地前迈一步，同时两手侧抄抱甲方腘窝和小腿，上体前倾，随之身体左转，以向左转身、抱腿、拧转回拉、右脚后绊甲方右脚的合力，将甲方摔倒。

用途：破解对方鞭腿。

(2) 上举摔

方法：对方由基本姿势开始，甲方用右上蹬攻击乙方上体时，乙方迅速后移一小步或左右闪开，同时双手锁住甲方脚跟、脚背，随即突然上举将甲方掀翻摔倒。

用途：用于破解对方的正蹬。

要求：后移步与接触腿同时进行，双手抱腿要紧，上举突然。

(3) 抄腿摔

方法：双方由基本姿势开始，甲方用左侧踹攻击乙方时，乙方左脚前跨一步，同时左手抄接甲方左脚腘窝，右脚迅速跟进绊甲方右脚脚后跟，突然上体前靠，右手放置在甲方左肩处，随即左手上抬、右手前推、右脚猛力上勾将甲方摔倒。

用途：用于破解对方的侧踹。

要求：闪躲敏捷，接腿快，紧、抄、推、勾、摔动作连贯。

四、散手的基本防守方法

防守法是散手技术中的重要组成部分，具备熟练的防守技术，能变被动为主动，既可以保护自己，又能有效地攻击对手。防守分为接触性防守（直接防守）和非接触性防守（闪躲防守）两大类。防守技术的动作，均从一侧动作说明要领，而每个防守技术都有两种（左右）做法。训练时，应进行左右交替进行，掌握另一侧动作。其要领相同，唯手脚左右相反。

1. 接触性防守（直接防守）

(1) 推拍

用途：用于防守对方直拳、刺拳的攻击。

方法：由基本姿势开始，以右（左）手掌为接触点，由胸前向内推拍开对手对自己头部、胸部的直线攻击。

要求：推拍发力短促，轻松自然，动作幅度不宜过大。

（2）格挡

用途：用于防守对手直拳、摆拳攻击面部。

方法：由基本姿势开始，左脚后移步，两脚稍微屈，同时，以左小臂的外侧为接触点，由胸前向外格挡对手的来拳，右拳护腮，身体微前倾，含胸、目视左上方。

要求：后移步与左臂格挡要协调一致，臂收紧，格挡准确有力，动作迅速。

（3）格压

用途：用于防守对手用勾拳攻击腹部。

方法：由基本姿势开始，右脚后移步，左臂屈肘，用小臂由上向下内旋下压，同时屈膝、身体右转，以手掌小鱼际、小臂尺骨内侧为接触点向下切击，目视左臂。

要求：格压要快速、准确、发力短促。

（4）提膝防守

用途：用于防守对方对我腹、肋部的横线击打。

方法：由基本姿势开始，当对手用侧踹攻击时，身体微右转，右腿支撑，左腿内收屈膝，以小腿外侧为接触点进行阻挡。

要求：提膝要快，时机要恰当。

2. 非接触性防守（闪躲防守）

（1）外侧闪

用途：用于防守对手的左刺拳攻击。

方法：由基本站立姿势，对手用左刺拳击头部，则上体稍向右扭转并微前俯，左肩向前，头微向右侧摆，颈部微前探，闪至对手左肩外侧，用外侧闪来躲开对手的攻击。

要求：闪躲迅速，掌握好时机，闪躲后迅速还原成原姿势。

（2）内侧闪

用途：用于防守对手左刺拳攻击。

方法：对手用左刺拳击头部，则上体稍向左扭转并微前俯，右肩向前，头微向左侧摆，颈部微前探，闪至对手左肩里侧，用内侧闪来躲开对手的攻击。

要求：闪躲迅速，掌握好时机，闪躲后迅速还原成原姿势。

（3）后闪

用途：用于防守对手直拳、摆拳、勾拳的攻击。

方法：由基本姿势开始，右脚后拖半步（或不拖步）上体略后仰，重心后移，腿微屈，耸肩收下颌，目视来拳。

要求：后仰要快，保持平衡，颈部保持紧张，不可仰头放松，上体仰幅不宜过大。

（4）下蹲闪

用途：用于防守对手直拳、摆拳、转身鞭拳、转身扫腿、高侧踹、高鞭腿攻击。

方法：由基本姿势开始，两腿迅速下蹲，同时缩头，耸肩收下颌，目视前方。

要求：下蹲要快、要稳，不可低头弯腰。

（5）收腹后闪

用途：用于防对手正蹬、侧踹腿攻击我腹部。

方法：由基本姿势开始，对手左侧踹腿攻击我腹部，我迅速腰腹后收，重心移落右腿，目视前下方。

要求：动作要迅速准确。

五、散手比赛方法及规则

1. 散手比赛方法

按比赛的性质分为团体比赛、个人比赛两种。采用循环赛、单败淘汰赛、双败淘汰赛 3 种方式。每场比赛三局两胜制，每局净打 3min，局间休息 1min。运动员除了年龄要求在 18～35 周岁之外，还必须体检合格方可进行称量体重，根据自身体重参加 9 个级别的角逐。9 个体重级别为：

① 52kg 级（52kg 以下，含 52kg）；

② 56kg 级（52kg 以上～56kg）；

③ 60kg 级（56kg 以上～60kg）；

④ 65kg 级（60kg 以上～65kg）；

⑤ 70kg 级（65kg 以上～70kg）；

⑥ 75kg 级（70kg 以上～75kg）；

⑦ 80kg 级（75kg 以上～80kg）；

⑧ 85kg 级（80kg 以上～85kg）；

⑨ 85kg 以上级。

每局比赛结束后，依据裁判员的评判结判定每局胜负。一局比赛中，一方受重击被强制读秒 2 次，另一方为该局胜方；一局比赛中，一方下台，另一方为该局胜方。

2. 散手比赛的规则

散手比赛的禁击部位是后脑、颈部、裆部。得分部位是头部、躯干、大腿和小腿。

散手比赛的得分标准分为以下五种情况。

(1) 优势胜利

① 在一局比赛中，先完成三个三分动作者。

② 在比赛中，双方实力悬殊，台上裁判员征得裁判长的同意，判技术强者为该场胜方。

③ 被重击（侵人犯规除外）倒地不起达 10s，或虽能站立但知觉失常，判对方为该场胜方。

④ 一场比赛中，被重击强制读秒（侵人犯规除外）达 3 次，判对方为该场胜方。

⑤ 比赛中，运动员出现伤病，经医生鉴定不能继续比赛者，判对方为该场胜方。

(2) 得 3 分

① 用主动倒地的动作致使对方倒地，而自己迅速站立者，得 3 分。

② 用转身后扫腿击中对方躯干部位而自己站立者，得 3 分。

(3) 得 2 分

① 一方倒地（除两脚以外任何部位接触台面），站立者得 2 分。

② 用腿法击中对方躯干部位。

③ 被强制读秒一次，对方得 2 分。

④ 受警告一次，对方得 2 分。

(4) 得 1 分

① 用拳法击中对方得分部位。

② 用腿法击中对方头部、大腿和小腿。

③ 运动员消极 8 秒，被指定进攻后，8 秒钟内仍不进攻，对方得 1 分。

④ 主动倒地超过 3 秒钟不起立，对方得 1 分。

⑤ 受劝告一次，对方得 1 分。

(5) 不得分

第四节　跆　拳　道

一、跆拳道简介

跆拳道是朝鲜、韩国民间较流行的一项技击术，是一项运用手脚技术进行格斗的民族传统的体育项目。它由品势、搏击、功力检验三部分内容组成。跆拳道是创新与发展起来的一门独特武道，具有较高的防身自卫及强壮体魄的实用价值。它通过竞赛、品势和功力检测等运动形式，使练习者增强体质、掌握技术，并培养坚韧不拔的意志品质。跆，意为以脚踢、摔撞；拳，以拳头打击；道，是一种艺术方法。跆拳道是一种利用拳和脚的艺术方法。它是以脚法为主的功夫，其脚法占 70%。跆拳道的套路共有 24 套；另外还有兵器、擒拿、摔锁、对拆自卫术及 10 余种基本功夫等。跆拳道是经过东亚文化发展的一项韩国武术，以东方心灵为土壤，承继长久传统，以"始于礼，终于礼"的武道精神为基础。

今天的跆拳道可分为传统跆拳道和现代竞技跆拳道两大类。传统跆拳道内容主要包括品势、搏击、功力检测三个部分，传统跆拳道的品势，相当于我们中国武术中的套路，共有二十四套统一的架型；功力主要包括威力表演和特技两部分；搏击格斗仍然保留着一些传统的技法，比如拳技、擒拿、摔锁等。现代跆拳道是随着时代的进步和竞技体育的发展而产生的，这也就是我们所说的竞技跆拳道。竞技跆拳道是指在一定的规则限制下，互以双方技击动作为转移，以切磋技艺、增进友谊、提高竞技水平为目的的对抗性体育竞赛项目。它吸取了传统跆拳道的精华，进一步突出跆拳道善于用腿技的特点，使跆拳道的技击格斗性质在体育中得到完美体现，具有高度的攻防实战性和激烈的对抗性。

二、跆拳道的基本姿势和礼仪

（一）准备姿势

准备姿势也称实战姿势或预备姿势，是竞赛跆拳道比赛中双方开始时的基本站立姿势。准备姿势应便于进攻和防守反击以及步法的移动。

1. 动作过程

两脚开立与肩同宽，两臂垂于体侧。左脚或右脚向另一脚的前方迈出，两脚相距一步距离前后站立，使身体侧对对方，同时两手半握拳，沉肩、两臂屈肘自然垂放。重心落在两脚之间，膝部略弯曲，眼睛平视对方面部，下颌微收。

2. 动作要领

两臂所放位置不是固定的，也可以一臂垂下或两臂都垂下。两脚之间的距离和重心的高低可根据具体情况进行调整，原则上是在移动时能最快调整好身体重心。若重心下降，大小腿之间的夹角几乎等于 90 度，则为低位准备姿势。

（二）跆拳道的礼仪

进行严格的礼仪、精神和行为规范的教育，是跆拳道的重要内容。"以礼始，以礼终"

贯穿在跆拳道整个训练过程中。通过跆拳道训练，培养练习者勇猛善战，敢打敢拼的意志品质，坚韧向上的作风，讲究礼仪，修养以及完善的人格。练习前，先向国旗敬礼，心中时刻装着为祖国争夺荣誉的信念，充分体现出爱国主义的精神；教练与队员之间相互行礼并问候，体现出尊师爱生的崇高品德；队员之间相互行礼，体现了集体主义、团结一致、互助友爱的精神。一颗忠于祖国的爱国心，是跆拳道研习的最高境界。跆拳道的礼仪贯穿于整个人的行为规范之中，在平时遇到教师要行礼问候，在训练场，从坐姿到站姿都有一定的规范要求。在训练中，特别是在踢靶练习和自由对抗训练中，要向对方行礼，感谢对方为自己的训练付出的辛勤劳动。在尊重长辈、遵守信义的前提下磨炼技艺。

三、跆拳道的基本技术

（一）跆拳道的基本手法

1. 左直拳

保持实战姿势，出拳时，左手握拳由屈到伸，当肘臂还未完全伸直时，拳头向右方旋转，拳背向上，同时向右拧腰转肩，力达拳面，迅速收回。

2. 右直拳

保持实战姿势，右脚蹬地，髋部向左旋转，右手握拳由屈到伸，当肘臂还未完全伸直时，拳头向左旋转，拳背向上，转体、顺肩，向前快速击出，力达拳面，迅速收回，拳击打时，要充分利用蹬地、转髋、拧腰、顺肩的合力，握紧拳头，迅猛有力，力达拳面。另一只手臂放在胸前或自然落下成防守格挡的姿势。直拳的击打部位是胸腹部和两肋。

3. 上格挡

保持实战姿势，当对手用腿法攻击头部时，手臂迅速向外上方外旋抬起，拳与头部前额相距约 10～15cm，肘与肩同高，手臂紧张，同时身体微下沉向外拧腰，使对手的攻击腿落在前臂的外侧，它分为左上格挡和右上格挡。

4. 下格挡

保持实战姿势，当对手用腿法攻击胸腹部或两肋处时，前臂迅速用外侧向下方由屈到伸砸击，同时身体微向内拧腰，肘尖向外，迅速收回。它分为左下格挡和右下格挡。

（二）跆拳道的基本腿法

1. 前踢

实战姿势的基本姿势开始，右脚蹬地髋关节向左旋转，双手握拳置于体侧；同时，右腿以髋关节为轴屈膝上提。当大腿抬至水平或稍高时，关节向前送，向前顶，小腿以膝关节为轴快速向前上方踢出，力达腿尖，整条腿踹直。踢击后迅速放松，右腿沿原路线弹回，将右脚放置在左脚前面仍成实战姿势。动作要领：膝关节夹紧，小腿放松，要有弹性；往前送，高踢时往上送；小腿回收与前踢的速度一样快。主要攻击部位有面部、下颌、腹部、裆部。前踢亦可用于防守。将前踢发力部位由脚尖改换为脚跟时，前踢动作就变为前蹬动作，动作方法要点相同，只是脚的形状发生了变化。

2. 横踢

实战姿势开始，右脚蹬地，重心前移至左脚，右脚屈膝上提，两拳置于胸前；左脚前脚掌碾地内旋，髋关节左转，左膝内扣；随即左脚掌继续内旋至 180°，右腿膝关节向前抬至水平状态，小腿快速向左前横向踢出；击打目标后迅速放松收回小腿。右腿落回原地成实战姿势。动作要领：膝关节夹紧，向前提膝，尽量走直线；支撑脚外旋180°；髋关节往前顺，身体与大小腿成直线；严格注意击打的力点在正脚背；踝关节放松，击打的感觉是"面团"，"鞭梢"。横踢攻击的主要部位有头部、胸部、腹部和肋部。

3. 侧踢

实战的基本姿势开始，右脚蹬地右腿以髋关节为轴屈膝提起，两手握拳置于体侧；随即左脚以前脚掌为轴外旋180°，髋关节向左旋转，右腿以膝关节为轴向前蹬伸，右脚快速向右前上方直线踢出，力点在脚跟。发力后沿起腿路线收腿，放松，重心落下（原处或向前均可），再次回到实战姿势。动作要领：起腿时大小腿，膝关节夹紧；踢出发力时头肩、腰、髋、膝、腿和踝成一直线；大小腿直线踢出，原路线收回。侧踢动作的主要攻击部位有膝部、腹部、肋部、胸部和头面部。

4. 后踢

实战姿势开始，转身后腿后撤背对对方。重心后移至左脚，右脚蹬地后屈膝提起，右脚贴近左大腿，两手握拳置于胸前；随即左脚蹬地伸直，右脚自左大腿内侧向后方直线踢出，力达脚跟。踢击后右脚沿原路线快速收回，成实战姿势。动作要领：起腿后上体和大小腿折叠收紧；后踢时动作延伸要长，用力延伸；转身、提腿、出脚动作连续一次性完成，不能停顿；击打目标在正后偏右。后踢动作的主要攻击部位有膝部、腹部、裆部、胸部和头面部。

5. 后旋踢

实战姿势开始，两脚以两脚掌为轴均内旋约180°，身体随之右转约90°，两拳置于胸前。上体右转，与双腿拧成一定角度。右脚蹬地将蹬地的力量与上体拧转的力量合在一起，右腿继续向右后旋摆鞭打，同时上体向右转，带动右腿弧形摆至身体右侧，右腿屈膝收回；右脚落到右后成实战姿势。动作要领：转身旋转，踢腿连贯进行，一气呵成，中间没有停顿；击打点应在正前方，呈水平弧线；屈膝起腿的旋转速度要快；重心在原地旋转360度。后旋踢攻击的主要部位有面额和胸部。

6. 下劈

实战姿势开始，右脚蹬地，重心前移至左脚。同时，右腿以髋关节为轴屈膝上提，两手握拳置于胸前；随即充分送髋，上提膝关节至胸部，右小腿以膝关节为轴向上伸直，将右腿伸直举于体前，右脚过头。然后放松向下以右脚后跟（或脚掌）为力点劈击，一直到地面，成实战姿势。动作要领：腿尽量往高，往头后举，要向上送髋，重心往高起；脚放松往前落，落地要有控制；起腿要快速、果断；踝关节要放松。劈腿的主要攻击部位有头顶、脸部和锁骨。

7. 推踢

实战姿势开始，右脚蹬地，重心前移，右脚以髋关节为轴提膝前蹬，用右脚脚掌向前蹬推，力点在脚掌，推力向正前方。动作要领：提膝后尽量收紧膝关节；重心往前移，利用身体的重量和力量，推的时候腿往前伸展，送髋，推的路线水平往前。推踢的主要攻击目标是腹部。

（三）跆拳道的基本步法

1. 前进步

标准实战姿势开始，两脚成斜马步，两手握拳置于胸前。前进时后脚蹬地向前迈步，身体侧转成另一侧斜马步，可连续进行。这是前进步的一种——上步。注意拧腰转髋。前进时，后脚蹬地，前脚向前滑行称为前滑步；后蹬地，前脚向前跳跃为前跃步。前滑步和前跃步都属于前进步，是主动进攻时采用的步法。也可用于假动作，配合手臂移动进行，便于快速接近对方。

2. 后退步

由标准实战姿势，前脚掌用力蹬地，后腿先退后一步，前脚随即后退两脚以使身体仍保持原来姿势。若前脚掌蹬地后，后脚沿地向后滑行一步，前脚随即同样向后滑行一步，两脚以及身体仍保持原来姿势，叫做后滑步退。这种步法可以拉开和对手的距离，避开对方的进攻，准备做反击动作。

3. 后撤步

从标准实战姿势开始，以后脚前脚掌为轴，前脚抬起向后经后脚内侧向后撤一步，形成和原来相反的实战姿势。后撤步可根据实战需要左右变化，调整与对方的相对距离，准备进行攻击或反击。

4. 侧移上

由标准实战姿势开始，两脚前脚掌同时向左右侧蹬地，离开原来的位置。向左侧移动，离开原来的位置。向左移叫左移步，向右移叫右移步。侧移步的作用是避开对方有力的攻击，移动到对方的侧面，准备进行反击。

5. 跳换步

由标准实战姿势开始，两脚同时蹬地使身体腾空，空中两脚前后交换，同时转体，落地时身体姿势成另一侧的准备姿势。跳换步的腾空不宜高，略离地面即可，换步时要拧腰转髋，迅速敏捷，其目的是干扰对方的攻防思路，选择适宜自己进攻的方位和转换自己身体的得分部位使对方不能得分。同时争取反击的空间和时间，马上转入进攻。

6. 弧开步

由标准实战姿势开始，前脚的前脚掌原地蹬碾地面，后脚同时向左（右）蹬地后右（左）跨移一脚，成为和原来准备姿势不同方向的准备姿势。向左跨为左弧形步（或左环绕步），向右跨步为右弧形步（右环绕步）。

7. 前（后）垫步

由标准实战姿势开始，后（前）脚向前（后）脚并拢的同时，前（后）脚蹬地向前（后）迈（退）步，仍成原来的实战姿势。

垫步动作的要点是后脚（前）向前（后）要迅速，不等后（前）脚落定，前（后）脚就要蹬地前（后）要移动，前（后）脚移动的距离要适当，既能照顾与对方的位置关系，又便于自己后面的连接动作。垫步动作要迅速、轻捷、连贯，要快速接近或远离对方。后面的连接动作，无论是进攻还是防守，都有要连续迅速，可在垫步过程中做动作，不给对方任何机会。

8. 前冲步

由实战姿势开始，后脚向前迈前一步，身体姿势同时转正，随即前脚向前冲一步仍成为实战姿势。可连续冲几步成实战姿势。前冲步的动作要点是两腿要连贯快速，类似加速冲刺。步幅小、频率要快、灵活多变，是主动追击对方的有效步法。连续动作要轻捷快速，给对方造成慌乱。

9. 组合步

组合步是指各种步法之间的不同组合。实际上，跆拳道技术在实战运用的过程中，无不通过各种步法的运用和变化而得到实施，而且使用的步法都是有意义或无意地组合起来综合运用的。运用步法目的是为了调整距离，使自己的动作更加快速灵活，进而达到进退自如、控制节奏、有效攻击和有效防守的目的，步法的组合应根据实际情况的变化而改变，把攻击和反击的技术与步法紧密结合起来，做到在移动中进攻，在移动中防守，在移动中反击，使步法的运用和拳法、腿法融为一体，成为进攻、防守、反击的有机连接技术，从而达到取得实战胜利的目的。

四、跆拳道的竞赛规则

跆拳道比赛分为男女各 8 个体重级别，运动员上场须身着专用的白色跆拳道服，腰系代表不同段位的腰带，同时还必须穿戴专用的头盔、护胸、护腿、护肘等保护用具，赤脚在 12m×12m 的正方形垫子上进行比赛。比赛采用电子记分，比赛分为 3 局，每局 3 分钟，局间休息 1 分钟。跆拳道实行段位制，其段位分别为初级的十级至一级和高级的一段至九段，九段最高。跆拳道的升段考试非常严格，其考试内容除了技术水平和从事跆拳道学习训练的年限外，还有道德修养和文化知识方面的内容。

(1) 比赛的场地：跆拳道的比赛场地为正方形平地。边长为 12m，中间边长为 8m 的正方形平地是比赛区，以外区域为警戒区。场地内画有双方运动员、教练员、1 名主裁判、3 名副裁判的站立位置。

(2) 比赛的体重级别：男子分 54kg 以下、58kg、62kg、67kg、72kg、78kg、84kg、84kg 以上 8 个级别；女子分 47kg 以下、51kg、55kg、59kg、63kg、67kg、72kg、72kg 以上 8 个级别。

(3) 比赛的种类：团体赛、个人赛。

(4) 比赛方法：单败淘汰、循环。

(5) 比赛时间：男子每场比赛为 3 局，每局 3min，局间休息 1min。女子与青少年每场 3 局，每局 2min，局间休息 1min。

(6) 允许攻击的部位：跆拳道比赛只准许用拳的正面和腿的踝关节以下部分击踢。击踢部位限于躯干的髋骨以上至锁骨以下，两肋部、背部没有被护具保护的部分不准踢击。面部从耳朵向前的部分，只准许用脚的技术攻击。

(7) 有效得分：头 2 分，躯干 1 分。被击倒或造成裁判读秒，加 1 分。

(8) 犯规行为：警告——抓对方、搂抱对方、推对方、故意越出警戒线、转身背向对方逃避进攻、故意倒地、伪装受伤、用膝顶撞对手、攻击对手裆部、故意攻击下肢、用手攻击头部、运动员举手示意得分、运动员教练员有失风度的行为；扣分——对手倒地后进行攻击、主裁喊停后故意攻击、攻击后脑背部、越出限制线、摔倒对手、运动员或教练员严重有失风度。

(9) 突然死亡法：当比赛打平时，加赛一局，先得分者胜。

第十三章　健美操运动

第一节　健美操运动概述

　　健美操是一项以人体自身为对象，采用各种有显著效果的锻炼方法，发展人体形体、形态的运动，是以形体练习（包括发达肌肉练习、柔韧练习、力量练习）为基础，融体操、舞蹈动作配以音乐为一体的综合运动。该运动 20 世纪 50 年代在美国兴起，并逐渐传到了世界各地。20 世纪 80 年代发展成为竞技性健美操项目。我国在 1986 年成立了健美操委员会，1987 年 4 月举行了首届健美操邀请赛。此后，每年定期举办全国性健美操比赛。

　　由于健美操运动由各种走、跑、跳跃、转体、柔韧、平衡、俯卧撑、仰卧起坐、高踢腿及各种造型和舞蹈基本步法结合编排而成，并具有在音乐伴奏下充分体现准确、轻巧、熟练、协调、力度和幅度的特点，对场地要求又不高，易于在基层和学校中开展，现已成为学校体育课教学内容之一。

　　健美操运动的练习方法多种多样，十分灵活，有徒手操、保健操，也可利用一些器械做辅助练习，运动量可自由调节，练习次数、组数也可以自由调节。所以对不同年龄、不同健康状况的人均有增强体质、促进健康、振奋精神、增添乐趣、丰富生活、增长知识的作用。目前健美操运动开展十分活跃，这对健美操运动的发展起到积极的推动作用。

第二节　健美操运动的基本技术

　　健美操运动的基本技术重在改善形体美的主要部位，形体是由骨架决定的，骨架是由骨骼构成的，骨骼的生长发育对形体的影响很大。如果只有一副匀称协调的骨骼、肌肉，而脂肪比例失调，也不能显现出体形的优美。

1. 发达颈部肌肉的基本技术

　　颈部肌肉的协调是美的象征之一。颈部肌肉群可分前屈肌群、后伸肌群、侧屈肌群、回旋肌群 4 种。锻炼颈肌能保护颈椎，使之不易受伤，同时可使脑部得到充分的血液供应，对脑力劳动者尤为重要。

　　颈部负重屈伸练习。

　　准备姿势：用一根皮筋一头固定，另一头戴在头上，将皮筋拉直；人体直立，两腿与肩同宽，两手叉腰。

　　动作过程：将头尽力向后仰屈稍停片刻，再徐徐还原；再将头尽力向左、右两侧屈。

注意：仰、屈头颈时吸气，还原时呼气。

2. 发达肩部肌肉的基本技术

匀称而结实的肩部肌肉是健而美的重要标志。尤其是男子，宽厚的肩膀是健美体格绝不可少的。肩部肌肉由前、中、后三角形群肌束组成。

直臂前上举。

准备姿势：两脚自然开立，徒手或两手握哑铃于体前，身体保持正直。

动作过程：用三角肌前束的收缩力将手臂向前平举到肩平；稍停片刻，然后徐徐落下；上举时吸气，放下时呼气。

注意：在完成动作时不得借助上体的摆动和屈臂。

3. 发达胸部肌肉的基本技术

不论男性或女性的胸肌，都是健美人体最引人注目的部位。胸肌发达还可以增强呼吸功能。胸肌包括大胸肌、小胸肌和前锯肌及肋间外肌等。锻炼胸肌有效技术是："卧举"、"俯卧撑"等。

① 俯卧撑。准备姿势：身体挺直俯撑地面，然后屈肘使胸部触地，立即伸直两臂；屈肘时吸气，伸直时呼气。注意屈肘时要尽量拉长胸大肌，用力时要注意胸大肌的发力。

② 含胸、挺胸：结合起来练习。

4. 发达腰、腹、背部肌肉的基本技术

腰、腹、背部是构成人体躯干的主要部分，也是各项运动发力的基础部位，腹部脂肪过多或扁平无力是不健康和失去青春活力的象征。腰腹部的肌肉主要可分腹前、外侧群肌和后群肌；背部肌肉群主要位于躯体后面背部。锻炼腰、腹、背肌的有效方法有"仰卧起坐"、"仰卧双腿环绕"、"俯卧两头起"、"手脚结环"等。

(1) 仰卧起坐

准备姿势：仰卧在垫上或斜板上，踝部固定，两手抱头。

动作过程：快速抬起上身，收腹起坐，当上体抬起时可以向左（右）转体；收腹起坐时用右肘关节触前屈的左膝部，第二次收腹起坐时向反向，如此反复做 10～30 次，共 3～5 组。

(2) 俯卧两头起

准备姿势：俯卧在垫上两臂及两腿伸直，低头。

动作过程：数 1 时抬头、挺胸、振臂，同时两腿向上方摆起，使胸部和下腹部同时离垫，数 2 时还原；数 1 成反弓状稍停 6～10s，效果会更好。

(3) 挺胸挺髋

准备姿势：两腿伸直侧分，两臂分别放在同侧腿旁。

动作过程：数 1、2 时，重心移至右臂上，用力挺髋，挺胸，使脊柱成反弓，数 3、4 时慢慢还原，再重数换反向；挺胸、挺髋成反弓形时稍停 6～10s 效果更好。

5. 发达臀肌肉的基本技术

臀肌肉主要由臀大肌、臀中肌和臀小肌组成，是优美线条的重要组成部分。由于臀部肌肉锻炼范围小，动作幅度不大，所以必须结合全身综合性的有氧训练，才能使肥大、扁平的臀部变得丰满而结实起来。锻炼臀部肌肉的方法有"臀走"、"跪撑屈膝后摆腿"、"仰卧挺髋"等。

(1) 臀走

准备姿势：坐在垫上，两脚提离地面，两手在胸前半屈。

动作过程：向左移重心时，臀大肌收缩使身体向前滑动一点；当重心移到右臀时，右侧臀大肌用力收缩，又使身体向前滑动一点，这样向前滑动 30～50 次，再向后滑动 30～50 次。

(2) 跪撑屈膝后摆腿

准备姿势：两腿并拢跪在垫上，低头含胸。两手扶垫。

动作过程：数 1 时，抬右腿使之触胸，含胸、低头；数 2 时，右腿屈膝向后上伸拉，同时抬头，挺胸、塌腰；摆腿时不要太快，要利用惯力，要慢慢摆起、拉伸、稍停，再还原，然后换左腿。

(3) 仰卧挺髋

准备姿势：仰卧在垫上，分腿屈膝。

动作过程：数 1 时，两腿蹬直，髋向上挺起，臀部用力夹紧，身体成反弓形；数 2 还原，成反弓形时稍停 6～10s 效果更好。

6. 腿部肌肉的基本技术

人体的两腿是支柱和位移的动力主体，是优美线条的基础。腿部肌肉可分大腿部的股四头肌和臀大肌；小腿部的腓肠肌和比目鱼肌等。腿部肌肉的练习方法有"侧踢、侧勾踢腿"、"并腿起踵"等。

(1) 侧踢、侧勾踢腿

准备姿势：左侧卧在垫上，右腿压在左腿上，两手前后扶垫。

动作过程：数 1 时，屈右腿，尽量靠近右肩；数 2 时还原；数 3 时右腿向侧（向前勾脚）伸直，向头部方向摆踢；数 4 时还原，做 10～20 次换左腿踢。

(2) 并腿起踵

准备姿势：两脚站立在垫木上，足跟在垫木外。

动作过程：腓肠肌收缩，使脚跟提起 1 秒钟，足跟落下还原；练习时，上体可以负重加大难度和效果。

7. 跳跃练习的基本技术

跳跃练习能有效地减去身体各部位多余脂肪，能使过胖的体形得到调整，使心肺功能得到充分的锻炼。但完成跳跃练习时须注意以下几点。

① 用脉搏来控制运动量，10 秒钟应控制在 22～28 次之间，过多会欠氧，就不是有氧训练了。

② 跳跃时间要适当加长，3～5min，而强度不宜过大。

③ 采用分组循环练习，每组做完休息 3～5min 再进行下一组。间歇时应做放松练习。

④ 跳跃时通常选用节奏感强的音乐，而做放松练习时则选用轻音乐或舞曲。

⑤ 动作应由易到难、由弱到强，中间要有四点跳等舞步做转换，使心脏有个适应过程。呼吸要舒畅，一般起跳时吸气，还原呼气，如感到胸闷、头晕，应停止练习，做深呼吸调整状态。

⑥ 跳跃运动应全身各部位都参与活动。

第三节　青春健美操简介

青春健美操全套共 12 节、21 小节，在 69 个 8 拍中完成，需要时间 4 分 56 秒。运动中最高心率达到 148～175 次。该操使练习人全身均得到充分锻炼。

1. 开场姿势（2×8 拍）（见图 13-1）

图 13-1　开场姿势

（1） 1—两臂交叉垂直于体前，手指分开手心向内，低头；2、3—两臂分开翻掌经体侧逐渐上举；4—两臂上举头顶交叉掌心向外。

（2） 5—两臂分开翻掌经体侧逐渐下落；8—还原。

2.（第一节）伸展运动（4×8 拍）（见图 13-2）

图 13-2　伸展运动

（1） 1、2—左侧弓步，左臂直臂上举，手臂紧贴耳部握拳；3、4—左弓步还原开立，左臂直臂下落还原；5、6—与 1、2 反向。

（2） 2、2—左侧弓步，左臂与肘关节为轴，小臂由外向内绕环，左侧冲拳；3、4—左侧弓步蹬直开立，左臂直臂下摆还原；5、6—与 1、2 反向。

（3） 3—重心移向左侧，左臂握拳屈肘于腰部，右臂握拳屈肘于肩部；2—右臂上举，转动前臂，拳心向外；3、4—重复；5、6—反向完成。

（4） 4、2、3—重心左右移动上举臂；4—重心移向右侧，左臂上举、手指分开；5—重心不变下蹲，左臂直臂经体前下落；6—手指几乎触地面，屈膝 45°左右；7、8—两腿伸直转左肩，双手叉腰正开立。

3.（第二节）肩部运动（6×8 拍）（见图 13-3）

（1） 1、2—屈右膝，双肩后绕环；3、4—屈左膝，双肩后绕环；5、6—屈右膝，双肩前绕环；7、8—屈左膝，双肩再前绕环；

（2） 2、2—左腿向左侧迈出小半步，重心在右侧，左臂直臂体侧绕环 2 次还原；3—重心移向左侧，右腿向左侧弹踢腿；4—还原；5、6—重心移向左侧，右臂直臂绕环 2 次；

图 13-3　肩部运动

7—重心移向右侧，左腿向右侧弹踢腿；8—还原。

（3） 3×8、4×8—重复完成上两个 8 拍。

（4） 5—屈右膝，左腿向左侧移半步，左肩下压，右肩上提；6—右腿蹬地与左腿相并提踵，左肩上提，右肩下压；7、8—两腿随 3 拍向下蹲，身体正直，右肩、左肩、右肩交替上提、下压。6、8—反向完成。

4.（第三节）**扩胸运动**（4×8 拍）（见图 13-4）

图 13-4　扩胸运动

（1） 1—左腿向左侧迈出半步，两手臂经胸前向体侧同时分开成平举，手心向前五指分开发力；2—右腿并拢左腿，含胸屈膝，两手臂屈肘抱于胸前，手心向内五指分开；3、4—反方向；5—身体向左侧转体，同时左脚向左侧迈出半步，右腿伸直，右臂上举握拳，左臂下后摆握拳；6—左膝屈，右腿向前摆伸，右臂向右侧后摆，握拳，左臂向左侧上举握拳；7—左、右臂交换右腿后伸；8—还原。

（2） 2×8—反向。

（3） 3×8、4×8—重复上两个 8 拍。

5.（第四节）**踢腿运动**（4×8 拍）（见图 13-5）

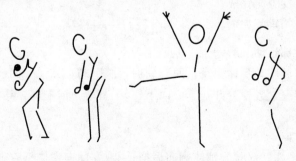

图 13-5　踢腿运动

(1) 1、2—屈膝，左腿收，击点地面2拍、双手臂伸向体前，握拳，拳心向上，屈肘，伸屈2拍；3—右腿向右侧踢腿，双臂上举五指分开，掌心向前；4—还原。

(2) 2×8—反方向。

(3) 3×8、4×8—重复。

6. （第五节）**体侧运动**（4×8拍）（见图13-6）

图13-6 体侧运动

(1) 1—左脚向左侧迈出半步，屈膝，重心在两腿中间，身体左侧屈，抱左臂握拳，右臂经右侧上摆屈肘，小臂与地面平行拳心向外；2—右腿蹲地并拢左腿立直，抱右臂握拳；3、4—重复1、2；5、6—分立，两臂经体前交叉分别向两侧伸摆，左臂向身体下侧伸拉，右臂屈肘向右侧伸拉；7、8—反方向。

(2) 2×8—反方向。

(3) 3×8、4×8—重复完成。

7. （第六节）**体转运动**（4×8拍）（见图13-7）

图13-7 体转运动

(1) 1—两臂屈肘体侧，握拳，左腿向左侧迈半步开立，左髋上送；2—还原开立，两臂下伸；3—反方向；4—还原；5—抱左臂左侧握拳，右臂向左侧冲拳转体；6—右臂收加屈肘肩部；7—左转体，右臂向上冲拳；8—还原抱拳。

(2) 2×8—重复反方向完成。

(3) 3×8、4×8—重复完成。

8. （第七节）**髋部运动**（8×8拍）（见图13-8）

(1) 1、2—并腿屈膝，身体正直，两臂屈肘，膝下蹲；3、4—两腿同时蹲地分立，右臂叉腰左臂绕肘向前伸直，五指分开，掌心向下；5—直腿，向左移，送髋；6—向右送髋；7、8—重复；

(2) 2×8—反方向；

(3) 3—左腿收小腿，双臂分别体侧向后摆；2—左腿向左侧摆直送髋，手臂向前摆稍屈肘；3、4—重复；5～8—反方向重复。

图 13-8　髋部运动

（4） 4—左腿收小腿，左臂绕肘上举，握拳屈肘；2—小腿向左侧伸直开立，上举屈肘；3、4—反方向；5—开立，双臂体上侧举屈肘，屈右膝，送左髋；6—送右髋；7—送左髋、右臂向上摆直；8—送右髋，右臂下摆，左臂向上伸摆。

（5） 5×8～8×8—重复完成。

9.（第八节）**全身运动**（10×8 拍）（见图 13-9）

左前走

左后走　　　　　正前走　　　正后走

图 13-9　全身运动

（1） 1、2—身体向左侧转，左腿屈膝侧上收举，双臂握拳扩胸；3、4—重复；5、6—身体向右侧转，右腿屈膝侧上收伸，左腿随右腿屈伸，双臂同时由身体两侧上举、下摆；7、8—重复。

（2） 2×8—重复 1×8。

（3） 3、2、3—左侧走，先出左腿，五指并拢直臂正步走；4—收右腿，左臂上摆，右臂向后下方摆臂，重心上提；5、6、7—正步后退走；8—左腿后伸绷直，右腿弓步，左臂前伸、右臂后伸；

（4） 4、2、3、4—向正前方向走，要领重复 3、4；5、6、7—重复；8—后弓步，双臂

图 13-10　后踢腿

从两侧打开伸展。

(5) 5×8—向右侧走，反向重复 3×8；

(6) 反向重复以上动作，6×8，7×8，8×8，9×8，10×8。

10.（第九节）跳跃运动（6 个动作组成）

(1) 后踢腿（2×8 拍）（见图 13-10）

① 1—左腿屈膝向后跳起，右腿支撑，右臂屈肘向前摆动，左臂后摆动；2—交换跳；3、4、5、6、7、8 交换重复跳。

② 2×8 拍重复跳。

(2) 分腿跳（2×8 拍）（见图 13-11）

图 13-11　分腿跳

① 1、2—两腿并拢屈膝，身体稍前倾，双臂前伸、屈肘，握拳拳心向上，蹲跳 2 拍；3—两腿蹬地分立，身体挺直伸展，两臂分别两侧直臂上摆，握拳拳心向下；4—还原。

② 5~8—重复。

③ 2×8—重复。

(3) 侧分步跳（4×8 拍）（见图 13-12）

① 1、2—双腿并跳绷直，右臂紧贴身体，左臂由身体前绕至左侧时屈肘，握拳，拳心向内；3—两腿蹬地向两侧分立，左腿内屈膝，右腿绷

图 13-12　侧分步跳

直勾脚尖，左臂后绕臂摆至斜上方，直臂握拳拳心向下；4—还原；5~8—反方向完成。

② 2×8、3×8、4×8—重复完成。

(4) 马步弓步跳（4×8 拍）（见图 13-13）

① 1—左臂握拳前交叉，直臂拳心向下，两腿并直；2—双臂打开后拉，左臂屈肘侧平

图 13-13　马步弓步跳

举，右臂右侧平举，双腿同时用力蹬，屈膝成马步；3、4—反方向完成，两腿向左侧再跳成马步；5—左臂握拳前交叉，拳心向下，并腿；6—左转左弓步，左臂后拉屈肘平举，右臂前伸直臂；7、8—反方向完成。

② 2×8、3×8、4×8—重复完成

(5) 吸腿跳跃（4×8 拍）（见图 13-14）

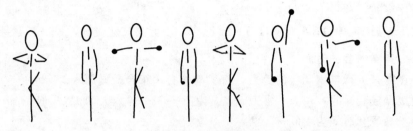

图 13-14　吸腿跳跃

① 1—左腿吸跳，右腿支撑，双臂屈肘前平举；2—左腿伸并，双臂向下伸直；3、4—重复；5—重复 1；6—左腿伸并，左臂上举握拳，拳心向外，右臂下伸直；7—左腿吸跳，左臂直臂下摆，平举握拳，拳心向下；8—还原。

② 2×8—反方向完成。

③ 3×8、4×8—重复完成。

(6) 弹踢腿（1×8 拍）（见图 13-15）

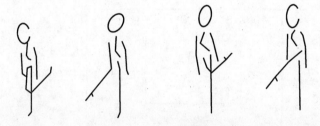

图 13-15　弹踢腿

1—左腿向前弹踢腿，右腿支撑；2—左腿支撑，右腿后屈摆，两臂自然垂直身体两侧；3、4—反方向完成；5、8—重复完成。

11.（第十节）**整理运动**（见图 13-16）

图 13-16　整理运动

1—左腿左侧迈半步，腹背伸拉，双臂放松前交叉；2、3—双手打开身体逐渐抬起，手臂向上举；4—双臂伸展上交叉，身体尽量伸展；5—双手打开分别向两侧；6、7—双手逐渐放松向下，呼气；8—自然收回右腿，立正站立。

第四节　裁判方法与规则

第一条　竞赛项目

健美操比赛共 4 项 5 套。单人；混合双人；3 人（男三、女三、混三）；6 人（男三女三、男四女二、男二女四）；6 人项自有 2 套动作，一套竞技健美操，另一套健身健美操。

第二条　竞赛内容、时间

健美操比赛只进行自编动作的比赛。自编动作必须符合规则要求。

竞技健美操成套时间：单人、混双、3 人为 90～120s；六人为 120～150s。

六人健身操成套时间为 180～210s。

第三条　竞赛场地

(1) 单人、混双场地面积为 6m×6m 的地板或地毯，用 5cm 宽白色标志带做成边线。

(2) 三人、六人竞赛场地面积为 12m×12m 的地板或地毯，用 5cm 宽白色标志带做边线包括在 12m2 内。

(3) 竞赛场地周围 3m 之内不得有障碍物。

(4) 场地照明可用彩色灯光，但不能有阴影。

(5) 比赛场地布置（见图 13-17）

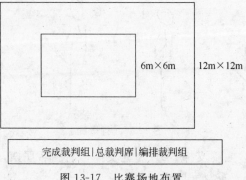

图 13-17　比赛场地布置

第四条　竞赛程序和计分方法

竞赛程序：比赛分预赛和决赛，凡报名参加竞赛的运动员均需参加预赛，预赛中取得前若干名成绩的运动员参加决赛。

计分方法：团体预赛中，各单项之和为团体赛总分；得分多者，名次列前；总分相等时以单项中高分多者前列；再相等名次并列，下一名次空额。

第五条　评分因素及总分

成套动作的评分因素包括组织编排、完成情况 2 部分。组织编排为 10 分，完成情况为 10 分，总分为 20 分，采用公开示分方法。

第十四章　羽毛球运动

第一节　羽毛球运动概述

一、羽毛球运动的起源

羽毛球运动起源于 14～15 世纪时的日本，当时的球拍为木质，球是樱桃核插上羽毛做成。这种游戏时兴的时间不长便消失了。18 世纪时，印度的蒲那城，出现类似今日羽毛球活动的游戏，以绒线编织成球形，上插羽毛，人手持木拍，隔网将球在空中来回对击。

现代羽毛球运动诞生在英国。1873 年，在英国格拉斯哥郡的伯明顿镇有一位叫鲍弗特的公爵，在庄园里进行了一次"蒲那游戏"的表演。因这项活动极富趣味性，很快就风行开来。此后，这种室内游戏迅速传遍英国，"伯明顿"（Badminton）即成为英文羽毛球的名字。

二、羽毛球运动的发展

1877 年，第一本羽毛球比赛规则在英国出版。1893 年，在英国成立了世界上第一个羽毛球协会。1899 年，该协会举办了第一届"全英羽毛球锦标赛"，每年举办一次，沿袭至今。羽毛球运动从斯堪的纳维亚到英联邦各国，20 世纪初流传到亚洲、美洲、大洋洲，最后传到非洲。

1934 年，成立了国际羽毛球联合会，总部设在伦敦。1939 年国际羽毛球联合会通过了各会员国共同遵守的《羽毛球竞赛规则》。1981 年 5 月国际羽毛球联合会重新恢复了中国在国际羽联的合法席位，从此揭开了国际羽坛历史上新的一页，进入了中国羽毛球选手称雄世界的辉煌时代。

在 1988 年汉城奥运会上，羽毛球被列为表演项目，1992 年巴塞罗那奥运会列为正式比赛项目。从此羽毛球运动进入新的发展时期。

羽毛球运动约于 1920 年传入我国，新中国成立后，得到迅速发展。20 世纪 70 年代我国羽毛球队已跻身于世界强队之林。当时，国际羽毛球坛是印尼与我国平分秋色。20 世纪 80 年代，优势已转向我国，说明我国羽毛球运动已达到世界先进水平。

三、世界重大羽毛球赛事

目前，由国际羽联主办的世界重大羽毛球赛有：汤姆斯杯赛、尤伯杯赛、世界羽毛球锦标赛、苏迪曼杯、世界杯羽毛球赛、全英羽毛球锦标赛、国际系列大奖赛。

第二节　羽毛球基本技术

一、握拍法

练习者首先必须掌握基本技术后才能练习各种打法和战术。羽毛球握拍法的正确与否，对于掌握和提高羽毛球运动的技术水平关系重大。初学者要认真掌握好正确的握拍法。

羽毛球拍的握法，基本上有 2 种，即东方式握法与西方式握法。

1. 东方式握法

（1）正手握拍

虎口对着拍柄窄面内侧的小棱边，拇指和食指贴在拍柄的两个宽面上，食指和中指稍分开，中指、无名指和小指并拢握住拍柄，掌心不要紧贴，拍柄端与近腕部的小鱼际肌平，拍面基本与地面垂直。

一般来说，正手发球，右场区击球。右场区头顶和左场区绕头顶击球等都采用这种握拍。

（2）反手握拍

在正手握拍的基础上，拇指和食指将拍柄稍向外转，食指稍向中指收拢，拇指第二指节内侧顶贴在拍柄内侧的宽面上，与食指同高或稍高一点，中指、无名指和小指并拢握住拍柄，柄端靠近小指根部，使掌心留有空隙。球拍斜侧向身体左侧，拍面稍后仰。

一般来说，在左场区用反手击头顶，左侧和下手球采用这种握拍。

2. 西方式握法

拍面与地面平行，以虎口对准拍柄的宽面。这种握法对双打中站位前场者较为有利，因这种握法拍面举得高，正对对方场区，便于封、拦、扑、压对方打来的平快球和网前球，不需变换握法。当前双打发展趋势在于争夺前半场主动权，西方式握拍法则显出其优越性。

二、发球技术

发球是羽毛球运动的一项基本技术。发球质量的好坏，往往直接影响到比赛的主动与被动。发球有正手发球和反手发球 2 种：正手发球可发高远球、平高球、平球和网前球；反手发球因受持球手的限制，挥拍距离较短，一般用于发网前球和平高球。不管采用哪种方法发球，都要求动作协调一致、准确和发球落点多变及掌握好发球时机。

1. 正手发球

（1）发高远球

准备姿势站位靠近中线，距前发球线 1m 左右，身体侧向球网。左脚在前，右脚在后，距离与肩同宽，重心在两脚间。右手正握球拍，举于右侧，左手持球，举于胸前。

发球时，身体稍往后右转，左肩对网，重心后移，右脚跟提起，上体微前倾，前臂向侧下摆，左手开始放球。重心继续前移，手腕尽量伸展，把球拍后引，身体自然由右向左转动。在右臂继续往前上方挥摆的同时，腰腹向正面转动，前臂内旋带动手腕由伸展至微屈，去击的瞬间，闪动手腕，握紧球拍，产生击球的爆发力。击球后，前臂继续内旋，手臂自然往左肩上方摆动，然后回收至胸前。

（2）发网前球

准备姿势同发高远球，只是站位稍前。

由于发出的网前球飞行距离短、弧线低，因此前臂挥动的幅度和手腕后伸的程度比发高远球小，手臂用力也较轻。在向斜前上方挥拍时，主要利用手臂挥动的力量。球拍触球时，拍面从右向左斜扫击球，以便控制球刚好越网而过，落到对方发球区接近前发球线处。注意在击球的瞬间稍微握紧球拍。击球后，肘关节自然弯曲，前臂继续内旋上摆，到一定高度后回收至胸前。

2. 反手发球

准备姿势站位接近前发球线，右脚在前且重心在右脚，左脚跟提起，右手反手握拍。为了缩短球拍的力臂，更好的控制拍面和用力，握拍一般在拍柄的前端，肘关节抬起，手腕前屈。左手拇指和食指捏住球的羽毛，斜放在拍面前。

发球开始，球拍稍往后摆动，接着前臂向斜前上方推送。同时，带动手腕由屈到微伸而向前摆动，利用拇指的顶力，用反拍拍面推击球托的侧后部。击球后，前臂继续往上摆到一定高度后回收至胸前。

3. 步法

步法是由几个单个步子组成的、在场区上移动的方法。每一组步法一般都是从场地中心位置开始，按移动方向分为上网步法、后退步法和两侧移动步法，见图14-1。图中心的圆圈是场区中心位置，一般是运动员击球前所在的位置；1、2箭头所示是上网步法移动路线；3、4箭头所示是左、右侧步法移动路线；5、6箭头所示是后退步法移动路线。

步法的结构，一般分为起动、移动、到位击球和回位几个部分。

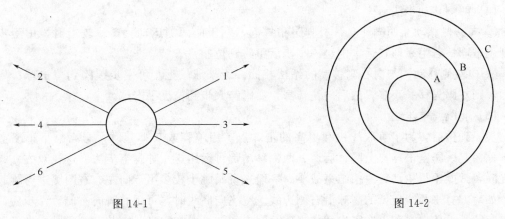

图 14-1   图 14-2

根据运动员在场上的中心位置和来球的远近，可用1步、2步或3步移动到位击球，见图14-2。来球在A圈内，一般移动1步可以回击球；B圈内则需移动2步回击球；C范围内需移动3步才能击球。

（1）站位姿势

站位姿势同步法有很大关系，在不同的情况下有着不同的站位姿势。接发球时站法以左脚在前，右脚在后为宜，这样站法有利于运用正手回击。除接发球外，多用右脚稍前，左脚稍后的站法，这样便于上网与后退。在防守接杀时，双脚开立，以利于向两侧移动，同时重心要降低些，利于向两侧起蹬移动。

（2）上网步法

上右网前，如果站位靠前，可用两步交叉步上网，见图 14-3；若站位靠后场，则采用三步交叉跨步的移动方法，见图 14-4，即右脚向右前方迈一小步，左脚接着前交叉迈过右脚，然后右脚顺着这一方向向前跨一大步到位。为了加速上网，最后用上蹬跨步。变通一下三步上网方法，可采用垫步上网，即右脚向右前迈一小步后，左脚快速跟进到右脚跟后，利用左脚掌内侧后蹬，右脚向右前跨出一大步，见图 14-5。这样蹬得有力，跨得远，能争得网前高击球点做主动进攻，所以有人称之为主动步法。

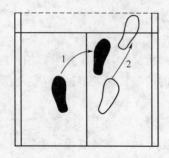
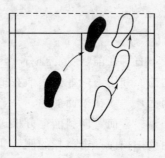
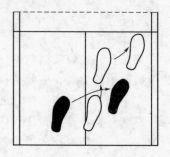

图 14-3　两步交叉步示意图　　图 14-4　三步交叉步示意图　　图 14-5　垫步上网步法示意图

上左网前，只是方向与上右网前相反，其他相同。

(3) 后退步法

正手后退右后场：凡后退步法一般用侧身后退才有利于到位后挥拍击球，如是右脚稍前的站位，则先右脚后蹬一髋部右后转或侧后退，然后采用三步并步后退或交叉步后退。

后退左后场正手绕头顶击球的步法基本同正手后退右后场步法，唯移动方向是左后而已。

(4) 两侧移动步法

① 向右侧移动。两脚开立，右脚跟稍提起，利于向两侧运动。离球较近时，用蹬步跨步到位击球；若距来球较远，则垫一小步后蹬跨到位。

② 向左侧移动。与向右侧移动的站法相同。距来球较近，可一步蹬跨到位击球；离球较远，则左脚先移一小步，然后向左转身，右脚跨大步到位反手击球。

(5) 起跳腾空步法

步子到位后，为了争取战机和更高的击球点，用单脚或双脚起跳，居高临下，凌空一击，称为起跳腾空击球。上网、后退、两侧移动都可运用这 4 种腾空步法。这在双方立脚未稳之际，常能争得主动或一拍结束战斗。一般来说腾跳步较多用于向左、右两侧进行跳起突击，如对方打来弧线较低的高球沿右侧边线上空飞向底线时，可用右脚向右侧迈一步后，用右脚起跳，上体向右侧上空窜出截住来球。突击和扣杀对方空当儿，若左侧腾跳空击，则以左脚向左侧迈一步后，用左脚起跳。

4. 击球法

击球法分正手和反手 2 种，又依据击球点与人体部位的不同分为头顶、体侧、下手击球。

头顶击球有较高的击球点，可以取得全身协调用力，甚至可起跳凌空击球，击打出接近平行与下行弧线的进攻性球，见图 14-6。

与此相反，下手击球因击球点低，只能打击上行弧线球，一般属于防守性或被动击球，见图 14-7。

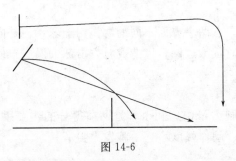

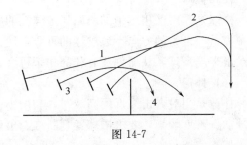

图 14-6　　　　　　　　　　　　　　　　图 14-7

体侧与胸前击球可以抽打出平飞弧线的球，若球路落点刁准，同样具有进攻的战斗力，见图 14-8。

后场头顶击球包括平高球、高远球、吊球和杀球多种。因其击球点在头顶上空，能居高临下，是击球法中主要进攻技术，见图 14-9。

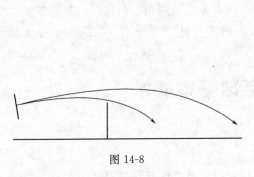

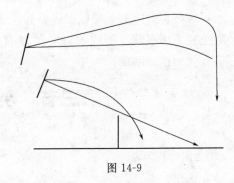

图 14-8　　　　　　　　　　　　　　　　图 14-9

(1) 杀球

杀球是羽毛球击球技术中威胁最大的进攻技术和得分的主要手段。它可分为长杀、点杀、劈杀等数种。长杀的挥拍动作幅度大，击球时，充分利用腰腹、肩及腕的力量，球速快，力量最重，落点在对方中、后场；点杀的挥拍动作幅度小，主要利用手腕扣杀，球的飞行弧线短，落后近网，在拦截对方高球时，能使对方猝不及防；劈杀是运用球拍的斜面扣杀，可使对方难以判断球的飞行方向和落点。

(2) 拉球

拉球指把球从本方端线击到对方端线。依据球飞行的弧线可分为拉高远球和平高球。前者是后场击球动作的基础，在比赛中应用最多。准备拉球时，转腰侧身对准来球，握拍手举起，肘关节弯曲约 60°，比肩略低；击球时，转动身体带动肩关节，挥动手臂，最后利用手臂、手腕力量击球；击到球时，手指紧握球拍，手臂先伸直，随后放伸自然回收。击出的球以高弧度到对方端线后几乎垂直下落。拉平高球的动作幅度较小，主要依靠小臂、手腕力量，击出球的飞行弧线以不让对方在半途拦截为宜。

(3) 吊球

吊球是把底线的高球击到对方的近网区，它可分为劈吊和轻吊两种。前者的挥拍速度较快，在击到球的瞬间，手腕下扣，用球拍的斜面切击球托。后者的挥拍动作幅度小、力量轻，击球时用拍面正击球托或借助于来球的反弹力用球拍轻挡，使球过网后贴网而下。

(4) 平抽挡

平抽挡是把对方击来的高球、平球或杀球平击回去。击距身体较远的球时，可以借助转体，挥动大臂去抽；在击近身球时，主要依靠小臂和手腕的力量。

（5）搓球

搓球是在网前用球拍的斜面切击球托的底部。有两个方面不同的力作用于球：一是向上的弹力；一是力的方向不通过球的重心，使飞行时翻滚过网，以造成对方击球失误或迫使对方挑出半场高球，从而创造有利的扣杀机会。

（6）扑球

扑球是当对方击来近网高球时，利用小臂手腕力量快速扣杀，是网前得分的主要手段。扑球动作难度较高，要求击球者判断准、出手快、动作幅度小、手腕发力强。

（7）勾球

勾球是在近网击球时，利用手腕控制球拍，把球击到对方场区的斜对角网前。与直线放网和搓球配合运用，是创造进攻机会的良好手段，在被动时也能有效地破坏对方，控制网前。

（8）推平球

推平球是在近网的上端以弧线较低的平球击到对方底线两角。击球时，身体前倾、手臂前伸，主要运用小臂及手腕的力量发力。它是一种进攻性击球技术，与搓球、勾球配合运用，能有效地控制网前。

第三节　羽毛球基本战术

一、单打

在单打的各种打法中，比较稳当的打法是打到对方反手的后场地区。因为反手是一般队员的弱点，即或回击过来，威胁性也不会很大。

为了有效地运用这种战术，应使对方首先离开他的正手地区，然后攻击他的反手。这样便要求队员能很好地掌握高远球的打法，应该练成从场上任何地点都可以打到对方反手的后场地区的技术。高远球的打法在羽毛球比赛中用处非常大，往往是胜败的关键。练习时不仅要掌握得正确，还应打得准确。打出的球宁可偏高，不可偏低，但必须打得够远。

从右半场发球时，应以发球中线和端线相接处为落球点。从左半场发球时，便应使球落在对方的反手后场地区。对方从这两个地点回球到你的后场，球所走的路线最远，也必须要从你的头上绕过，威胁性便比较小。对方接球时，如果站得比较靠后或比较在意接后场球的话，就应该适当的改用快而短的发球，这样使对方回球时动作慌忙，同时被引到前场来创造你进攻他的反手后场地区的机会。

在掌握打高远球到对方的反手后场地区的同时，为了最有效地运用这种战术，还必须掌握另一种打球方法来配合，就是打到对方右半场地区网前的吊网前球，应练习从场上任何地点都运用吊网前球打到对方的右半场靠网地区。因为前场右角和左角两个地点的距离是最远的，能够打好反手后场球，同时又能赶上去接好正手的前场球是很不容易的。但在前场吊网前球和后场高远球之间，对方往往比较注意抢前场吊网前的球，因为球过网很容易就会得分。

比赛时所采用的各种进攻打法，对方也同样会采用来反攻。这就是说，不是任何时候都可以采用进攻的打法，而是应该在占了适当的位置、有机可乘时或当对方处于不利的地位和把球回得不好时，这时的进攻才会有效，也不易遭到反击。

女队员一般速度都比较慢，更适合采用反手后场高球和正手前场吊前球相配合的战术。应少采用扣球的进攻打法，因为扣出的球很多是冲向对方去的，扣出球快，对方的回击也会随着快，扣球后如不能及时恢复位置，反而有输球的危险。除非对方防守能力薄弱，而你的扣球技术特别强或者占优势地位时，可以采用扣球的进攻打法。反手后场高球和正手前场吊网前球相配合的战术使对方忙于前后场奔跑，不仅能消耗对方的体力，也能威胁到对方的战斗意志。

灵巧地运用假动作，是比赛中取胜的重要因素之一。在各种打法中，都可以适当地运用假动作，便于对方捉摸不清你的打球方向和速度。

想把球打好，主要是熟练地掌握各种基本打球方法，尽可能地减少不必要的错误。在比赛中，务必要"摸底"，了解对方的强点和弱点，才可能很好地运用战术。

二、双打

双打的特点是打球力量比较足，速度也比较快，所以需要同队两个队员很好的配合。双打和单打的不同点是：单打时，如果把球打到错误的地点或采用了错误的打法，只要打球用足全力使球走的速度快，对方不一定能得逞；双打中，虽然由于一人的错误遭到对方袭击，但是还有同伴来帮忙招架，所以在双打中，光用劲和速度是不够的，最主要是靠两个人的紧密配合。

在双打中，经常可以看到，同队两个队员的实力是不均衡的。假若你和你同伴的分工是：你在后场，他在前场。当你的同伴发球时，尽可能多发低短球，发球后便于往前移动靠网。如果你同伴的低短球发不好，必须发高球时，那么应发到离他最远的地点。就是说：从右半场发球时，发到对方的右后角。从左半场发球时发到对方的左后角，这样发球的结果能迫使对方向你进攻，回球给本队实力较强的队员。因为从这个地点对方比较容易采用沿边线球或吊网前球的打法。对方一般较少采用斜线球的打法，因为斜线球走的路线长，容易遭到反击。

当轮到你发球时，那就比较困难一些。可以发低短球到中线和前发球线的交接处。发球后看对方的回球来决定位置的移动，没有必要时，不往前靠网。如果你的同伴反手比较弱。那么你从左半场发球后，应略等一下，待对方回球攻击你同伴的反手时，你可以退用正手还击。你从右半场发球时，发球后虽直冲上网，后场遭攻击的危险性不会很大。在比赛进行中，应尽可能采用扣球和吊网前球的打法，使你的同伴有机会移动到前场去防守网前球。你的同伴在前场除了有杀球的机会外，应多利用靠网的吊网前球，使对方多回高球，这样你便因有较多扣球的机会而取得主动。如果你的同伴或你被迫必须打高球时，应打到离你同伴最远的地点，除非对方两人实力不平均，或者发现对方有空隙可打，避免你的同伴在靠网处遭到袭击。

如果你被迫靠网去打球，你可以打一个好的网前吊网前球或一个高远球，然后直线往后退，使你的同伴负责防守任何对方还击的斜线来球。一般防守原则是：和球成斜对角的队员应略靠前，和球成正对角的队员略靠后。这种站法，使你的同伴上网打球快，处于最有利的位置。

如果你的同伴被迫退到端线去打球，可以采取两种办法来解决暂时的困难。比较容易和安全的办法，是回击一个离他本身最近的高球到对方的后场，然后冲向前场。如果你同伴打球位置是在右半场的话，那么打球后，走斜线上网。一般队员不善于用反手进攻，所以对方从反手击来的球也不难应付。

进攻的一个主要原则是集中攻击对方较弱的一个队员，如果对方队员一个在走动，一个站好位置等待接球，则应攻击在走动的队员，上述的战术虽然比较简单，但需要经过多次、不断地练习和配合才能有效地运用。

在女子双打和混合双打中，同队两个队员实力不均衡更为明显。在女子双打中，较弱的队员是要站到前场来打球的，但是你的战术是应当想办法把她推到后场去。相反的，对于对方较强的队员则尽量引她上网前来，使她的优点得不到发挥，同时尽量使她打不到球。办法是发高后球给较弱的队员，发低短球给较强的队员。如果对方较强的队员打一个吊网前球，你也应回击一个吊网前球，诱她上网打球。如果你必须打高球的话，打给对方较弱队员靠后的地点，甚至直接打给她，使她后退打球。

混合双打有两种配合打法：①前后配合打法中，图 14-10 是进攻时的站法，见图 14-11 是防守时的站法，球在右场；②双打左右配合打法，见图 14-12。

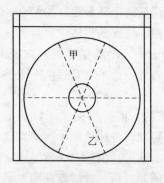

图 14-10

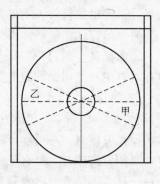

图 14-11

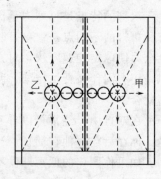

图 14-12

这两种打法各有优点和缺点。

前后配合是适合进攻的打法。女队员看守前场，后场地区由男队员来负责。双打时的配合动作，在前场位置的队员准备击球的姿势，下蹲不妨碍后方队员的视线。这种打法要求女队员必须掌握好发球技术，特别应善于发低短球。在比赛中，男队员打球的机会较多。当男队员比女队员实力强得多时，可以采用这种配合打法。

如果当女队员的实力也相当强，或和她的同伴实力差不多时，可以采用左右配合打法。如果对方男队员的实力远比她的男同伴强时，也可以采用左右配合打法。但无论采用哪种打法，都要注意彼此弥补漏空。

随着技术的进步提高，会发现前后配合的打法比左右打法略胜一筹，因为它利于进攻。无论你采用哪种配合打法，都不应该墨守成规机械运用。在比赛中两人位置应当不时变换，用以迷惑对方，使他们捉摸不定。

以上所述只是帮助大家提高战术的一般原则。每个运动员所采用的战术各有不同，主要的是每个运动员都应在自己的身体和技术基础上来运用各种打法和战术。

第四节　裁判方法与规则

羽毛球比赛规则，国际羽联对 21 分制做了最后修订，并宣布新规则将从 2006 年 2 月 1 日起正式实施。新规则的最大变化是取消了发球得分制，另外规定每局获胜分统一定为 21

分。具体规定如下。

一、单打

① 每场比赛采取三局两胜制；

② 率先得到 21 分的一方赢得当局比赛；

③ 如果双方比分打成 20 比 20，获胜一方需超过对手 2 分才算取胜；

④ 如果双方比分打成 29 比 29，则率先得到第 30 分的一方取胜；

⑤ 首局获胜一方在接下来的一局比赛中率先发球。

二、双打

① 每球得分 21 分制。21 分制，任何一方只要将球打"死"在对方的有效位置，或者因为对方出现违例或失误，均可得分。

② 除非特殊情况（比如地板湿了，球打坏了），球员不可再提出中断比赛的要求。但是，每局一方以 11 分领先时，比赛进行 1 分钟的技术暂停，让比赛双方进行擦汗、喝水……

③ 平分后的加分赛

新规则：每局双方打到 20 平后，一方领先 2 分即算该局获胜；若双方打成 29 平后，一方领先 1 分，即算该局取胜。

④ 得分者方有发球权，如果本方得单数分，从左边发球；得双数分，从右边发球。

⑤ 取消后发球线。

⑥ 发球员的顺序与单打中的顺序一样，即以分数的单数或双数来决定。只有发球方在得分时才交换发球区。得分者方有发球权，如果本方得单数分，从左边发球；得双数分，从右边发球。除此以外，运动员继续站在上一回合的各自发球区不变，以此保证发球员的交替。具体见如下几个例子。

a. 如果双方在 A/B 一对组合和 C/D 组合之间进行，A/B 一方选择先发球。假如说 A 站在两人的右手区域，那么 A 先发球给对角线位置上的 C（假设）。

b. 如果 A/B 一方得分，那么 A 和 B 需要交换彼此的站位原区，而且由 A 来发球，将球发给 D（A/B 一方得分 C 和 D 两人不换位置）。

c. 如果此时 C/D 一方得分，那么双方四名队员都不换位置，发球权交给 C/D 一方，由刚才接发球的 D 来发球，D 发球给对方刚才发球的选手 A。

d. 如果 D 发球后 C/D 一方得分，那么 C 和 D 交换位置继续由 D 发球给 B。

e. 如果 D 发球后得分的是 A/B 一方，那么双方队员不用换位，发球权交给 B。

以上仅代表个人意见，最后以组织者及裁判长为准。

第十五章　乒乓球运动

第一节　乒乓球运动概述

乒乓球运动是球类运动之一，由两名或两对选手各自单手持拍在中间隔一网的球台两端以推、挡、搓、削、抽、拉等攻防动作交替击球的一项竞赛活动。乒乓球运动于19世纪后半叶起源于英国，它是由网球运动派生而来，乒乓球又被称为"桌上网球"。1890年英国工程师詹姆斯·吉布从美国带回作为玩具的空心赛璐珞球，由于这种球有较大的弹性，球触及球拍、球台发出"乒乒乓乓"的声音，故称为"乒乓球"。

1926年12月国际乒乓球联合会在英国伦敦成立，决定自1926年起，每年举行一届世界乒乓球锦标赛。1939～1946年因第二次世界大战而中断，1957年以后改为每两年举行一次。

乒乓球运动自第1届世锦赛以来，经过近80年的不断发展和演变，特别是1988年乒乓球被列入奥运会正式的比赛项目后，乒乓球运动已引起世界各国体育组织和体育爱好者的极大关注和重视。如今，乒乓球运动已遍及五大洲，成为世界广大体育爱好者最喜爱的运动项目之一。2000年10月1日起，乒乓球运动驶入"大球"航道，球体直径从38mm增至40mm，击球的速度和旋转相对减弱，从而使回合增加，比赛也比以往更激烈、更精彩。2002年9月1日，国际乒联又对乒乓球竞赛规则进行重大修改，实行了"11分制"和"无遮挡发球"，使乒乓球比赛增加了的偶然性和悬念性，世界乒乓球竞技水平更加均衡，比赛也更具观赏性。

1904年，乒乓球传入中国，在中国有广泛的群众基础，被誉为"国球"。1952年，中国加入国际乒联；1953年，中国参加了第20届世界乒乓球锦标赛；1959年，容国团在第25届世乒赛上为中国夺得了第一个世界冠军。1971年，在第31届世乒赛期间，毛主席做出历史性决策，邀请美国乒乓球队访华，打开了中美关系的大门，小球转动地球，开创了"乒乓外交"之先河，将乒乓球的政治功能发挥到了极致。自1959年第25届世乒赛至今，中国乒乓球队一直称雄世界乒坛，获得数百次世界冠军，成为中国乃至世界体坛的一大奇观。

目前世界乒乓球重大赛事有：世界乒乓球锦标赛，设男子团体、女子团体、男子单打、女子单打、男子双打、女子双打、混合双打等7个项目；奥运会乒乓球赛，设男单、女单、男双、女双4个项目；世界杯乒乓球赛，1980年始每年举行一届，同年举行了男单赛，1990年增设了团体和双打比赛，1996年又增设了女单赛；除此之外还有世界各大洲运动会乒乓球比赛、乒乓球锦标赛。近年来，国内乒乓球赛事趋于频繁，除了全国运动会乒乓球赛，还有全国乒乓球锦标赛、冠军赛、各等级俱乐部联赛、大学生联赛、中学生联赛、青少年各年龄段比赛以及各种类型的国际邀请赛等。

中国大学生乒乓球运动发展也很快，1990 年中国大学生乒乓球协会在上海成立，每年都组织全国性的大学生比赛活动，中国大学生乒乓球队在世界大学生运动会乒乓球比赛和世界大学生乒乓球锦标赛上战绩卓著，为祖国多次赢得了荣誉。

乒乓球运动的特点是球体轻、速度快、旋转变化多，富有技巧性和趣味性。经常参加这项运动可以发展人的灵敏性和协调性，提高动作的速度和上下肢活动的能力，改善心血管系统的机能，促进新陈代谢，增强体质，培养人的勇敢顽强、机智果断等品质。此外，乒乓球运动对场地设备、气候条件和练习者身体素质的要求也相对简单，是一项男女老幼皆宜、健身效果非常好的运动，因而深受国人的喜爱，更是很多大、中、小学生首选的一项运动。

第二节　乒乓球的基本技术与练习方法

一、握拍法

握拍法指单手持球拍的方法。世界上流行着直式和横式两种握拍方法，两种握法各有千秋，实践时应因人而异，扬长避短。

1. 动作要点（以右手为例）

（1）直式握拍法

正面拇指第一指节和食指第二指节握拍，拍柄压住虎口（两指间距离适中），背面中指、无名指和小指自然弯曲斜形重叠，中指第一指节顶住球拍的后上部使球拍保持平稳。

削攻型握法：正面拇指自然弯曲紧贴拍柄左侧，第一指节用力下压，其余四指自然分开托住球拍背面。

直式握拍法的重点与难点是握拍舒适，手腕控制拍面恰当。

（2）横式握拍法中指、无名指和小指自然地握住拍柄，拇指在球拍正面轻贴在中指的旁边，食指自然伸直斜放于球拍的背面，虎口轻微贴拍，击球时拇指和食指帮助手腕调节拍形和加力挥拍作用。正手攻球时食指向上移动，反手攻球时拇指向球拍中部移动，帮助手腕下压加大击球力量。

削攻型握法：与攻击型握拍法大体相同，只是食指靠近中指，拇指更加弯曲放松，虎口不紧贴柄。

横式握拍法的重点难点是击球时拇指和食指熟练的移动帮助手腕下压和移动。

2. 易犯错误及纠正方法

易犯错误：握拍过大、过小、过紧、过深、手腕僵硬。

纠正方法：先徒手模仿，强调手指手腕放松。

二、准备姿势

击球前后，身体保持的合理姿势即为准备姿势。合理恰当的准备姿势有助于判断来球，及时移动到位，运用各种基本技术完成击球动作。

1. 动作要点

两脚开立约与肩宽，两膝微屈稍内扣，以前脚掌内侧着地，身体重心在两脚中间，上体微前倾，下颌微收，两眼注视来球，持拍手臂自然弯曲，手腕放松，球拍自然后仰置于腹前，左手自然弯曲抬起高于台面。

准备姿势的重点难点是两脚前脚掌内侧着地，屈膝提踵放松。

2. 易犯错误及纠正方法

易犯错误：全脚掌着地，上体过直，重心偏高。

纠正方法：提踵屈膝略内靠，上体前倾。

三、基本步法

步法训练不能忽视，灵活的步法是抢占合理位置、熟练运用各种手法击球的前提。

1. 动作要点

① 单步：以一脚为轴，另一脚向前、后、左、右移动一步。

② 跨步：来球同方向的脚向侧跨出一大步，另一脚再跟着移动一步。

③ 跳步：以一脚蹬地，两脚同时离地向前、后、左、右跳动。

④ 侧身步：以左脚为轴，右脚向右移动一步，或左脚先向左跨一步，右脚向左后移动一步。

⑤ 交叉步：以来球方向的脚向来球方向移动一大步，另一脚随着移动一步。

基本步法的重点难点是判断及时、脚快蹬、步法灵活、移重心。

2. 易犯错误及纠正方法

易犯错误：蹬地不及时、起动慢和不到位。

纠正方法：语言提示，提高启动速度。

四、发球与接发球

乒乓球比赛是从发球和接发球开始的，两者的好坏都能直接得分或失分，因此要重视发球和接发球技术的练习。

(一) 动作要点（以右手为例）

1. 发球

(1) 反手平击发球

站位左半台，离台30cm，右脚稍前身，体略向左转，左手掌心托球，右手持拍于身体左侧。持球手轻轻向上抛球，同时持拍手向后引拍，上臂自然靠近身体右侧，待球下落低于球网时，持拍手以肘关节发力，由左后向右前挥拍击球中部，拍面稍前倾，第一落点在本台中区。

(2) 正手平击发球

站位中近台偏右左脚稍前，身体稍右转，球向上抛起，持拍手由右后向前挥动，其余同反手平击发球。

(3) 反手发急球

准备姿势同反手平击发球。抛球同时，持拍手向左后方引拍，待球下落到网高时，持拍手由左后向右前加速挥拍，拍面稍前倾，以前臂和手腕发力为主击球中上部，第一落点靠近本方端线，第二落点在对方端线附近。

(4) 反手发右侧上（下）旋球

站位和准备姿势同反手平击发球。抛球同时，持拍手向左后引拍，用前臂带动手腕向右前上方挥动，拍面逐渐向左，稍前倾，拇指压拍手腕内转从球的中部向右侧上摩擦，第一落点在本方端线，第二落点在对方左角。若发落点短的球时，前臂向前、力量减小而增强手腕摩擦力量，第一落点本方中区。若发下旋球，击球时拇指加力压拍，使拍面略后仰从球的中部向侧下摩擦。

（5）正手发左侧上（下）旋球

站位左半台，抛球同时，持拍手迅速向右上方引拍，身体随即向右转，手臂自右上方向左下方挥摆，球拍从球的右侧中下部向左侧面摩擦。若发左侧下旋球时，手臂自右上方向左前下方挥摆，拍从球的右侧中部向左侧下部摩擦，第一落点在本方端线附近。

（6）正手发奔球

站位近台，左脚稍前，身体略向右转，两膝微屈，上体稍前倾，持拍手自然放于身前。抛球同时，拍手向右后上方引拍，手腕放松，拍面较垂直，待球下落至与网同高时，上臂带动前臂由右后方向左前方挥摆，腰同时向左扭转。击球刹那拇指压拍的左侧，手腕同时从后向前使劲抖动，球拍沿球的右侧中部向侧上摩擦，第一落点在本方端线，第二落点在对方右角。

（7）正手发短球

同发奔球，其区别是触球刹那突然减力并向左下切球，第一落点在本方中区，第二落点在对方近网处。

2. 接发球

视对方发球站位而定的接发球站位要恰当，判断来球的旋转性能、飞行弧度、落点要准确，移动回击手法要适当。

发球的重点、难点是发球手法，发球的隐蔽性和准确的第一落点。

接发球的重点、难点是正确判断来球的旋转性能、飞行弧度和落点。

（二）易犯错误及纠正方法

易犯错误：球未向上抛起、高度不够；击球点过高或过低；拍面前倾过多或不够，击球时向前力量小或大，落点过远或过近；接发球易犯判断不准，移动不到位，回击手法不当的错误。

纠正方法：多实践认准判断目标；加快移动练习；根据来球采用正确手法击球。

五、挡球与推挡球

挡球是初学者首先应学习的一项基本技术。推挡球是我国近台快攻传统打法的独特技术。

1. 动作要点（以右手为例）

（1）挡球

近台中偏左站位，左脚稍前，屈膝提踵，含胸收腹，重心在前脚掌上，持拍手置于腹前，上臂靠近身体右侧，球拍半横状。前臂和手腕顺来球路线向前伸出主动迎球，上升期击球中部，拍面与台面几乎垂直，拍触球后立即停止，迅速还原成准备姿势。

（2）推挡球

近台中偏左站位，右脚稍前，击球时提起前臂、上臂后收肘部贴近身体，在上升期或高点期击球中上部。击球时适当用伸髋转腰动作加大手腕发力，并用中指顶住拍背向前用力。

挡球与推挡球的重点难点是正确的拍面、身体的协调配合和准确的线路落点。

2. 易犯错误及纠正方法

① 易犯错误：挡球易犯判断落点不准，拍面掌握不好的错误。

纠正方法：提高判断能力，加强手腕的灵活性和调整拍面的能力。

② 易犯错误：推挡球易犯手臂没有向前伸出的错误。

纠正方法：徒手模仿，强调向前伸臂。

六、攻球

攻球从大的动作结构来讲，可分为正手和反手攻球两大类。攻球是快速进攻最重要的一项技术，杀伤力强，是结束战斗的关键技术。

1. 动作要点（以右手为例）

(1) 正手攻球

近台中偏右站位，左脚稍前，身体斜对球台，持拍手自然放松置于腹前，拍半横状。顺来球路线略向右侧引拍，约与台面齐高，拍面与台面约成 80°，前臂与台面基本平行。当球从台上弹起，持拍手由右侧向左前上方挥动，以前臂快速内收发力，配合手腕内转沿球体做弧线挥动，在上升期击球的中上部，击球位置在身体右前方一前臂距离处。

(2) 反手攻球

站位近台，右脚稍前，持拍手自然弯曲置于腹前偏左，重心偏于左脚。顺来球线路向后引拍。当球从台上弹起，持拍手由左后向右前上方加速挥拍，前臂发力为主，手腕外转，拍面前倾，重心移至右脚，在胸前击球上升时期的中上部。

攻球的重点难点是挥拍发力和正确恰当的击球点。

2. 易犯错误及纠正方法

① 易犯错误：正手攻球时不敢大胆挥拍，有停顿，弧线制造不好。

纠正方法：用徒手模仿挥拍练习。

② 易犯错误：上臂与身体夹角过小。

纠正方法：放松肩部，加大上臂与身体的距离。

③ 易犯错误：抬肘抬臂。

纠正方法：对做近台快攻练习，强调击球时肘、肩向后下方。

④ 易犯错误：手腕下垂，球拍与前臂垂直。

纠正方法：强调手腕内旋、拍柄向左，徒手模仿练习。

⑤ 易犯错误：判断球的落点不准，引拍动作不到位。

纠正方法：用先做接平击发球的练习、再做连续推挡球的练习来纠正。

⑥ 易犯错误：反手攻球时拍面前倾过早。

纠正方法：徒手做引拍练习使拍面稍后仰。

⑦ 易犯错误：拍面前倾不够。

纠正方法：作平击发球练习，体会击球时手腕外旋动作的方法。

七、搓球

搓球是近台还击下旋球的一种基本技术，特点是站位近、动作小，回球多在台内进行，也是初学削球必须掌握的入门技术。

1. 动作要点（以右手为例）

（1）慢搓

近台站位，右脚稍前，持拍手臂自然弯曲。击球时用前臂和手腕向前下方用力，拍面后仰，在下降期击球中下部。

（2）快搓

站位及击球方法与慢搓相同，击球时拍面稍横立避免出界或回球过高。

搓球的重点难点是前臂和手腕的挥拍路线和用力方法。

2. 易犯错误及纠正方法

① 易犯错误：引拍不够致使击球的前臂由上向下动作不明显。

纠正方法：持拍练习前臂和手腕向上再向下做切的动作模仿。

② 易犯错误：击球时拍面后仰不够。

纠正方法：在下降期搓对方发来的下旋球，体会拍面后仰、前送动作。

③ 易犯错误：前臂前送力量不够，击球后动作停止。

纠正方法：两人对练慢搓，体会击球后小臂继续前送的动作。

④ 易犯错误：击球点离身体过远，重心偏后，击球部位不准。

纠正方法：两人近台站位对练慢搓，在下降期击准球的中下部。

八、削球

削球是我国乒乓球传统手法之一，也是乒乓球防守技术之一，削球技术正在向转、稳、低、攻方向发展。

1. 动作要点（以右手为例）

（1）正手远削

站位中台左脚稍前，上体稍向右转重心落于右脚，持拍手臂自然弯曲于腹前。顺来球方向向右上方引拍与肩同高，拍面后仰。当球从台上弹起时，持拍手上臂带动前臂由右上向左前下方加速切削，手腕向下转动用力，在右侧离身体40cm处击准下降期球的中下部，并顺势前送。

（2）反手远削

中台站位右脚稍前，上体左转重心落于左脚，持拍手自然弯曲放松置于胸前。顺来球路线向左上方引拍约与肩高，拍柄向下。当球弹起时持拍手从左上方向右前下方挥动，拍面后仰，用前臂和手腕加速用力切削，球拍在胸前偏左30cm处击准下降期球的中下部，并顺势挥至右侧下。削球的重点难点是手臂、腰、腹和腿的协调用力。

（3）削弧圈球

应在来球的下降后期触球，此时，球的旋转已减弱。击球点一般选在右腹前为宜，并适当放低些，这样可利用来球部分向上的反弹力形成自然的回球弧线，有利于提高削球的准确性。球拍触球时，拍面不能过分后仰，应触球的中下部；如来球旋转较强，可使拍面竖直些，并适当加大手臂向下压球的力量。触球时，手腕应相对固定，以免回球过高。

2. 易犯错误及纠正方法

① 易犯错误：引拍上提不够，削击路线短。

纠正方法：按动作要点徒手反复做引拍练习。

② 易犯错误：拍面过于后仰。

纠正方法：拍面稍竖，多练削对方平击发球。

③ 易犯错误：向下挥拍削球，球拍向前用力过大。

纠正方法：多练习，体会接重板球时前臂下压动作。

④ 易犯错误：击球后上臂前送不够，使球下网。

纠正方法：多练远削球，体会上臂前送动作。

九、乒乓球综合技术

1. 左推右攻

左推右攻打法是以近台正手攻球为进攻，以反手推挡为防守和助攻的主要手段，其风格是"快，准，狠，变，转"。

(1) 动作要点

站位近台中偏左，判断准确，及时移动抢占合理的击球位置，用适当的击球手法回击来球（见前述的推挡球和正手攻球）。

左推右攻的重点难点是灵活熟练地移动步法和正确击球手法的协调配合。

(2) 易犯错误及纠正方法

易犯错误：步法移动和手法配合不协调。

纠正方法：徒手结合单步移动做左推右攻练习。

2. 推挡侧身攻

推挡侧身攻是用推挡压住对方反手或中路，然后侧身攻击的一种方法。

(1) 动作要点

站位近台偏左，左右脚替换要及时适当，身体右转舒展适宜，击球手法要正确。推挡侧身攻的重点难点是右脚向左脚后面移动熟练，侧身舒展保持正确的击球点。

(2) 易犯错误及纠正方法

易犯错误：右脚向后移动不适度，侧身不够，致使击球动作不协调。

纠正方法：徒手结合步法模仿推挡侧身攻动作，多实践。

3. 发球抢攻

发球抢攻是快攻型打法利用发球力量争取主动和先发制人的主要手段。

(1) 动作要点

发球手法正确，采用配套发球，移动转换快，手法和脚步协调配合，攻击果断有力。

发球抢攻的重点难点是发球多变，急、刁、转，手法和步法协调配合，攻击果断有力。

(2) 易犯错误及纠正方法

① 易犯错误：发球力量小。

纠正方法：消除顾虑，有意加大发球力量。

② 易犯错误：手法和步法移动配合不协调，移动不到位，击球点保持不好，抢攻不果断致使攻球动作变形。

纠正方法：徒手练习协调性。

十、乒乓球的步法

1. 单步

① 移动方法：以一只脚为轴，另一只脚向前、后、左、右不同方向移动，身体重心随

之落在移动脚上。

② 实际运用于：接近网小球；削追身球；单步侧身攻是在来球落点位于中线稍偏左或对推中侧身突袭直线或对搓中提拉球时常用。

2. 跨步

① 移动方法：一脚蹬地，另一脚向移动方向跨一大步，蹬地脚随后跟上半步或一小步，身体重心随即移到跨步脚上。

② 实际运用于：近台快攻打法，用来对付离身体稍远的来球；削球打法，左、右移动击球；跨步侧身攻，当来球速度较慢，但离身体稍远时，左脚向左前上方跨一大步，右脚随即跟上一小步，同时配合腰部右转动作，完成侧身移动。

3. 并步

① 移动方法：一脚先向另一脚并半步或一小步，另一脚在并步脚落地后随即向来球方向移动一步。

② 实际运用于：快攻选手在左右移动中攻或拉球；削球选手正反手削球；并步侧身攻，多用于拉、削球，右脚先向左脚后并一步，以便转体，随之左脚向侧跨一步。

4. 跳步

① 移动方法：以来球异侧脚用力蹬地，两脚同时离地向来球方向跳动。

② 实际运用于：快攻选手左右移动击球，常与跨步结合起来使用；弧圈类打法由中台向左、右移动时常用；跳步侧身攻或拉，但在空中需完成转腰动作；削球选手在接突击时常采用，但以小跳步来调整站位用得较多。

5. 交叉步

① 移动方法：以靠近来球方向的脚作为支撑脚，该脚的脚尖调整指向移动方向，远离来球方向的脚在体前交叉，向来球方向跨出一大步，身体随之向来球方向转动，支撑脚跟着向来球方向再迈一步，这是前交叉步。后交叉步是在体后完成交叉动作。

② 实际运用于：快攻或弧圈打法在侧身攻，拉后扑打右角空档，或从右大角变反手击球；在走动中拉削球；削球打法接短球或削突出击。

第三节　乒乓球基本战术

一、发球抢攻战术

发球抢攻是我国直板快攻打法的"杀手锏"，是力争主动、先发制人的主要战术。各种类型打法的运动员都普遍采用发球抢攻来抢占每个回合的上风。发球战术运用的效果主要取决于发球的质量和第三板进攻的能力。

发球抢攻战术因打法的类型不同而有所差异，但常用的发球抢攻战术，主要有以下几种：

① 正手发转与不转；

② 侧身正手（高抛或低抛）发左侧上（下）旋球；

③ 反手发右侧上（下）旋球；

④ 反手发急球或急下旋球；

⑤ 下蹲式发球。

二、接发球战术

接发球战术与发球抢攻战术同样重要，在某种意义上讲，接发球水平的高低可以反映运动员的实战能力以及各项基本技术的应用程度。事实上，接发球者只是暂时处在被控制状态，如果你破坏了发球者的抢攻意图或者为他制造了障碍，减弱了对方抢攻的质量，也就意味着已经脱离被控制状态，变被动为主动了。控制与反控制是辩证的统一。常用的接发球战术有以下几种：

① 稳健保守法；　　　　　　　　　　　④ 控制接发球的落点；

② 接发球抢攻；　　　　　　　　　　　⑤ 正手侧身接发球。

③ 盯住对方的弱点处，寻找突破口；

三、搓攻战术

搓攻战术是进攻型打法的辅助战术之一，主要利用搓球旋转的变化和落点的变化为抢攻创造机会。这一战术在基层比赛中被普遍采用。搓攻战术也是削球型打法争取主动的主要战术之一。常用的搓球战术有：

① 慢搓与快搓结合；　　　　　　　　　④ 搓球控制落点；

② 转与不转结合；　　　　　　　　　　⑤ 搓中突击；

③ 搓球变线；　　　　　　　　　　　　⑥ 搓中变推或抢攻。

四、对攻战术

对攻战术是进攻型打法在相持阶段常用的一项重要战术。快攻类打法主要依靠反手推挡（或反手攻球）和正手攻球（或正手拉弧圈球）的技术，充分发挥快速多变的特点来调动对方。常用的对攻战术有以下几种：

① 紧逼对方反手，伺机抢攻或侧身抢攻、抢拉；

② 压左突右；　　　　　　　　　　　　③ 调右压左；

④ 攻两大角；　　　　　　　　　　　　⑤ 攻追身球；

⑥ 变化击球节奏，加力推和减力挡结合，发力攻、拉与轻打、轻拉结合，也可造成对手的被动局面；

⑦ 改变球的旋转性质，如加力推后、推下旋，正手攻球后，退至中远台削一板，对方往往来不及反应，可直接得分或创造机会球。

五、拉攻战术

拉攻战术是以攻为主的选手对付削球的主要战术。为了发挥拉攻的战术效果，首先要具备连续拉的能力，并有线路、落点、旋转、轻重等变化；其次要有拉中突击和连续扣杀的能力。常用的拉攻战术主要有：

① 拉反手后，侧身突击斜线或中路追　　④ 拉吊结合，伺机突击；
　　身球；　　　　　　　　　　　　　　⑤ 拉搓结合；

② 拉中路杀两角或拉两角杀中路；　　　⑥ 稳拉为主，伺机突击。

③ 拉一角或杀另一角；

六、削中反攻战术

我国乒坛名将陈新华以及第 43 届世乒赛男单冠军丁松成功地运用削中反攻的战术创造

了辉煌，令欧洲选手手足失措，无以应对。这种战术主要靠稳健的削球，限制对方的进攻能力，为自己的反攻创造有利条件。它不仅增强了削球技术的生命力，也促进了攻防之间的积极转化，常用的削中反攻战术主要有：

① 削转与不转球，伺机反攻；　　④ 交叉削两大角，突击对方弱点；

② 削长短球，伺机反攻；　　　　⑤ 削、挡、攻结合，伺机强攻。

③ 逼两大角，伺机反攻；

七、弧圈球战术

由于弧圈球战术把速度和旋转有效地结合起来，稳健性好、适应性强，许多著名选手已用它去替代攻球或扣杀，常用的战术如下：

① 发球抢攻；　　　　　　　　　③ 相持中的战术运用。

② 接发球果断上手；

第四节　裁判方法与规则

一、球台

① 球台的上层表面叫做比赛台面，应为与水平面平行的长方形，长 2.74m，宽 1.525m，离地面高 76cm。

② 比赛台面不包括球台台面的侧面。

③ 比赛台面可用任何材料制成，应具有一致的弹性，即当标准球从离台面 30cm 高处落至台面时，弹起高度应约为 23cm。

④ 比赛台面应呈均匀的暗色，无光泽，沿每个 2.74m 的比赛台面边缘各有一条 2cm 宽的白色边线，沿每个 1.525m 的比赛台面边缘各有一条 2cm 宽的白色端线。

⑤ 比赛台面由一个与端线平行的垂直的球网划分为两个相等的台区，各台区的整个面积应是一个整体。

⑥ 双打时，各台区应由一条 3mm 宽的白色中线划分为两个相等的"半区"。中线与边线平行，并应视为右半区的一部分。

二、球网装置

① 球网装置包括球网、悬网绳、网柱及将它们固定在球台上的夹钳部分。

② 球网应悬挂在一根绳子上，绳子两端系在高 15.25cm 的直立网柱上，网柱外缘离开边线外缘的距离为 15.25cm。

③ 整个球网的顶端距离比赛台面 15.25cm。

④ 整个球网的底边应尽量贴近比赛台面，其两端应尽量贴近网柱。

三、球

① 球应为圆球体，直径为 40mm。

② 球重 2.7g。

③ 球应用赛璐珞或类似的材料制成，呈白色、黄色或橙色，且无光泽。

四、球拍

① 球拍的大小、形状和重量不限，但底板应平整、坚硬。

② 底板厚度至少应有 85％的天然木料，加强底板的粘合层可用诸如碳纤维，玻璃纤维或压缩纸等纤维材料，每层粘合层不超过底板总厚度的 7.5％或 0.35mm。

③ 用来击球的拍面应用一层颗粒向外的普通颗粒胶覆盖，连同粘合剂厚度不超过2mm；或用颗粒向内或向外的海绵胶覆盖，连同粘合剂，厚度不超过 4mm。

普通颗粒胶是一层无泡沫的天然橡胶或合成橡胶，其颗粒必须以每平方厘米不少于 10颗，不多于 50 颗的平均密度分布整个表面。

海绵胶即在一层泡沫橡胶上覆盖一层普通颗粒胶，普通颗粒胶的厚度不超过 2mm。

④ 覆盖物应覆盖整个拍面，但不得超过其边缘。靠近拍柄部分以及手指执握部分可不予以覆盖，也可用任何材料覆盖。

⑤ 底板、底板中的任何夹层、覆盖物以及粘合层均应为厚度均匀的一个整体。

⑥ 球拍两面不论是否有覆盖物，必须无光泽，且一面为鲜红色，另一面为黑色。拍身边缘上的包边应无光泽，不得呈白色。

⑦ 由于意外的损坏、磨损或褪色，造成拍面的整体性和颜色上的一致性出现轻微的差异，只要未明显改变拍面的性能，可以允许使用。

⑧ 比赛开始时及比赛过程中运动员需要更换球拍时，必须向对方和裁判员展示他将要使用的球拍，并允许他们检查。

五、定义

① 回合：球处于比赛状态的一段时间。

② 球处比赛状态：从发球时，球被有意向上抛起前，静止在不执拍手掌上的一瞬间，到该回合被判得分或重发球。

③ 重发球：不予判分的回合。

④ 一分：判分的回合。

⑤ 执拍手：正握着球拍的手。

⑥ 不执怕手：未握着球拍的手。

⑦ 击球：用握在手中的球拍或执拍手手腕以下部分触球。

⑧ 阻挡：对方击球后，处于比赛状态的球尚未触及本方台区也未超过比赛台面或其端线，即触及本方运动员或其穿戴的任何物品。

⑨ 发球员：在一个回合中，首先击球的运动员。

⑩ 接发球员：在一个回合中，第二个击球的运动员。

⑪ 裁判员：被指定管理一场比赛的人。

⑫ 裁判助理：被指定在某些方面协助裁判员工作的人。

⑬ 运动员"穿或戴"的任何物品，包括他在一个回合开始时穿或戴的任何物品。

⑭ 球从突出台外的球网装置之下或之外经过，或回击的球越过球网后又回弹过网，均应视作已"超过或绕过"球网装置。

⑮ 球台的"端线"包括端线两端的无限延长线。

六、合法发球

① 发球时，球应放在不执拍手的手掌上，手掌张开和伸平。球应是静止的，在发球方的端线之后和比赛台面的水平面之上。

② 发球员须用手把球几乎垂直地向上抛起，不得使球旋转，并使球在离开不执拍手的手掌之后上升不少于 16cm。

③ 当球从抛起的最高点下降时，发球员方可击球，使球首先触及本方台区，然后越过或绕过球网装置，再触及接发球员的台区。在双打中，球应先后触及发球员和接发球员的右半区。

④ 从抛球前球静止的最后一瞬间到击球时，球和球拍应在比赛台面的水平面之上。

⑤ 击球时，球应在发球方的端线之后，但不能超过发球员身体（手臂、头或腿除外）离端线最远的部分。

⑥ 运动员发球时，有责任让裁判员或副裁判员看清他是否按照合法发球的规定发球。

如果裁判员怀疑发球员某个发球动作的正确性，并且他或者副裁判员都不能确信该发球动作不合法，一场比赛中此现象第一次出现时，裁判员可以警告发球员而不予判分。

在同一场比赛中，如果运动员发球动作的正确性再次受到怀疑，不管是否出于同样的原因，不再警告而判失一分。

无论是否第一次或任何时候，只要发球员明显没有按照合法发球的规定发球，他将被判失一分，无需警告。

⑦ 运动员因身体伤病而不能严格遵守合法发球的某些规定时，可由裁判员做出决定免予执行，但须在赛前向裁判员说明。

七、合法还击

对方发球或还击后，本方运动员必须击球，使球直接越过或绕过球网装置，或触及球网装置后，再触及对方台区。

八、比赛次序

① 在单打中，首先由发球员合法发球，再由接发球员合法还击，然后两者交替合法还击。

② 在双打中，首先由发球员合法发球，再由接发球员合法还击，然后由发球员的同伴合法还击，再由接发球员的同伴合法还击，此后，运动员按此次序轮流合法还击。

九、重发球

(1) 回合出现下列情况应判重发球：

① 如果发球员发出的球，在越过或绕过球网装置时，触及球网装置，此后成为合法发球或被接发球员或其同伴阻挡；

② 如果接发球员或同伴未准备好时，球已发出，而且接发球员或其同伴均没有企图击球；

③ 由于发生了运动员无法控制的干扰，而使运动员未能合法发球，合法还击或遵守规则；

④ 裁判员或副裁判员暂停比赛；

⑤ 在双打时，运动员错发、错接；

（2）可以在下列情况下暂停比赛：

① 由于要纠正发球、接发球次序或方位错误；

② 由于要实行轮换发球法；

③ 由于警告或处罚运动员；

④ 由于比赛环境受到干扰，以致该回合结果有可能受到影响。

十、一分

除被判重发球的回合，下列情况运动员得一分：

① 对方运动员未能合法发球；

② 对方运动员未能合法还击；

③ 运动员在发球或还击后，对方运动员在击球前，球触及了除球网装置以外的任何东西；

④ 对方击球后，该球越过本方端线而没有触及本方台区；

⑤ 对方阻挡；

⑥ 对方连击；

⑦ 对方用不符合四、③条款的拍面击球；

⑧ 对方运动员或他穿戴的任何东西使球台移动；

⑨ 对方运动员或他穿戴的任何东西触及球网装置；

⑩ 对方运动员不执拍手触及比赛台面；

⑪ 双打时，对方运动员击球次序错误；

⑫ 执行轮换发球法时，接发球运动员或其双打同伴，包括接发球一击，完成了 13 次合法还击。

十一、一局比赛

在一局比赛中，先得 11 分的一方为胜方，10 平后，先多得 2 分的一方为胜方。

十二、一场比赛

① 一场比赛应采用五局三胜制。

② 一场比赛应连续进行，但在局与局之间，任何一名运动员都有权要求不超过两分钟的休息时间。

第十六章 网球运动

第一节 网球运动概述

一、网球（TENNIS）

网球是世界上最流行的运动项目之一。近代网球的兴起应追溯到 1873 年，会打室内网球的英国少校温菲尔德，在羽毛球迅速发展的启示下，设计了一种适用于户外的、男女都可以从事的网球的拍击的运动。他把古代网球和羽毛球的有些部分结合起来，创造了草地网球。网球运动所有的球是用皮布裹着毛发制成的，而裹球的皮布来自埃及的坦尼斯镇，故名 tennis，这个名字一直沿用到至今。1881 年，英国草地网球协会成立，制定了一系列规则，使网球成为有章可循的体育运动，并列为体育比赛项目。

二、我国的网球运动

网球运动是在 19 世纪后期，由英、美、法等商人或传教士随西方近代体育的传播而进入我国的，但当时只在上海、广州、北京等城市的教会中出现打网球的活动。旧中国举行的第一届全运会上，男子网球被列为正式比赛项目。而女子网球比赛是从第三届全运会开始的。

目前，全国网球等级联赛定期举行，并实行升降级制度，还定期举办全国网球单项比赛全国各地网球冠军赛、全国青少年网球比赛，近年来又开展了巡回赛。尤其是 2002 年 12 月，在上海又成功地举办了有当今世界男子顶尖高手参加的"大师杯"赛。不容忽视的是，近来国内老年网球赛、高校赛、青少年网球赛也蓬勃开展，这些竞赛对促进我国网球技术水平的提高起到了积极的推动作用。可以预测，我国网球运动的水平在不久的将来会登上一个新台阶。

三、网球组织机构及主要赛事

（一）组织机构（Organize Institution）

国际网球联合会成立于 1912 年，总部设在英国伦敦。中国网球协会在 1980 年被国际联合会接纳为正式会员。

（二）主要赛事

国际网联正式承认的四大网球公开赛，它们都是每年一届，共名为"大满贯"网球锦标赛。任何一名网球选手均视获得这四大比赛的桂冠为最高荣誉。另外，每年举行一次团体赛，男子团体为"戴维斯"杯，女子团体为"联合会"杯。

四大网球公开赛分别为：①温布尔顿网球锦标赛（Wimbledon Open），于每年的 6 月底～7 月初举行；②美国网球公开赛（U. S. A. Open），于每年的 8 月底～9 月初举行；③法国网球公开赛（French Open），于每年的 5 月底～6 月初举行；④澳大利亚网球公开赛（Australian Open），于每年的 1 月底～2 月初举行。

总之，作为世界第二大运动的网球运动将以其无比的魅力和不断发展的技术赢得越来越多的爱好者和观众，将成为全世界人民生活中不可缺少的一部分。

第二节　网球基本技术与练习方法

一、握拍方法

在所有的网球打法中，最基本的是握拍法。它能影响拍面接触球的角度，影响发挥力量和掌握平衡。综合归纳，最基本的握法有 3 种：东方式、大陆式和西方式。不同的握法有其各自的优缺点，各人可选择最适合自己的握拍法。目前东方式握拍法被公认为最好的一种握拍法，握拍术语如图 16-1(a)、(b)。本章握拍均以右手为例。

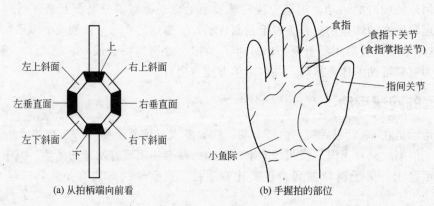

(a) 从拍柄端向前看　　　　　(b) 手握拍的部位

图 16-1　握拍术语

1. 东方式握拍法

东方式握拍法又分为正手和反手 2 种握拍法，因为它最初广泛使用于美国东部的沙土场地而得名。此种握法保持球拍面与地面垂直，不必在触球前一刹那强制转动手腕以直起球拍，手掌稳稳地置于球拍末端为击球提供最大限度的杠杆作用，能妥善处理任何高度的球。采用东方式握拍法只要从低处把球拉起，便可打出上旋球。但它有一个缺点，即反手击球、截击球和大多数其他击球时，其握法必须有所变化。

东方式正手握拍法，亦称"握手式"握拍法，拍面与地面垂直，手握拍柄好像与人握手。准确地说，用右手小鱼际的部位与拍柄右上斜面紧贴，拇指指间关节握住拍柄的左垂直面，五指紧握拍柄，食指稍离中指，食指掌指关节压住拍柄右垂直面，如图 16-1(a)。

东方式反手握拍法，从正手握拍法把手向左转动 1/4，或把拍柄向右转动 1/4，用小鱼际压住柄的左上斜面，拇指伸直贴在拍柄的左垂直面上，食指掌指关节压住拍柄右上斜面，见图 16-1(b)。

虽然东方式正、反手握拍法转动不太大，但是当球打到身体另一侧，仍须变换握拍去迎击。变换握拍开始于准备动作时，用左手扶着球拍颈部，在球拍向后摆动时左手帮助转动球拍，在准备击球之前使变换完毕。

2. 大陆式握拍法

大陆式握拍法与东方式握拍法不同之处是：大陆式握拍对正反手击球都不变换握拍，始终如一。它源于欧洲大陆，特别在法国，由于场地软，球弹跳较低。大陆式对处理低球很相宜，对上网截击很有利，但对过高的来球不易控制拍面，故打高跳球不太方便。

大陆式正确的握法是小鱼际部位抵住拍柄上部的小平面，拇指直伸围住拍柄左垂直面，食指掌指关节紧贴拍柄右上斜面（图16-2）。用大陆式握拍法打落地球需要有很强的手腕力量和拿握更准确的击球时间。

3. 西方式握拍法

它是在美国西部加利福尼亚洲的水泥硬地球场上发展起来的。由于场地硬，故球弹跳高，而这种握拍法则特别适合打高跳球和齐腰高球，对低球却不利。

西方式正手握拍法，将球拍平放在地上，用手抓起后，小鱼际部位贴着拍柄右下斜面，拇指指间关节压在拍柄上部小平面，食指掌指关节握住拍柄的右下斜面，见图16-3(a)。

西方式反手握拍法，接近东方式反手握拍法，小鱼际部位贴住拍柄的左上斜面，拇指直伸在拍柄的左垂直面上，食指掌指关节压住上部小平面，见图16-3(b)。

(1) 小鱼际抵住上部小平面
(2) 拇指直伸围住拍柄
(3) 食指下关节紧贴右上斜面

(1) 小鱼际贴着右下斜面
(2) 拇指压在上部小平面上
(3) 食指下关节握住右下斜面

(1) 小鱼际贴住左上斜面
(2) 拇指直伸在左垂直面上
(3) 食指下关节压住上部小平面

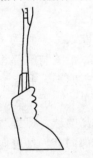

图 16-2　大陆式握拍法

(a) 西方式正手握拍法　　(b) 西方式反手握拍法

图 16-3　西方式握拍法

二、击落地球

击落地球是击打从地面反弹后的球。尽管技术上接发球和反弹球都被认为是落地击球。但通常说的落地击球是指站在后场或靠近端线附近的击球。击落地球包括正、反手击球。

无论球飞向你的正拍角还是反拍角，对于所有击落地球都应该注意以下4个要点。

1. 早观察

球从离开对方球拍的一刹那起，就必须盯着球，视觉随球移动。早观察和早准备是相辅相成的，对于对方的击球判断越快，那么你转身后摆挥拍的动作做得就越早。

2. 早准备

在很大程度上，准备动作完成的迟早能决定打球的好坏。当对方的球飞出后，应判断球会落在自己的正拍角还是反拍角，是前场还是后场，迅速移动到位，做转体转肩动作，向后挥拍准备击球，不能等来球到了网上或过了网后才开始做准备，这样就来不及击球。

3. 平衡

当用正手或用反手击球并开始向后引拍时，应处于一个平衡姿势以作良好的挥拍动作，在接触球的时候，身体应稳定且向击球方向稍微倾斜，就是不击球时的站立姿势，也要学会始终能控制身体。只有在紧急情况下才以跑动方式击球。因为边跑边击球，就会失去控制。

4. 随球动作

平衡动作做得好，有利于完成一个流畅的随球动作，随球动作指的是球拍接触球后的后一部分挥摆动作。随球动作做得越好，球在拍上控制的时间就越长，为了控制球的飞行方向，拍面必须继续朝着自己预想的球的飞行轨迹做随球动作。如果拍面停顿下来，球便会不知飞向何方。对于每个打网球的人来说都必须加强这 4 方面的训练。

三、正手击球

正手击球是网球技术中最基本的击球方法。也是初学者学习的第一种击球方法。正手击球是以进攻并取得比赛胜利的基础，削球、挑高球、上旋球、直线球、斜线球、软球、硬球等都可以用正手击球来完成。

1. 准备姿势

面对球网，双脚向前与肩同宽，双膝微屈呈"半蹲"状，腰微弯，使身体略向前倾。用左手的手指帮助托住拍颈，拍面垂直于地面。右手稍低于腰部，拍头部与胸齐高，拍头指向前方，也可以稍向左偏，双眼注意对方来球，如图 16-4。

2. 后摆

后摆是准备姿势和身体转动后一个必然的延伸。后摆分 2 种方式。一种为 C 型摆动，准备姿势中，球拍头约与胸同高，身休转动时，球拍保持这个高度，沿着与胸部相同的高度起拍，直至后摆到球拍指向身后的护栏。从等待姿势起，肘部已靠近躯干，并逐渐协调地伸展，降低拍头至稍低于球的高度，球拍挥摆的轨迹如同英文大写字母 C。这种摆动击球连贯有节奏感，发力自然，跑动时后摆自然舒展，便于升拍处理反弹较高的球，但有时会来不及回击快速飞来的球。另一种是直接后摆法，即准备姿势时拍头与胸部同高，接着向下斜线后摆并低于球的高度，拍指向护栏。这种摆动虽可以省下一点时间，但在挥拍向前时都要停顿一下，失去了 C 型摆动的连贯性及其优点，见图 16-5。

图 16-4　准备姿势

(a) C型摆动法　　(b) 直接摆动法

图 16-5　后摆

在转动身体，球拍开始后摆时，头部要对着来球的方向。用左肩对着球网，向后拉拍时，球拍不要下垂，拍头应高于手腕。

3. 击球

在击球前，用左脚对着来球方向跨一步，这样就有了一个稳固的击球基础。重心在前脚上。向前挥拍击球时，绷紧手腕，紧握球拍。球拍从稍低于腰部处开始，逐渐上升，向前挥动并在齐腰处击球，击球点正对前髋，拍面基本垂直于地面。拍面与球接触的时间要尽可能地长，以便能最大限度地控制球的方向。

4. 随球动作

球离开拍弦，球拍便随着击球的方向做随挥动作，动作尽可能向前伸展。球拍会随着惯性挥到身体的另一侧去，直到拍头向上对着天空。由于眼睛在球飞过网时一直盯着球，所以在完成随挥动作的过程中，目光应越过上臂去跟踪球，击球后，马上恢复到准备姿势，图 16-6。

图 16-6　正拍击球连续动作

教学应注意以下几点：

① 击球全过程眼睛要看球；　　　　④ 击球时，紧绷手腕，紧握球拍；

② 尽早，尽快地向后拉拍；　　　　⑤ 球拍随球送出，随挥动作向前上方伸展。

③ 击球点正对前髋；

四、反手击球

反手击球一般是没有经验的球手的普遍弱点。其实，反手击球更自然。由于正手击球时须作较大的身体转动，而反手击球则不然。因此，反手击球动作更自然流畅，在一定的条件下，反手击球会成为强有力的进攻手段。

反手击球分单手和双手 2 种，他们有各自的优越性。双手击球时另一只手能提供很大的杠杆作用，也能增强击球的隐蔽性，但击球的范围会受到一定限制，而且对付低球也比较困难。

1. 单手反手击球

单手反手击球同正手击球主要有 3 个方面不同：其握拍法应变换成反手握拍法；球拍触球要靠前 30cm 左右；随球动作身体转动要小些。

从准备动作起，握法采用正手握拍法。当球飞来时，立即向左转肩转体，左手带动拍子后引，并帮助向右转动球拍，换成反手握拍法。左手依然保持在拍颈上，球拍指向后侧的护栏。双臂贴紧身体，同时脚掌转动，重心移向左脚，屈膝弯腰以降低重心。在向前挥拍前，右脚向左侧前方跨出，重心跟进，保持平衡。击球点应在右髋前30cm或更靠前一些，眼睛一直盯着来球。拍头应稍微低于球的来路，球拍向球移动时，拍头自然向上，以便使击球在拍面的中心部位。不要用手腕把球向上甩，绷紧手腕和前臂，应尽可能长地保持球与拍弦的接触时间。击球时，身体侧对球网，当进行随球动作时，转体约45°，胸对着左侧网柱（展开的动作比正手击球动作要小很多）。在触球和随球动作中，手臂应伸直，远远停于头部之处，并且正好经过球的飞行轨迹，如图16-7。

图 16-7　单手反手击球连续动作

2. 双手反手击球

双手反手击球是右手用标准的反拍握法，左手则用正拍握法。实际上是左手打正拍球。准备动作是用东方式正拍握法，一旦决定要在反拍接球时，应立即换反拍握法（即右手在拍柄上向左转1/4圈）。接着，向后拉拍时，左手顺着拍柄向下滑，直到双手相接。左手掌贴在拍柄的左上斜面以东方式正拍法握拍，双手靠拢紧握球拍。

球拍向后时，应尽量后拉，转动上体使右肩向前，左肩趋后，左臂弯曲，而右手相对较直，后拉球拍直到略低于来球的路线。挥拍击球时，转动双肩、躯干和臀部，挥拍向球，击球时手臂伸直，绷紧手腕。击球点与腰同高，拍头要随球飞离的轨迹出去，有助于延长球与拍的接触时间，出球时重心前移，眼睛看球，而不是看对方。随挥动作是由转动上身，使后肩向着球飞去的方向绕出而完成的，见图16-8。

双手反拍击球要点：

① 看球、而不要看对手；

② 迅速移动到击球位置，并正确地做好后摆；

③ 击球时，前臂保持伸直，手腕绷紧；

④ 挥拍稍向上，球拍随球送出；

⑤ 在身体另一侧的高处结束随挥动作。

图 16-8　双手反手击球连续动作

3. 正、反手击球练习方法

① 原地挥拍练习；

② 自抛自打练习；

③ 一人抛球，另一人击球；

④ 打墙练习；

⑤ 采用多球反复进行正、反手击球的单个动作练习；

⑥ 两人场地上对打练习。

五、发球

在现代网球运动中，发球是最重要的技术之一，是唯一由自己掌握的击球法。打球从发球开始，一分的得失取决于发球的好坏。发球可分为平击发球、切削发球等。发出的球有旋转球、大力球，也有软球。当发球时，发球方能掌握主动，可以控制对方在场上的位置，从而使对方处于守势。发球的握拍方法一般采用大陆式握拍法或东方式反手握拍法。

1. 持球和抛球

发球的关键在于抛球的正确性，持球是用拇指和另外三个手指的指尖握球，用力要轻，手掌不要接触球，掌心朝向右侧面，而不是朝上。抛球就是把球抛到你可以最有效地击出去的那一点上，即身体的侧前方（如果球掉在地上应在前脚的右侧前方），垂直上抛，手臂完全伸展后，使球平稳、和缓地离开手指，防止用手臂、手腕和手指的力量急抛，才能产生稳定的动作。抛球的高度约在身体和握拍的手臂充分伸展时球拍的顶部，并在球上升到最高点将要下降的瞬间击球。

2. 准备姿势

在端线后自然、放松地站好，两脚分开与肩同宽，前脚脚趾对着右边网柱，后脚与端线平行，重心落在后脚上，肩侧对球网，两脚趾连线对着发球落点的区域，前脚距离底线 7～10cm，右手持拍置于腰部高度，左手持球放在拍面上。

3. 后摆

开始时，两手的运动是"同上同下"的。左手垂下准备抛球，而右手将球拍摆向后呈击打姿势，手的移动要缓慢，在左手抛球之前，球拍不能向球的方向移动，当左手将球抛到击球位时，右手带动球拍向后，球拍移动成悬垂弧状，向下。然后抬起指向身后的护栏，当左手放开球时，右臂大致与地面平行。

4. 搔背动作

搔背动作是紧接着后摆的动作，它指的是拍头在身后形成的弧圈和加速的轨迹。后摆是缓慢的，但进入搔背动作，拍头准备加速。后摆结束后，肘部弯曲，以垂下拍头，然后拍头经过头部、左肩，当肘部向前且手臂伸出时，向上去击球。当垂下球拍时，击球一侧的拍面朝自己的后面。

5. 随球动作

随球动作与后摆一样是半圆形的，触球后，球拍继续以全弧运动，经过身体的左侧，为了加力，右脚可跨入场内，见图16-9。

图 16-9　发球连续动作

练习方法：
① 抛球练习；
② 发球挥拍练习；
③ 抛球与挥拍配合练习，但不击球；
④ 对墙练习发球完整动作；
⑤ 在球场上做发球练习，力量由小到大。

六、高压球

高压球技术是在头上方进行大力扣杀的一种击球方法。它威力类似于发球。高压球的动作也类似发球的握法，向前挥拍以及随球动作基本上都差不多。高压球分落地高压球、凌空高压球和反拍高压球几种。以下主要介绍落地高压球和凌空高压球。

1. 落地高压球

当对方挑出防御性的高球，落点在后场的高而深的球时，应尽快地后退，侧身用踮步或轻松的后退步向后移动，退到球弹起后即将落下的位置后面。眼睛看球，调整到最佳击球位置，球拍应放在后面，侧身对球，并抬起肘关节。使拍头下垂，身体重心跟进，在体前击球。向前挥拍时通过手腕的扣击动作使拍头加速。击球的一刹那，手臂、手腕和球拍在同一直线上，身体稍向前倾。击球之后扣腕动作仍旧继续。然后，在身休的另一侧完成随挥动作，如图16-10。

2. 凌空高压球

当对方挑出低而有进攻性的高球，必须在空中回击时，就应侧身对网，快速后退到球即将下落位置，后退时应朝着球飞行路线靠左边一点让开些。这样能保持在右肩上方击球，而

图 16-10　击落地高压球连续动作

不是在头顶上击球。眼睛注视球的飞行轨迹，可以用左手指向来球，右手拉动球拍向后。左手动作使保持侧身对网，并帮助平衡，还充当指示器，有助瞄准来球。击球前球拍后摆要简短，只要抬起肘部，垂下拍头，同时翘起手腕，以转肩作为前挥的开始，当前臂将球拍向上挥时，整个手臂伸直。当球拍接近球时，做扣腕动作。随挥动作将球拍经体前从左膝侧面挥向身后，上体前倾，左肩高于右肩，见图 16-11。

图 16-11　击凌空高压球连续动作

七、截击球

截击是指球落地前被凌空拦截，一般在近网处使用，也可在场内任何地方截击空中球。

近网截击有许多优点，它可以调节球速，缩短击球距离，扩大击球角度。截击球分正手和反手两种方法。

1. 正手截击球

① 准备动作。两脚开立约同肩宽，重心落于两前脚掌上，膝盖弯曲，上体前倾，球拍放在身体前面，拍头高于握拍手及球网上部。非握拍手托住拍颈部，两眼注视来球。

② 握拍方法。所有的截击球都用一种握法，这就是大陆式握拍法，在网前短兵相接时，根本来不及改变握法，而大陆式正手握拍法则能自如地截击各种凌空球。

当判明对方来球在正手位后，立即转肩，几乎不用手臂的动作，拍子就自动地被带着向后。向前击球时，左脚应向球跨出，拍头要高于手腕，绷紧手腕和握紧球拍，眼睛看球，在身体的前面（即前腿前 15～30cm）迎击来球。截击时，拍面微开，挡击或撞击来球，用力向前并稍向下，有点类似切削球动作。随球动作很简练，且很重要，接触球后，将球拍沿击球的方向前送 30cm 左右，见图 16-12。

图 16-12　正手截击球连续动作

2. 反手截击球

反手截击球的准备动作和握拍法同正手截击一样。当球来到反拍一边时，左手向后拉球拍，以帮助转肩，使上身和球飞行的路线成为平行方向，把身体的重心带向后边，并使球拍做短的后摆，到靠近后肩时停止向后，拍头向上，眼睛看球。右脚向左上步的同时，球拍向击球的方向向前做简短的撞击动作。左手自然后伸保持身体平衡，击球点在身体前面 15～30cm，球拍触球时，手腕绷紧并握紧球拍，拍头高于握拍手，击球后球拍沿着球飞出的方向做简短的挥拍动作，见图 16-13。

图 16-13　反手截击球连续动作

正、反手截击球动作应注意以下几点：

① 眼睛注视来球；

② 手腕绷紧和握紧球拍；

③ 击球点在身体前面；

④ 拍头保持向上；

⑤ 挥拍幅度要小，用短促的撞击动作击球。

练习方法：

① 按截击球动作要求，持拍做挥拍练习；

② 对墙做凌空连续截击练习；

③ 一抛一截练习；

④ 两人连续截击练习；

⑤ 场上多球截击练习；

⑥ 一人底线抽球，另一人网前做正反手截击球练习，或一人底线抽球后再上网截击。

八、挑高球

挑高球既是进攻的手段，也是防守的手段，这要根据当时的情况而定。说它是进攻，其意图是要直接得分。说它是防守，是因为能使自己摆脱被动困境，从而赢得时间重新回到合适的击球位置，挑高球成功的关键是必须把球挑过对方的上方，使他无法用高压球回击，而只能处于守势。挑高球是进攻和防守的双重武器。

1. 防守性挑高球

防守性挑高球的正手和反手击球握拍方法同于东方式正、反手击球握拍法。在向来球方向移动的同时向后引拍，边跑边侧身对着球的飞行路线，注意力始终看球。向前挥拍时，让球拍打在球的后下部，把球高高地打入空中。在整个击球过程中，包括随挥动作，都要保持手腕绷紧和握紧球拍，拍面开放。随挥动作是把球挑到足够高度的关键，因此应加长击球的时间，顺着球的飞行路线向上做随挥动作，拍子尽可能送远，动作在身体前面的高处结束。打完球后应恢复预备位置，见图 16-14。

图 16-14　防守性挑高球连续动作

动作要领：

① 一边移动一边拉拍，动作要隐蔽；

② 整个击球动作手腕要绷紧和握紧球拍；

③ 加长拍与球的接触时间；

④ 向球飞出方向做足随挥。

2. 进攻性挑高球

进攻性高球这种打法的最好时机是当对方站在网前，而自己站在端线或端线之内，将球挑越过对方。动作要隐蔽，击球的准备动作和向前挥拍动作应完全与正、反拍击落地球动作相同。打球的过程中注意力集中，始终牢牢地盯着球。在击球过程中手腕是绷紧的，拍面应击在球底部后 1/4 处，并把它向上击入空中。击球后，球拍应跟着击球的方向充分送出，球拍不要停住，要继续做随挥动作，直到在空中对着球出去的方向为止，见图 16-15。

图 16-15　进攻性挑高球连续动作

练习方法：

① 无球的模仿动作练习，要求动作正确；

② 自抛自挑高球练习；

③ 互挑高球练习。

九、接发球

接发球技术，不论对于专业选手，还是业余选手，都是重要的。接好发球能使自己争取主动，进入攻势，就能打破对方发球的优势。

接发球时不要紧张，注意放松，做好接球的准备姿势。拍头向上，屈膝，身体向前弯下，重心放在前脚掌上，把注意力集中在发球员以及他即将抛出的球上，保持头脑清醒和不受场外的任何干扰。

准备姿势做好后，当对方球已发出时，接球员用脚掌踮起以减少身体惰性的影响，这样提起身体，有利于在判明了来球方向时做转体动作。由于发球的速度快，接球准备的时间就短，所以球拍后摆距离也要缩短些，集中注意力，尽快判断出球方向，马上移动，转体，拍子同时开始后摆，迅速完成后摆动作，前挥动作就和一般的落地球相同。一般情况是，当发出的球在飞越过网时，后摆动作应结束，此时，已准备进入向前挥拍动作了。

接发球时站立的位置最好在端线上。站在这个位置，会有时间作出反应，准备和击球。如果是第二发球很弱，速度比较慢，便可以踏进场内早些击球。接发球时，要稳定地击球，把球打到对方场地的深区。在双打中，要斜线把球打到发球员脚下。击球时像一般的落地球那样，握紧球拍，约在腰部高度处，前脚之前击球。如果球弹跳较低，就要屈膝，以便仍在腰部的高度击球。握拍要紧，手腕绷紧，特别在接力量很大的发球时，更要注意这一点。对着球击出的方向，尽量加长球拍接触球的时间，要像打落地球那样，球拍首先应跟随着球出去，然后做充分的随挥动作，这将有助于加长击球时间。接发球后，应该移动到对方可能回球的中心地区。单打在靠近中点处，端线的后面；双打在半边场地的中间，也可视当时的情况向前或向后。

第三节　网球基本战术

网球的各种基本技术是贯彻基本战术的基础，战术是运用基本技术，身体素质和心理因素，以及利用当时的内外界环境来战胜对方的方法和手段。

一、单打战术

单打战术主要抓住如下要点。

（1）战术思想

在单打中要发挥自己最擅长的打法，抓住对方的弱点进行攻击，积极主动，努力拼搏。

如果自己是擅长底线打法，那就要有耐性打对方底线球；如果发现对方反手击球较弱，就多攻打对方反手球，要尽力打好比赛，打出自己应有的水平，不要太注重输赢。

（2）发球战术

一般情况下采取稳妥而有适当速度的发球，用于攻击对手的弱点，可使对手大量失误，进攻型运动员，第一发球一般采用大力发球，而后上网。防守型运动员多数采用变化旋转，不同落点的稳健发球，无论是进攻型、防守型还是综合型运动员都必须根据比赛的具体情况，变换发球策略。

（3）接发球战术

接对方发来的大力发球，首先要树立信心，力争把球打过网，争取少失误，其次再考虑到打落点。发球员发球后立即上网，而应打刚刚过网的短低球到对方的反手或正手，这种球最能使发球上网截击者感到恼火。第二发球时，要向端线内移动，干扰对方，使对方知道他第二发球要发好，要不你就处于进攻的地位了。接发员要有强烈的进攻意识，将球回到对方深区，而后积极上网，封住角度，争取网上得分。

（4）底线对抽战术

底线对抽时，要有耐心，一板一板的打，采用长短结合或者打几板直线后突然改打斜线，上旋下旋平击结合等打法。等待时机，对方一旦打出落点在发球线附近的浅球时，打随击球上网，争取网前截击得分。

（5）对手上网时战术

对手上网积极时，若对方高压球差，以挑高球来打乱他的进攻节奏；若对方高压球发挥好时，果断地打对方的两边线区域或其脚下破网，迫使对方向上挑球，从而进行反击。

二、双打战术

双打战术主要抓住如下几点。

① 双打是一种"战略的竞赛"，因此，伙伴之间的密切合作，明确分工十分重要。比如说：发球好的先发球，技术全面的或反拍强的站立左边；当球打到场地中间区域时，要预先商定由正拍者回击，或由技术全面者回击等，绝不可互相抢球或互相让球而造成失分。

② 双打中2名队员要相互鼓励，取长补短。球打好了要祝贺，球失误了不要埋怨。技战术有不对头时要互相商量。

③ 双打接发球几乎是不变地和有计划地向发球员回击，决不应打给网前对手。如果知道对方发球后上网，则应用短低球回击，使对方把球从低处挑起，亦可打两侧斜线球把对方拉开，迫使他向上回球，这样自己或伙伴就可在前场扣杀得分。

④ 加强第一发球。在稳妥的前提下发出有一定攻击性的球，发球落点一般在接球者的反手区，因为大多数人的反手比正手击球差，要用反手打出攻击性强的球难度较大。这样有利于同伴网前扣杀。

⑤ 网前截击。双打主要靠网前截击得分，可以说是谁网前优势强，谁就得分多。网前截击应打对角低而深的球或对方空档以及网前队员的脚下。

⑥ 挑高球最有价值的战略意义在于能制胜不同类型的对手。最大的战略作用是使对手处于防守地位。唯一的威胁是给你创造较好的机会打出成功的破网球。要利用你的技术、假动作和球的落点，把球打到对角落点深的地方，尤其是打对方反手的深角处。

第四节 网球规则简介

第一条 场地概述

网球场地是一个长 23.77m，宽 8.23m（单打）或 10.97m（双打）。用球网将全场横隔为二等区。球网中央高 0.914m。在球网两侧 6.40m 处的场内各画一条与球网平行的横线叫发球线。联结两发球线的中点画一条与边线平行的线叫中线，中线与球网成"十"字形，将发球线与边线（指单打边线）之间的地面分成 4 个相等的区域叫做发球区。在端线的中心向场内画一条 10cm 长垂直于端线的短线叫做中点。全场各区的丈量，除中线外都从各线的外沿计算。

第二条 发球员和接球员以及发球前的规定

运动员应各自站在球网的一边，先发球的运动员叫做发球员，另一边的运动员叫做接球员。发球员在发球前，应先站在端线后，中点和边线的假定延长线之间的区域里。然后用手将球向空中任何方向抛起，在球接触地面以前用球拍击球，球拍与球接触，就算完成球的发送。

第三条 脚误

发球员在整个发球动作中：①不得通过行走或跑动改变原站的位置；②两脚只准站在端线后，中点和边线的假定延长线之间，不能触及其他区域。

第四条 发球员的位置

① 每局开始发球时，发球员应先从右区端线后发球；得（失）1 分后，应换到左区发球。这样每得（失）1 分就轮流交换发球位置。

② 发出的球，在对方还击前，应从网上越过。落到对角的对方发球区内或其周围的线上。

第五条 发球失误

发球时发生下列任何一种情况，均判失误：

① 发球员违反上面所讲的第二、第三和第四条的各项规定；

② 未击中球；

③ 发出的球在落地前触及固定物（球网、中心带、网边白布除外）。

第六条 第二次发球

发球员第一次发球失误后，应在原发球位置进行第二次发球。如果第一次发球失误后，发觉发球位置错误时，应改在另区发球，但只能再发一次球。

第七条 发球次序

第一局比赛终了，接发员成为发球员，发球员成为接球员，以后每局终了，均依次互相交换直至比赛结束。

第八条 交换场地

双方应在每盘的第一、三、五等单数局结束后，以及每盘结束双方局数之和为单数时，交换场地。如一盘结束，双方局数之和为双数，则不交换场，须等下盘第一局结束后再进行交换。

第九条 发生下列任何一种情况，均判失分

① 在球第二次着地前未能还击过网。

② 还击的球触及对方场区界线以外的地面、固定物或其他物件。

③ 还击空中球失败。

④ 在比赛进行中，运动员故意用球拍拖带或接住球，或故意用球拍触球超过一次。

⑤ "活球"期间，运动员的身体、球拍（不论是否握在手中）或穿戴的其他物件触及球网、网柱、单打支柱、绳或钢丝绳、中心带、网边白布或对方场区以内的地面。

⑥ 来球尚未过网即在空中还击（过网击球）。

⑦ 除握在手中（不论单手或双手）的球拍外，运动员的身体或穿戴的物件触球。

⑧ 抛拍击球。

⑨ 比赛进行中，运动员故意改变其球拍形状。

第十条 胜一局

运动员每胜 1 球得 1 分，先得 4 分者胜一局。但遇双方各得 3 分时，则为"平分"。"平分"后，一方先得 1 分时，为"接球占先"或"发球占先"。"占先"后再得 1 分，才算胜 1 局，如一方"占先"后，对方又得 1 分，则仍为"平分"。依此类推，直到一方在"平分"后净胜两分结束该局。

第十一条 胜一盘

① 一方先胜六局为胜一盘。但遇双方各得 5 局时，一方必须净胜 2 局才算胜一盘。

② 决胜局计分制可作为本条规则①款平局时长盘的变通办法，但要在比赛前宣布这一决定。

决胜局计分制规则：

决胜局计分制可应用于每盘的局数为六平时，但三盘两胜制的第三盘和五盘三胜制的第五盘不得使用此制度，应使用本条①款的长盘制，除非另有规定并在比赛前宣布。

决胜局计分制如下。

(1) 单打

① 先得 7 分者为胜该局及该盘。若分数成 6 平时，比赛须延长到某方净胜 2 分时止。决胜局应全部采用数字计分制。

② 该轮发球员发第 1 分球，然后由对方发第 2 分及第 3 分球，此后轮流交替发球，每人连发两分球，直至决出该局与该盘的胜负为止。

③ 该轮发球员在右区发第 1 分球后，即改由对方依次在左区和右区发第二、三分球。此后轮流交替发球，每人连发 2 分球。其中第一分球均应在左区发球。如果出现从错误的半区发球，在发觉前已得的分数均有效，但在发觉后应立即纠正错误的站位。

④ 运动员应在每 6 分及决胜局结束时交换场地。

(2) 双打

单打比赛的规定都适用于双打比赛。轮到发球的运动员发第一分球，此后发球次序仍按该盘比赛中原先的发球次序排定，每人轮流交替发两分球，直到决出该局与该盘的胜负为止。

(3) 轮换发球

运动员（或双打时一对运动员）在决胜局首先发球者，在下一盘第一局为接球方。

第十二条　比赛的盘数

正式比赛时，男子单打和双打采取五盘三胜制；女子单打、双打和混合双打采取三盘二胜制。

第十七章 其他运动项目介绍

第一节 手 球 运 动

一、手球运动简介

手球（handball）是一项在规定的场地内，通过集体配合。并运用移动，传球，接球，运球，射门和封、打、断球等技术，以及各种战术用手将球射入对方球门的球类运动项目。

手球运动 1898 年起源于欧洲。最初为 11 人制，在足球场上进行。后移至室内小场地，出现了 7 人制手球运动，11 人制逐渐被淘汰。1938 年在德国举行了第 1 届世界男子 7 人制手球锦标赛，此后每 4 年举行 1 次。在 1972 年第 20 届奥运会上，手球运动被列为正式比赛项目。1957 年在南斯拉夫举行了第 1 届世界女子 7 人制手球锦标赛，1976 年在第 21 届奥运会上女子手球被列为正式比赛项目。我国手球运动始于 1936 年前后，1959 年第 1 届全运会上，手球被列为正式比赛项目，现手球运动已成为全国普遍开展的球类运动项目。

二、手球运动的主要设施

(1) 手球

由皮革或化学合成材料制成，圆形，内装橡皮胆，要求颜色一致，表面光滑。男子用球圆周为 58～60cm，重 425～475g；女子和少年用球圆周为 54～56cm，重 325～400g。每场比赛必须有 2 个符合标准的球以供使用。

(2) 比赛场地

长 40m，宽 20m。球门分别位于两条球门线中间（中央），球门后面挂有球门网。球门线前 6m 处有一条扇形的球门区，距球门线 9m 处有一条以虚线表示的任意球线。位于球门正前方的 7m 处有一条长 1m 的罚球线，4m 处有长 15cm 的 4m 限制线。球场两边线中点的连线为中线，见图 17-1。

三、手球运动的主要技术及战术

1. 手球运动技术

分为进攻技术、防守技术和守门员技术。

① 进攻技术包括脚步移动、传球、接球、射门、突破、运球等。

② 防守技术包括脚步移动，防持球队员，防无球队员和封、打、抢断球等。

③ 守门员技术包括站位、移动、挡球（包括正面、侧面的单、双手臂挡球，脚挡球和手脚配合挡球）等。

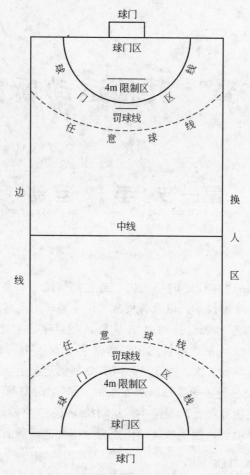

图 17-1　手球比赛场地

2. 手球运动战术

分为进攻战术和防守战术以及攻、防基础配合战术。

① 进攻战术包括：基础配合进攻、阵地进攻和快攻。

② 防守战术包括：基础配合防守、阵地防守和防快攻。

③ 攻、防基础配合是全队战术的基础，一般是 2～3 人进行的简单配合。包括阵地攻防、快攻与防快攻，以及任意球战术。其中阵地攻防主要指区域联防与进攻区域联防、盯人防守与进攻的盯人防守、混合攻防等。

四、比赛方法及主要规则

1. 比赛方法

每队 7 人，其中包括守门员 1 人，由一队在球场中心开球，双方运用各种技术和战术，在对方球门区外将球掷入对方球门内得 1 分。进球后，由失分队在球场中心重新开球继续比赛。男女成年队比赛时间为 60min，分上、下两半时，中间休息 10min。以射进球门多者为胜。比赛结束时若平局，休息 5min 后再进行 10min 决胜期比赛，如仍为平局，则再延长 10min，直至决出胜负。

2. 主要规则

(1) 3 秒钟违例

指队员持球超过 3 秒钟的行为。包括：持球后 3 秒钟内没有运球、传球或射门；将球按在地上超过 3 秒钟；需要在裁判员鸣哨后掷发的球以及鸣哨后 3 秒钟内球未掷出。若违例，由对方在违例地点掷任意球。

（2）4 步违例

比赛中，队员持球允许走 3 步，超过 3 步为"4 步违例"。由对方在违例地点掷任意球。

（3）换人违例

手球比赛无换人次数限制，替补队员可不通知记录员或裁判员，只要被替换队员已经离开场地即可进场参赛。此规定也适合于替换守门员。但应在本方换人区内出入场地。如违例则进场队员应判罚出场 2 分钟，由对方在替补队员上场地点掷任意球。

（4）越区防守

守方队员抱有明显的防御目的进入本方球门区内防守，影响了对方得分的机会的行为，判由对方掷罚 7 米球，但若防守队员进入本方球门区未给对方造成不利时，不应判罚。

（5）罚球

亦称"罚 7 米球"。当出现下列情况之一时均应判罚球：守方队员犯规，影响了攻方队员的射门，控球方队员故意将球传给球门区内的本方守门员；守方队员进入球门区，在防守攻方持球队员时取得利益；守门员从球门区外持球进入球门区罚球方法是主罚队员站在罚球线前，被罚方守门员守门，其余队员都站在任意球线外，裁判员鸣哨后，主罚者 3s 内射门，并须有一脚触地。如罚球违例则由对方掷任意球，主罚队员球出手前，允许守门员移动或迎上防守，但守门员不得触踏或超越 4m 限制线，否则罚中得分，不中重罚；如攻方队员触越任意球线，判由对方掷任意球；守方队员触越任意球线，罚中得分，不中重罚。

（6）罚出场

场上队员出现下列情况之一时，应判罚出场：对某队员第一次警告后，再出现类似情况；换人违例；已判一方任意球时，对方持球队员不立即放下球；屡次违反接触对手规定或重犯非体育道德行为。如是守门员被罚出场，应由另一守门员上场守门，并将场上队员罚出场 1 名。被罚出场的队员 2 分钟后可继续上场比赛。受罚时间从裁判员鸣哨重新开始比赛时算起。若上半场已结束，而判罚出场的时间不足 2 分钟，则移至下半场补足。

（7）取消比赛资格

对出现下列情况之一的人员应取消其比赛资格：无参加比赛资格的队员进入场地；严重违反接触对方的规定；一个队员被第三次罚出场 2 分钟；队员或随队工作人员在场外斗殴；队员或随队工作人员在场外重犯非体育道德行为。罚则为取消比赛资格的判罚是，暂停比赛，裁判员出示红牌，被取消比赛的队或工作人员应立即离开比赛场地和替补席，不再上场比赛，2 分钟后该队员可由其他队员替补。

第二节　台球、保龄球运动

一、台球运动（billiard）

1. 台球运动简介

台球运动属球类运动项目之一，是在室内特制的台面上用杆击球的一项智力，体力与技术相结合的健身运动。它是一项具有高度科学性和艺术性的体育运动，既可锻炼智力，又可陶冶情操，有益于身心健康，此项运动在欧美开展较早，目前国际上广为流行。世界台球联盟成立于 1940 年，总部设在比利时布鲁塞尔。19 世纪传入我国，近来获得较大发展。现代台球分落袋台球（三球式）、彩色台球（亦称司诺克球）和四球台球 3 种。

2. 台球运动主要器材设备

（1）台球杆

以优质木料或特制的复合材料制成，一头较细，尖端贴有一小块皮头，用以调节击球时的推力；一头略粗，尾端手握处削去一截，以控制枪杆。杆重约 17 盎司（合 481.25 克）。

（2）台球桌

木制或合成材料制成。桌宽 120～183cm，长 244～366cm，高 75cm，台盘四角及腰间各有 1 个落袋，共 6 只球袋（四色台球四角及腰间不设落袋）。

（3）球

落袋台球（三球式）用球 3 只（规格大小相同），为 1 红 2 白（其中一只表面嵌有两个小黑点以示区别）；彩色台球共用球 22 只（规格大小相同），为 1 白 15 红和 6 个彩色球（黑色、粉色、蓝色、棕色、绿色、黄色），白色球为双方公用主球，其余皆为被击球。四球台球用球 4 个，为 2 红 2 白（其中有一个白球表面嵌有两个细小黑点，以区分两个不同的主球）。

（4）杆架

有长杆架和高脚杆架 2 种。除此之外应考虑好场地、灯光设备，配备好涩粉、滑石粉、记分板。

3. 台球运动比赛形式、规则及记分方法。

（1）比赛形式

台球比赛形式分双人对抗赛、团体对抗赛、单淘汰赛、双淘汰赛和循环赛等多种。

（2）比赛规则及方法

① 落袋式台球（三式球）。把规定的球，如数击入设在球台的球袋之中。每人必须击 8 个球入袋，故又称"8 号球"。共分两大类球：一类为攻击球；另一类为受击球。攻击球只有一个白色球，也称"主球"，为比赛双方所共用。受击球有 15 个，其序号是固定标在球上的。第 1 至 7 号为全净面色，第 8 号为黑色第 9 至 15 号为色球上夹白环，即共有 16 个。比赛时，甲方击 1 至 7 号球。乙方击 9 至 13 号球。双方谁最先将规定的球全部击入袋中后，再去击黑色 8 号球入袋中为胜方。若未将规定的球全部击入袋中，或未击完本方规定球，而击入 8 号球，或将 8 号球最后击入袋中者均判为负方。

② 彩色台球（司诺克球）。彩色台球是一种得分与罚分并重的落袋式台球运动形式，以击球落入袋中为主要得分方法。用球 22 个，其中白球 1 个，红球 15 个，黑、粉、蓝、棕、绿、黄等彩球各 1 个。白球为主球，专作击红球和彩球之用。双方都以它作为自己的本球。每种颜色代表一个分值。除白球外分别为：黑球 7 分、粉球 6 分、蓝球 5 分、棕球 4 分、绿球 3 分、黄球 2 分、红球 1 分。击球顺序是凡获得击球权的一方，必须先击红球，落袋后就放在袋内，或取出放在一边不再使用，接着下一杆必须击指定彩球，彩球入袋后取出放原位，下一杆又得先击红球，这样红球和彩球一杆隔一杆击球入袋，直到失误换另一方依此法进行。最后一个入袋的球必须是具有最高分值的黑球，按总分的多少决定胜负。

③ 四球台球。四球台球是一种撞击式台球活动形式。通常为两人比赛，也可用于三或

四人比赛。用球 4 只（2 红 2 白，有一白球表面另嵌两个细小黑点以区分两个主球）。以击双球为唯一得分方法。采用猜球方法决定开球，第一杆要以白球、红球顺序撞击，击中 2 个球以上方可继续再击；如未击中 2 个球则换对方击球。通常主球击中双红一白得 5 分。新颁布的规则也有"一分制算法"，即只要击主球后碰到 3 个目标球中的 2 个就得 1 分，这样更简单易行。比赛均以先达到约定分数者为优胜。

二、保龄球运动 （bowling）

1. 保龄球运动简介

保龄球运动亦称"地滚球"，属球类运动项目，是在室内木板球道上用球撞倒所有瓶柱，以轮次数决定胜负的运动。球用硬质胶木制成。开展最普遍的是"十瓶保龄球"，也有"五瓶保龄球"、"九瓶保龄球"等。正式比赛采用"十瓶保龄球"。

保龄球运动 3～4 世纪起源于德国。20 世纪初从欧美传入中国。国际保龄球联合会于 1952 年成立，总部设在芬兰的赫尔辛基。第一次正式国际比赛于 1954 年在赫尔辛基举行。国际性的"奥林匹克"赛每 4 年举行一次。1992 年第 25 届奥林匹克运动会正式列为比赛项目。

2. 保龄球运动的主要技术

（1）助跑

助跑是指运动员在助走道上将球投出所完成的走步方法。助跑要求动作连贯、协调，注意下肢和持球手臂的配合，要有节奏，由慢到快，由放松到紧张，步幅由小到大。通常分为三步步法、四步步法和五步步法 3 种。

四步步法（运动员普遍采用的步法）：持球者先迈出右脚，第一步先将球向前摆开。第二步持球手向后摆荡，第三步摆荡到最高点，第四步向前摆，在滑步后把球送出去。

（2）投球

投球是指运动员在助走后的最后一步，持球臂由后向前，似钟摆一样，沿垂直平面运行。将球送出的掷球方法有直线球、斜线球、弧线球和钩球 4 种。

① 直线球：出球点一般在球道的中间，以中心箭标作为引导性依据，使球产生自转，直接击中①③号瓶位。

② 料线球：出球点靠近右侧边线，以 3 号箭标作为引导性依据，击瓶威力较大。

③ 弧线球：出球点靠近中间或偏右侧，以 2 号箭标作为引导性依据，使球产生旋转，成弧线冲击①③号瓶位。

④ 钩球：出球点在球道的中间，以 1 号或 2 号箭标作为引导性依据使球旋转，开始是旋转或直接行进，在行进 2/3 的球道距离后，球开始旋转拐弯，以最佳角度击中①⑧号瓶位，是最有效的高级投掷技术。

3. 比赛方法及主要规则

① 比赛是在滑道终端置 10 个瓶柱，摆成三角形，双方在投掷线上轮流用球滚投撞击瓶柱。每人连续滚击 2 次为 1 轮，10 轮为 1 局。以用最少轮次击倒所有瓶柱者为胜。

② 每击倒一个木瓶得 1 分。投完一轮将两球所得分相加，为该轮的"应得分"，10 轮依次累计为全局的总分。

③ 第一球将全部木瓶击倒时，称为"全中"，用符号"×"表示。该轮得分为 10 分，第 2 球不再投，但应奖励下轮两个球的所得分。所得分之和为该轮的应得分。若第一球未能

"全中"，记下被击倒的木瓶，作为第一球所得分。如果第二球将剩余木瓶全部击倒，则称为"补中"，用符号"/"表示。该轮所得分亦为10分，并奖励下轮第一球的所得分。所得分之和为该轮的应得分。

④ 第十轮为"全中"时，应在同一条球道上继续投完最后一个球结束全局，这两个球的所得分应累计在该局总分内；若第十轮为"补中"时，应在同一条球道上继续投完最后一个球结束全局，这个球的所得分应累计在该局总分内。

⑤ 如果第一球落入边沟，即为"失误球"，用字母"G"表示，该球得分为零。如果第二球将10个木瓶全部击倒，应视为"补中"，该球得分为10分；如果第二球失误（落入边沟或未击中任何一个木瓶），用符号"/"表示，该球得分为零。若第一球，第二球犯规均用符号"F"表示，该球得分为零。

⑥ 如果从第一轮第一球开始到第10轮，连续12个球全中，那每个全中球应奖励下轮2个球的所得分，即每轮以30分计，最高局分将达到300分。

⑦ 保龄球比赛时，均以6局总分累计决定名次。

A. 单人赛：将每一局的成绩相加，以6局总分最高者为冠军，次者为亚军，再次为第三名。

B. 双从塞：每人6局，以二人合计12局累计总分高低决定名次。

C. 三人赛：每人6局，以三人合计18局累计总分高低决定名次。

D. 五人赛：每人6局，以五人合计30局累计总分高低决定名次。

E. 全能赛：以每人24局总分高低决定全能名次。

F. 精英赛：通过上述四项比赛，取24局总分的前16名参加准决赛，进行单循环后共打完15局，取15局总分的前4名参加挑战赛。第四名对第三名，是第一次挑战；胜者对第二名是第二次挑战，胜者对第一名的比赛称为决赛，连胜两局者为冠军，连负二局者为亚军。一胜一负两局总分高的为冠军，一胜一负两局总分低的为亚军。如果两局总分相同，就要看双方第九轮与第十轮的成绩，分数高的夺得冠军。

第三节　高尔夫球运动

一、高尔夫球运动简介

高尔夫球（golf）是一项以棒击球入穴，以击球人最后一穴所用杆数决定胜负的球类运动项目。球场无统一规格标准，通常设在风景优美地区或公园的草地上，面积约50公顷。此项运动起源于苏格兰，19世纪传入美国，20世纪传入中国。

二、高尔夫球运动器材及场地设备

1. 器材

（1）高尔夫球

高尔夫球是用橡胶制成的实心球，包面包一层胶皮线，再包上微凹的坚硬合成材料为外壳。直径一般为1.62英寸，国际比赛用球为1.68英寸，最大重量为1.62英两。

（2）高尔夫棒杆

长约1m，用以击球。比赛时，每个参加者需备14根，包括：木头棒杆5支、铁头棒杆9

支。除一支推击棒杆（铁头）外，其余均为不同斜度的弯头（击球面）棒杆，用以敲击，并根据将球击远、击近、击高的不同需要分别使用。推击棒杆的击球面是笔直的，用以推击。

2. 场地设备

场地设在室外广阔的地面，掘有 9 个或 18 个洞穴，各个洞穴之间为首尾衔接的球道，长度 200～500m 不等。每个洞穴的起点到终点之间有开球区、通路和平坦的草坪，也有沙地、水沟等障碍物。

① 洞穴：为埋在地下的圆罐，直径 4 英寸，深 4 英寸，罐的上沿低于地面约 1 英寸。

② 通路：开球区和洞穴之间经过修整的草地。

③ 开球区和球座：为一块平坦的草坪，球座是插入地面的一个小木桩，上为凹面的圆顶，参加者必须在开球区向前方洞穴击球，击球时将球放在木桩顶端，以便准确击出。

④ 标志旗：系于细长旗杆上的小旗，插入每一洞穴指明洞穴号数，近距离向洞穴击球时，旗杆暂时拔去。

三、比赛方法及主要规则

① 在开球区依次用球杆把各自的球击出后，一起经通路走向球的落点，继续击球，直至将球击入洞穴。

② 比赛一般分为单打和团体 2 种；

单打指每人击自己的球，按照击球顺序逐一击球入穴，直至完成规定的穴数，以击球总次数少者为胜。

团体赛每队 2 人或 2 人以上，以赢得穴数多者为胜。

③ 比赛开始的发球顺序采用抽签的方法决定；途中各穴的击球顺序，以球离穴最远者先击，次远者次击，最近者最后击。

④ 球被击落在什么地方，就在什么地方接着击球，不得任意挪动位置。

⑤ 每次击球入穴后，可将球取出，并将球移至下一穴的开球处，同第一次一样，可以堆沙堆或用球座垫球。

⑥ 击球时不准用推、刮或捞的方法，动作应干脆利落，否则算一次击球失败。

第四节　体 育 舞 蹈

一、体育舞蹈简介

体育舞蹈亦称"国际标准交谊舞"，它起源于欧美的传统交谊舞。1947 年在柏林举行了首届世界友谊舞比赛，1950 年开始由世界舞蹈组织举行世界性比赛，并将其进一步完善，形成了一项有统一规则的国际性竞赛活动，并制定和公布了七种舞的基本步法。这就是现今国际一致公认的"国际标准交谊舞"。

二、体育舞蹈的标准舞姿

以华尔兹的标准舞姿为例。男伴左臂向左屈时朝上举起，在肩同一水平线上略高 3～6cm，左手掌轻握女伴的右手，大拇指放在女伴的大拇指和食指之间；右手轻轻贴放在女伴背部的左肩胛骨略下。全身始终保持平、直、稳，重心放在足膝部。

女伴应将身体偏向男伴约 1/3，右手向右侧举轻搭在男伴左手上，左手轻搭在男伴右肩上。当乐曲开始时一般男伴出左脚，女伴退右脚。

对舞者的抱握姿势和位置一般有以下 8 种：图 17-2(1) 闭位；图 17-2(2) 开位；图 17-2(3) 正位；图 17-2(4) 侧位；图 17-2(5) 开位前后携双手；图 17-2(6) 闭位携双手；图 17-2(7) 闭位携单手；图 17-2(8) 开位携单手。

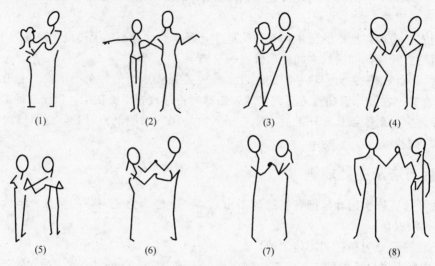

(1)　　　　　(2)　　　　　(3)　　　　　(4)

(5)　　　　　(6)　　　　　(7)　　　　　(8)

图 17-2　舞者的抱握姿势和位置

三、体育舞蹈的种类及跳法

1. 布鲁斯（也称慢四步）

音乐：舞曲节拍是 4/4 拍，节奏明显，速度约每分钟 28 小节。

舞步特征。以一强一弱构成其节奏特点，基本步法是 S，S，Q，Q 或 S，Q，Q。S（慢）占二拍，即一个蓬嚓跳一步；Q（快）步占一拍，即一个蓬嚓跳二个快步。

跳法：前进横并步（男）（图 17-3）。

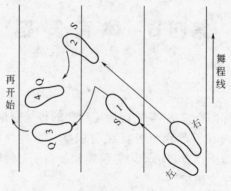

图 17-3

第一步：左足前进 S（二拍）。

第二步：右足前进 S。

第三步：左足向左横步区（Q 为一拍）。

第四步：右足并于左足 Q。

步法开降：3、4 两步略有微开、降。

步法组织：前进横进步→前进右转 1/4 周→后退左转 1/4 周。

女步与男步反向。

2. 慢华尔兹（也称慢三步）

音乐：舞曲节拍 3/4 拍，演奏速度 30～34 小节/min，前一拍是强音，后二拍是弱音。

舞步特征：每步各一拍，第一步用大步，第二、三步用小步。

跳法：前进步示例（男）（图 17-4）。

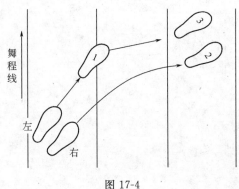

图 17-4

第一步：左足前进（大步）。

第二步：右足横步。

第三步：左足并于右足。

步法开降：开在第一步末，降在第三步末。

步法组织：前进步→右转步。

女步与男步反向。

3. 探戈舞

音乐：舞曲节拍 2/4 拍和 4/4 拍，演奏速度为中速，每分钟约 32 小节。

舞步特征：略微屈膝，步法为 S，S，Q，Q。S 占一拍，Q 占半拍。行步不能滑拖，要行成弧形平行步。

跳法：前进步示例（男）（图 17-5）。

第一步：左足横步前进（步横约 40°）见图，S。

第二步：右足横步前进，落地与右足平行，S。

第三步：左足前进，略为横过右侧，Q。

第四步：右足短步横步平行于左足 Q。

步法组织：前进步→右转展开横行步。

4. 伦巴舞

音乐：舞曲节拍 4/4 拍。每分钟约 40 小节，节拍是蓬嚓嚓蓬嚓嚓蓬嚓嚓蓬。嚓嚓嚓蓬嚓嚓嚓音乐自始至终不变。

舞步特征。基本步法为 S，Q，Q，S。S 为一拍，Q 为半拍。每步都有一个胯部摆动。

跳法。左方步示例（男）（图 17-6。）

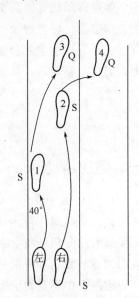

图 17-5

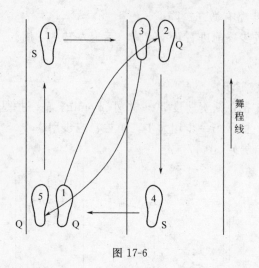

图 17-6

第一步：左足前进 S。

第二步：右足短步局横侧 Q。

第三步：左足并合右足 Q。

第四步：右足后退 S。

第五步：左足短步向横侧 Q。

第六步：右足并合左足 Q。

步法组织：左右步→方步左转步。

注意：男伴背向舞程线，即男退女进。

胯部摆动：2、6步，右足落地后撑动右胯向右摆动；3、6步，左足落地后撑动左胯向左摆动。

四、体育舞蹈比赛的组织形式与规则

体育舞蹈比赛的最高形式是世界锦标赛。它分为专业组和业余组进行。其次还有一些友谊表演赛等，设有青少年组、中老年组等组别。比赛分初赛、复赛、半决赛、决赛 4 个阶段进行。评分标准主要包括：基本技术的熟练和规范化；音乐规律的选择和运用；舞蹈表现力；编排新颖和谐；参加比赛的表现和临场发挥效果。

第五节 登山、攀岩运动

一、登山运动 （mountaineering）

1. 登山运动简介

登山运动属体育运动项目。它是一项要求运动员具有坚强的意志、体质和一定的技术，徒手或利用专门装备，在严寒和缺氧的情况下，克服艰险，攀登山的顶峰的运动。分为旅游登山、竞技登山和探险登山。

世界登山运动始于 18 世纪 80 年代，1786 年 8 月 8 日法国医生帕卡尔与石匠巴尔玛结伴第一次登上西欧最高峰——阿尔卑斯山的勃朗峰（海拔 4807m）。1787 年，由青年科学家德·索修尔率领的 19 人登山队再度登上勃朗峰，世界登山运动从此诞生。19 世纪 80 年代以后，由于各种攀登工具的应用，使登山技术日渐推广，其活动地区也从阿尔卑斯低山区转向喜马拉雅高山区。1950 年至 1964 年，世界上 14 座 8000m 以上的高峰，包括世界最高峰——珠穆朗玛峰在内，相继为中、英、美、意、日等十多个国家的登山运动员所征服。1964 年后许多登山禁区被突破，开始进入从来无人使用过的艰险战略攀登 7000～8000m 以上高峰的新时期。从 20 世纪 70 年代开始，又掀起了女子攀登 8000m 以上高峰的历史。

我国此项运动始于 20 世纪 50 年代，1955 年出现第一批登山运动员，1956 年建立第一支登山队。1951 年 4 月在北京成立了中国登山运动协会，制定了中国登山运动结合高山科学考察，为经济建设和国防建设服务的方针。1960 年和 1975 年我国登山队先后 2 次从东北山脊登上珠穆朗玛峰，并于 1975 年将一个特制金属测绘觇标竖立在珠峰顶上，准确测出该峰的高度为 8848.13m。成为国际登山史上首次对世界最高峰高度的准确测量。这个觇标同时也成了以后各国登山队登上该峰后，首先摄取的最有说服力的确认登顶事实的资料。

2. 登山运动的技术和战术

(1) 登山运动的技术

登山运动的技术是指登山过程中为克服所遇到的各种地形上的困难而采取的各种科学操作的方法。分为行进技术（攀登、下降、渡河）、保护技术和结绳技术 3 类。

① 行进技术。

A. 攀登可分为：三点固定、"之"字型攀登、三拍等 3 种方法。

三点固定法是攀登陡峭坡石和岩壁时最主要和最基本的安全攀登方法。双手和双足形成人体用力的四个支撑点，轮流使用其中三个点，使身体保持于岩上，呈暂时固定状态，再移动一手或一足继续向上攀登。

"之"字形攀登法是指在攀登比较陡险的草坡、碎石坡或冰雪坡时，为减小直线上攀所产生的难度和滑坠危险而采用曲折蛇形路线上攀。

三拍法是指在攀登较硬的冰陡坡、雪坡时，按三个步骤进行的方法。即双手横握冰镐头的两边，将镐底钉插入斜坡雪内；随即以足尖用力蹬破雪的表层踏成台阶做支点；再将另一足提上前，蹬破另一处雪的表层构成一个支点，重复此法前进。

B. 下降是指沿岩石和冰雪峭壁下降的方法。有器械下降和坐绳下降 2 种方法。

器械下降是利用主绳和连于身体上的器械之间的摩擦。

坐绳下降是利用主绳与身体的直接摩擦，使身体悠离崖壁下降。

C. 渡河。有涉水渡河和绳索渡河 2 种方法。

涉水渡河：当遇到水流不急、水位较浅的河流时，可直接涉水渡河（不应脱鞋，以避免碎石伤脚）。

绳索渡河：当遇到山间水急、水深、河中多尖石、水温低、河面不很宽的河流时，必须借助固定于两岸的单根主绳横渡河流。具体有牵引渡河、地锚渡河和吊桥渡河 3 种方法。牵引渡河，绳索固定牢，拉得要紧，渡河者可用滑轮或攀缘渡河；地锚渡河，将绑上铁锚或冰爪的主绳一端抛向对岸，待铁锚在岩石上抓牢后即可按牵引渡河法渡河；吊桥渡河，先将三根主绳两端分别固定于两岸，每根绳间隔 1m，拉成中间低两边高的倒立等边三角形，再用辅助工具将三条主绳按一定间隔连接稳固，使三条主绳受力均匀，下面的主绳供人员通行，上面 2 条主绳作为护栏。

② 保护技术：保护技术是为防止登山过程中因动作失误而引起意外险情所进行的各种

应急操作。有自我保护、固定保护和行进中保护 3 种。

A. 自我保护：指保护别人或在危险地形上进行操作时，为保证自身安全所采取的防护措施，方法有将胸绳在胸部系好，用铁锁与固定在崖壁或树木、岩石锥、冰锥上打有通过结的绳套连接（也可用通过直接与胸绳连接），尔后进行操作。

B. 固定保护：指一人保护进行中的另一人的方法，有固定保护、上方固定保护、下方固定保护。

C. 行进中保护：指集体通过冰雪坡时，3～4 人为一组，用一根主绳连接起来，人与人的距离约为 8～10m，行进中如有人滚坠，其他组员即可采取紧急措施将自己固定，以免滚落者继续下落的方法。

③ 结绳技术：指绳索之间、绳索与其他装备之间的连接方法。有固定用的绳结、结绳用的绳结、保护用的绳结、操作用的绳结 4 种。

(2) 登山运动的战术

登山运动战术是指为保证达到顶峰，根据任务、地理、技术条件和装备等因素所采用的原则和方法。包括确定路线、技术构成、时机运用、适应锻炼、营地组建、险路开通、物资上运、供氧措施、突击组织等几个方面。

3. 登山运动的组织及注意事项

① 所有登山的队员要做好体格检查和必要的安全教育，以及简单的山间伤痛和急救方法训练。在进行登山时，必须备有各种急救药品和简便担架等。

② 对要攀的山峰事先必须查阅有关资料并进行实地考察，了解地形、地貌、山峰高度和行军里程，是否有火山和山洪活动等。根据考察情况，制定出具体路线和登山日程。

③ 对登山过程中可能出现的，如雪崩、暴风雪、滚石、雷电等险情，要有必要的应急方法。

④ 到突击顶峰的最后关头，出发前，须对突击登顶人员进行最后的精选，并选择最好的天气时机，力争在一天中天气相对好的时刻到达顶峰并撤回突击营地。

⑤ 当突击顶峰胜利后，由于体力消耗大，精神容易松弛，生理上的各种疲劳现象会集中表现出来，对各种必要的安全措施也容易疏忽大意。因此，下撤时一定要加强组织，注意安全，尽量加快下撤速度。

二、攀岩运动（Rock-climbing）

1. 攀岩运动简介

攀岩属登山运动比赛项目，是指运动员攀登陡峭岩壁或人造爬墙的一项竞技性运动。分为个人单攀赛、双人结组赛、集体攀赛和自选路线赛 4 项。

攀岩运动起源于 20 世纪 60 年代，1974 年正式列为国际竞技体育项目。1974 年开始举行国际攀岩锦标赛，以后每 2 年举行 1 次，我国于 1987 年在北京怀柔举行了首届全国攀岩邀请赛，日本队、中国香港队应邀参加了比赛。1988 年举行了第 2 届"伊里兰杯"全国攀岩邀请赛。1981 年 10 月在河南省焦作市举办了第 3 届"焦作杯"全国攀岩邀请赛，以后每年举办 1 次。

近年来，一些国家兴起修建人工岩壁。1965 年第一面人造爬墙在英国威尔士建成，此后在德国、比利时、日本、美国也出现了人造爬墙。

2. 攀岩运动的技术和要求

(1) 攀岩运动的技术（见登山运动技术）

(2) 攀岩运动的基本要求

① 参加此项运动者，需要有超人的胆量和勇气，更要有必胜的信心和意志。

② 有较好的身体条件。通过观察测试和收集的数据资料表明，世界优秀攀岩运动员的身高呈中高稳定趋势发展。其形态特点是体态匀称结实，肌肉富有弹性，身轻，上肢稍长，骨盆纵轴较短，人体横轴较窄。因此一定的身高对于一个攀岩运动员来说是很重要的条件之一，所以攀岩运动员的身高最低标准应掌握在男子 1.75m 以上、女子 1.65m 以上为宜。标准体重男子应为 60.57kg，女子应为 49.6kg。

③ 在从事此项运动前，一定要注意身体机能的锻炼。只有具备良好的身体机能，才能在运动中发挥出水平，应付出现的各种情况。

④ 具有全面良好的运动素质水平，这也是掌握发挥攀岩技术的基础。运动素质主要包括引体向上、悬垂举腿和 800m、1500m 中跑的指数。一般要求男子 1500m 的成绩应在 5 分钟左右，女子 800m 的成绩应在 4 分钟以内。

3. 开展攀岩运动的意义

攀岩运动是一项勇敢者的运动，每向上攀登 1cm，付出的代价都是巨大的。成功地攀登一次，常需要几个小时，但当回首俯瞰脚下已被征服的岩崖时，尽管浑身已瘫软无力，但自豪感却充满心头，使人们在享受大自然博大的胸怀时，更能体味到人类挑战自我，证实自我所带来的那份刺激和喜悦。

第六节　棋牌运动

一、棋类运动（chess）

棋类运动属体育运动项目，是用棋盘和棋子，按规定的法则进行智力和体力较量的一种运动。棋类运动项目繁多，一般包括围棋、国际象棋、中国象棋、跳棋、军棋等，棋类运动趣味性、对抗性强，变化多样，对发展智力，锻炼逻辑思维能力，培养沉着冷静的意志品质均有良好作用。现主要介绍国际通行棋种：围棋和国际象棋。

1. 围棋（weiqi）

(1) 围棋简介

围棋属体育运动棋类项目，是两人对局，用棋盘和棋子进行的一种运动。围棋起源于中国，是中国宝贵的文化遗产，有四千多年的历史。春秋战国时期已经相当普遍，隋唐时传入日本，19 世纪传入欧洲。在亚洲比较流行，在欧美各国也有很大发展。国际围棋联盟于1982 年 3 月在日本东京成立，旨在推动世界各国的围棋交流与发展，联络各国围棋棋手，切磋棋艺，增进友谊。重大的国际围棋比赛有"富士通"、"应氏杯"、"中日擂台赛"、"世界业余围棋锦标赛"，"IBM"世界快棋公开赛和"欧洲围棋锦标赛"等。

(2) 围棋着棋的方法

棋盘上画有横竖 19 条平行线，构成 361 个交叉点，棋子为扁圆形，分黑白两色，各有180 个子。双方各执一色，下在交叉点上。围棋分"对子局"和"让子局"。在"对子局"

中，执黑子者先行，在让子局中执白子者先行。每人每次下一子，双方依照一定的法则依次轮流下子，直到终局，按照双方所占地盘多少决定胜负。

（3）围棋的基本术语

① 布局：围棋对局开始阶段的棋子布置和结构。

② 中盘：双方布局大致完成，彼此着子位置逐步接近，进入紧密接触，相互搏杀的阶段。

③ 收宫：对局经布局和中盘阶段，随着局面的进展，双方阵地大致稳定，空形也渐渐固定，进入收束阶段，盘面剩余空路是双方最后争夺的地域，直到最后一目为止。

④ 定式：由围棋高手经过长期实践和研究创造出来的固定着法。

⑤ 终局：下列情况为终局，双方一致确认着子完毕；对局中有一方中途认输；凡比赛一方弃权或因各种原因被裁判员判负、判和的对局；在限时比赛中一方读秒过时。

⑥ 手筋：是巧妙的手段，通常指子的作用和威力。

⑦ 气：一个棋子下在棋盘上，与它直线紧邻的空点是这个棋子的气。

⑧ 打劫：一方下子吃掉对方一子，对方下子又可提掉此子，双方轮换争夺的着法。

⑨ 征：将对方被围之子从两边连续地紧紧打吃、迫使对方无法脱身，追到极边全数提取的着法。

⑩ 扑：故意往对方虎口里填子给对方吃，而使对方自己紧自己一口气，以至最后把对方几倍于自己的棋杀死的着法。

⑪ 扳：双方在平行线路上紧密并行，一方为了改变着法向斜角上扳出的着法。

⑫ 拆：在原有棋子的同一条横线上，向左或向右间隔一路、两路甚至三至五路上下一子的着法。

⑬ 接：把两子在相隔一路的空处连接起来的着法。

⑭ 断：把对方的棋子分割开的着法。

⑮ 提：棋子被围打吃，如置之不应，另着他处，对方再下一子，使此被打吃之子无气，从棋盘上拿掉的着法。

⑯ 点：在对方棋形的要害处下一子的着法。

⑰ 飞：在己方原有棋子的平行第二条线路上隔一路或两路置子的着法。

⑱ 跳：在原有棋子的同一条直线上，连行二着乃至数着后，隔开一路下子的着法。

⑲ 打：亦称"打吃"或"叫吃"，在对方棋子只有两口气的情况下，着一子形成三面包围，再下一子就能提取的着法。

⑳ 双活：双方被围的部分均无两个眼，共同享有公气，而彼此又不能杀死对方，形成互相吃不掉的"双活"局面。

㉑ 活棋：指对方无法吃掉的棋子。

㉒ 实地：指在盘面上已经占有或围定控制的区域。

（4）围棋胜负计算方法

一盘棋，进行到无地可争，即双方都不能再增加己方存活的棋子数时，这盘棋就算下完了。双方下子完毕的棋局，计算胜负采用数子法，即先将双方死子全部清理出盘外，然后对方的活棋（包括活棋围住的点）以子为单位进行计数。双方活棋之间的空点各得一半，一个点即为一个子，胜负的基准以棋盘总数的一半，即180个点为归本数。凡一方活棋与所属空点的总和大于此数者为胜，小于此数者为负，等于此数者为和。

另外，对局时一方出现下列情况之一，也要判对方获胜：①对局过程中自己认输；②迟到时间超过规定限度；③由于严重犯规而被判输；④限时比赛读秒过时。

2. 国际象棋（chess）

(1) 国际象棋简介

国际象棋是用棋盘和棋子进行的一种运动，起源于 5 世纪古印度的恰图兰卡。1914 年由荷兰、法国等 15 个国家发起，在巴黎成立了国际象棋联合会。主要比赛有奥林匹克赛、世界冠军赛、青年赛、少年赛、女子赛世界学生团体赛、世界锦标赛和世界通讯锦标赛。20世纪初国际象棋传入我国，近年来在我国有了长远发展。中国男、女均进入了世界强列。国际象棋手等级分为：特级大师、国际大师、棋联大师、女子特级大师、女子国际大师 5 种。

(2) 比赛方法及规则

① 棋盘是由 64 个（8×8）大小相等的小方格组成，小方格有深、浅两色（黑格、白格）交错排列，双方的右下角均为白格。

② 棋子移动方法。a. 棋子共 32 个，分别放在棋盘两方的小格上，16 个浅色的称为"白棋"，16 个深色的称为"黑棋"，由对局双方对执。双方各有王、后各 1 个，车、马、象各 2 个，兵 8 个。b. 下棋时，双方轮流走棋，每次各走一着，以后双方轮流，直至终局。c. 各种棋子的走法不同：王，横、直、斜都可以走，除"王车易位"外，可以走到未被对方棋子攻击的相邻格子；后，横走、直走或斜走，每次格数不限，但不许越子；车，横走或直走，每次格数不限，除"王车易位"外，不许越子；象，斜走，格数不限，不许越子；马，每次先横走或直走一格，然后再斜走一格，可以越子；兵，在原位的兵初次走动，可以直走一格或二格，以后每次只能直走一格，不许后退。

③ 对局时，白棋先走。正式比赛以抽签决定谁执白棋，以后轮流走棋。白方先走的一着，加上黑方的一步应着为一个回合。对局结束，将死对方王的一方获取胜利。除此还有和棋。

④ 每局棋手取时间总计制，规定每方在一定时限内必须走满若干着数，否则就算输棋。如规定着数提前走满，所余时间可转入下一时限使用。

⑤ 国际比赛和中国全国比赛规定的时限是：每方在轮到自己走的 2.5 小时内必须走 40着，以后每小时必须走 16 着。5 小时为一场，一场比赛结束时间已到，双方应走着数也已走满，但未终局，则由裁判员宣布封棋，轮到走棋的一方用完整记录把着法暗记在记录纸上，交裁判员装入封套封存，然后定期续赛。

⑥ 名次排列方法：每局棋的结果，胜者记 2 分，和者记 1 分，负者记 0 分。以积分多少排列名次。积分相等，依据"对手分"等附则加以区分或安排加赛。

二、桥牌（bridge）

1. 桥牌运动简介

桥牌属体育运动项目，起源于 16 世纪，流行于美国的一种称为"凯旋"（Triumph）的四人纸牌游戏。此后逐渐演变成为翻开第 52 张牌为将牌花色的惠斯特（Whist）牌戏，后又发展为由发牌人看牌后选定将牌花色并可以将这种权利让给同伴的方法，即在 19 世纪后半叶起开始流行的惠斯特桥牌。同时，为了提高这种牌戏的难度和比赛的兴趣，还增加了"加倍"和"再加倍"的规定。1904 年竞叫桥牌（auction-bridge）问世，从此每一牌手均能竞相叫牌，以确定主牌花色。1925～1926 年间，美国桥牌名手 H. S. 范登比尔特在竞叫桥牌基础上创造了现已流行于世界各地的定约式桥牌（contract-bridge），并规定只有叫到局并打成局才算成局，增加了局况和满贯奖分。桥牌趣味盎然，情致高雅，机理深妙，与围棋、国际象棋并称为三大世界性智力运动，现流行于世界各地，并成为体育运动比赛项目之一。

2. 玩桥牌的方法

把 52 张牌，分黑桃、红心（亦称"红桃"）、方块、梅花（亦称"草花"）4 种花色，每种花色 13 张牌，大小按 A、K、Q、J、10、9、8、7、6、5、4、3、2 的顺序。玩法是：四人分两队对抗，同伴相对而坐，轮流将 52 张牌按顺时针方向从发牌者左手第一人起依次分发（包括发牌者），发完为止，每人 13 张。比赛分"叫牌"和"打牌"两个阶段。叫牌有"单位制"、"计点制"等方法，用规定术语进行。可任定一种花色作"将牌"（亦称"王牌"）。也可不指定将牌，叫"无将"，并确定完成定约所需牌墩数（四人各出一张牌为"墩"），叫牌从发牌人起依次顺时针方向轮流进行。以无将的等级为最高，以下依次为黑桃、红心、方块、草花。叫牌中，下一牌手须盖叫过上一牌手，如定约数字相同则须在等级上高过上一牌手，如 1 黑桃可盖叫 1 红心。若等级低于上一牌手，则须增加定约数字，如 2 草花可盖叫 1 无将。打牌时轮流出牌，每轮每人一张，同组花色中大胜小。指定将牌时，其有特殊效能，可用将牌来吃任何其他花色。完成定约所需牌墩数者得分，否则罚分，以得分多者为胜。

3. 桥牌的基本术语及用法

（1）发牌

将一副牌顺序分发给 4 名牌手。用抽签或抽牌方式确定第一发牌人为"北"家，以顺时针方向按北、东、南、西轮流进行。

（2）叫牌

采用戈伦的计点法，A＝4 点，K＝3 点，Q＝2 点，J＝1 点。两个牌手的合计实力如有 26 点一般可在高级花色成局；如有 29 点，一般可在低级花色成局；如有 33 点，一般可做成小满贯；37 点可望完成大满贯。比赛是每一对选手必须事先将自己所采用的叫牌体系告诉对方，绝对不允许有其他秘密约定。正式比赛时中每队选手采用的叫牌体系还要填在约定卡上，让对方查阅。

（3）花色

一副扑克牌中四组不同牌的代表符号，每种花色有 13 张牌。叫牌时，花色等级以"无将"最高，以下依次为"黑桃"、"红心"、"方块"、"草花"。叫牌时，下一牌手须盖叫上一牌手，若所叫定约等级数字相同，则须在花色等级上高过上一牌手。如：1 无将可盖叫 1 黑桃；1 黑桃可盖叫 1 红心；以此类推。计分时，又将黑桃、红心规定为高级花色，每墩定为 30 分；将方块、草花规定为低级花色，每墩定为 20 分；无将定约的第一墩定为 40 分，第二墩开始为 30 分。

（4）定约

每副牌的定约是由叫牌过程来完成的。发牌人首先按自己手中牌的实力叫牌，以后按顺时针方向轮流进行。下牌手叫牌的花色或等级数须盖过上一牌手所叫的花色或等级数，直到对某一牌手所叫的花色和等级数其他三人均不再盖叫时，叫牌结束。该副牌的定约随之确定。最后定约的一方为定约方，对方即为防守方。

（5）成局

成局指定约到局并打成局。不同花色或无将的定约成局所需墩数亦不同，但均需足够

100 墩分。如无将定约须叫到 3 阶，拿够 9 墩，即 3NT 二首墩 40＋30×2＝100 墩分；高级花色须叫到 4 阶，拿够 10 墩，如 4 黑桃（或红心）30×4＝120 墩分；低级花色须叫到 5 阶，拿够 11 墩，如 5 方块（或草花）20×5＝100 墩分。

（6）桥牌国际分

桥牌比赛每副获得的基本分应折合成国际分（IMP），按折算表 17-1 进行换算。

表 17-1　桥牌国际分折算表

基 本 分 差	折合 IMP	基 本 分 差	折合 IMP
0～10	0	750～890	13
20～40	1	900～1090	14
50～80	2	1100～1290	15
90～120	3	1300～1490	16
130～160	4	1500～1740	17
170～210	5	1750～1990	18
220～260	6	2000～2240	19
270～310	7	2250～2490	20
320～360	8	2500～2990	21
370～420	9	3000～3490	22
430～490	10	3500～3990	23
500～590	11	4000 以上	24
600～740	12		

（7）桥牌基本分

桥牌基本分是桥牌记分的基础，由墩分、奖分、罚分 3 部分组成。

① 墩分（完成定约的得分），见表 17-2。

表 17-2　墩分计算表

加倍否	完成花色定约	完成无将定约
未加倍	定约数×墩分（黑桃、红心 30 分，方块、草花 20 分）	40＋（定约数字－1）×30
加倍	定约数×墩分×2	[40＋（定约数字－1）×30]×2
再加倍	定约数×墩分×4	[40＋（定约数字－1）×30]×4

② 奖分，见表 17-3 和表 17-4。

表 17-3　完成订约奖分

局方 ＼ 奖分 ＼ 定约	未成局定约	成局定约	小满贯定约	大满贯定约	加倍定约	再加倍定约
无局	50	300	500	1000	50	100
有局	50	500	750	1500	50	100

表 17-4　超额完成定约奖分

墩分 ＼ 每超一墩奖分 ＼ 加倍否	未加倍		加倍	再加倍
	NT、S、H	D、S		
无局	30	20	100	200
有局	30	20	200	400

③ 罚分（定约方完不成定约，由对方得分），见表17-5。

表 17-5　罚分表

局况 罚分 墩数	无局方			有局方		
	未加倍	加倍	再加倍	未加倍	加倍	再加倍
1	50	100	200	100	200	400
2	100	300	600	200	500	1000
3	150	500	1000	300	800	1600
4	200	800	1600	400	1100	2200
5	250	1100	2200	500	1400	2800
6	300	1400	2800	600	1700	3400
7	350	1700	3400	700	2000	4000

附 录

附录一 《国家学生体质健康标准》（节选）
的项目、指标及运用

一、各年级的测试项目

《国家学生体质健康标准》里设置了符合我国学校实际情况、简便易行的测试项目，它们的可靠性、有效性、客观性、可操作性等在多年来的学校体育实践中得到了证明，这些测试项目涵盖了人体形态、机能、身体素质和运动能力的多个方面。从学生的年龄特点以及场地、器材、费用、时间等考虑，各年级学生的测试项目分为必测类项目和选测类项目。各类选测项目，每年由地（市）及教育行政部门或高等学校在测试前选择确定并公布，选测项目原则上每年不得重复。在实际测试时，各年级的测试项目保持在 4～6 项之间，大学各年级测试项目见表1。

大学各年级均为必测三个项目，选测三个项目，合计需要测试六个项目。身高、体重、肺活量为必测项目。从 1000m 跑（男）、800m 跑（女）、台阶试验中选测一项；从坐位体前屈、掷实心球、仰卧起坐（女）、引体向上（男）、握力体重指数中选测一项；从 50m 跑、立定跳远、跳绳、篮球运球、足球运球、排球垫球中选测一项。

表1 测试项目分类表

年级	必测项目	选测试项目	备注
大学	身高 体重 肺活量	1000m 跑(男) 800m 跑(女) 台阶试验	选测一项
		坐位体前屈 仰卧起坐(女) 引体向上(男) 掷实心球 握力	选测一项
		50m 跑(25m×2 往返跑) 立定跳远 跳绳 篮球运球 足球运球 排球垫球	选测一项

注：选测的项目由各地（市）教育行政部门在测试前随机抽取。

二、各年级的评价指标

《国家学生体质健康标准》中对大学规定了相应的评价指标（表2），这些指标是根据《国家学生体质健康标准》中项目的测试值进行评价的。有的是直接利用测试值进行查表评分，如立定跳远；有的需要进行计算，如肺活量体重指数和握力体重指数；此外，身高标准体重是根据所测得的身高和体重查表进行评分。因此当测试项目确定后，评价指标也就相应被确定。例如，对于某地大学一年级女生来说，如果从坐位体前屈、仰卧起坐、掷实心球、握力三项中选测了握力，那么对应的评价指标就是经过计算以后得出来的握力体重指数，用计算值来查表评分。总之，评价指标和测试项目都是相对应的，要想选什么评价指标，就必须选测相应的测试项目；同样，测试了相应的项目，就要选评对应的指标。

大学各年级的评价指标有五项：身高标准体重、肺活量体重指数两项为必评指标；选评指标有三项，分别是从1000m跑（男）、800m跑（女）、台阶试验中选评一项；从坐位体前屈、掷实心球、仰卧起坐（女）、引体向上（男）、握力体重指数中选评一项；从50m跑、立定跳远、跳绳、篮球运球、足球运球、排球垫球中选评一项。

表2 评分指标分类表

年级	必测项目	选测试项目	备 注
大学	身高 体重 肺活量	1000m跑（男） 800m跑（女） 台阶试验	选评一项
		坐位体前屈 仰卧起坐（女） 引体向上（男） 掷实心球 握力	选评一项
		50m跑（25m×2往返跑） 立定跳远 跳绳 篮球运球 足球运球 排球垫球	选评一项

三、评分表的使用方法

使用评分表对学生的测试结果进行评价可分为两个部分，首先是对各项测试结果分别评分，得出相应评价指标的得分和等级；第二部分是对每一个学生给出一个总的得分和等级。下面就分别予以介绍。

① 先按年级、性别，找到对应的评分表，使用该表查出相应指标所处的档次及其得分。

例如：测得某大学一年级一位男生的身高为170cm，体重为60kg；台阶试验71；立定跳远为2.62m；肺活量体重指数为78；握力体重指数为84。先找到大学各年级男生身高标准体重表，在表左侧的身高段里找到该男生170cm所处的段，在170.0～170.9之间，再向右查与此对应的体重，60kg在58.8～66.5的范围内，属于正常体重，得100分；再找大学各年级男生评分标准，查台阶试验的得分，71为优秀，得92分；立定跳远为2.62m属于优秀，得分为94；肺活量体重指数为78属于优秀，得分为90；握力体重指数为84属于良好，得分为87。

通过这一步对受试者每一项指标进行评价，我们就可以了解该生在体质健康各个方面的具体情况和等级，教师可以根据每个学生的个体差异，对于不够理想的指标，进行有针对性地锻炼，鼓励学生进步与发展，从而不断提高每个学生的体质健康水平。

如果想要对它进行总体评价，就需要查出的分数进行下一步计算。

② 等级评价

优秀：总分 90 分以上；　　　　　　　　及格：总分 60～74 分；

良好：总分 75～89 分；　　　　　　　　不及格：总分 59 分以下。

例如：上面举例的某大学一年级一位男生身高标准体重为 100 分，台阶试验得 92 分；立定跳远 94 分，总分为 $100×0.1+92×0.2+94×0.3+90×0.2+87×0.2=92$（分），依据等级标准，该生的体质健康评分等级为优秀。

四、身高标准体重查表补充说明

如果个别学生的身高（太高或太低）在表中查不到时，可按下列方法折算后再查表。

当学生身高低于表中所列出的最低身高段的下限值时，实测身高需要加上与下限值之差，并且身高每低 1cm，实测体重需加上 0.5kg，再查表确定分值。

当学生身高高于表中所列出的最高身高段的上限值时，实测身高减去与上限值的差值，身高每高 1cm，其实测体重需减去 0.9kg，再查表确定分值。

附录二　大学生体质健康标准测试项目及权重系数

表 1　评价指标及权重系数

测试对象分组	评价指标	权重系数
大学各年级	身高标准体重	0.1
	肺活量体重指数	0.2
	1000m 跑（男）、800m 跑（女）、台阶试验	0.3
	坐位体前屈、掷实心球、仰卧起坐（女）、引体向上（男）、握力体重指数	0.25
	50m 跑、立定跳远、跳绳、篮球运球、足球运球、排球垫球	0.2

表 2　测试项目

年级	必测项目	选测试项目	备注
大学	身高 体重 肺活量	1000m 跑（男） 800m 跑（女） 台阶试验	选测一项
		坐位体前屈 仰卧起坐（女） 引体向上（男） 掷实心球 握力	选测一项
		50m 跑 立定跳远 跳绳 篮球运球 足球运球 排球垫球	选测一项

注：选测项目由各地（市）及教育行政部门在测试前随机选取。

附录三　大学生体质测试评分标准及评分办法

一、评分标准

表1　大学一年级至大学四年级男生身高标准体重　　　体重单位：kg

身高段/cm	营养不良	较低体重	正常体重	超重	肥胖
	50分	60分	100分	60分	50分
144.0～144.9	<41.5	41.5～46.3	46.4～51.9	52.0～53.7	≥53.8
145.0～145.9	<41.8	41.8～46.7	46.8～52.6	52.7～54.5	≥54.6
146.0～146.9	<42.1	42.1～47.1	47.2～53.1	53.2～55.1	≥55.2
147.0～147.9	<42.4	42.4～47.5	47.6～53.7	53.8～55.7	≥55.8
148.0～148.9	<42.6	42.6～47.9	48.0～54.2	54.3～56.3	≥56.4
149.0～149.9	<42.9	42.9～48.3	48.4～54.8	54.9～56.6	≥56.7
150.0～150.9	<43.2	43.2～48.8	48.9～55.4	55.5～57.6	≥57.7
151.0～151.9	<43.5	43.5～49.2	49.3～56.0	56.1～58.2	≥58.3
152.0～152.9	<43.9	43.9～49.7	49.8～56.5	56.6～58.7	≥58.8
153.0～153.9	<44.2	44.2～50.1	50.2～57.0	57.1～59.3	≥59.4
154.0～154.9	<44.7	44.7～50.6	50.7～57.5	57.6～59.8	≥59.9
155.0～155.9	<45.2	45.2～51.1	51.2～58.0	58.1～60.7	≥60.8
156.0～156.9	<45.6	45.6～51.6	51.7～58.7	58.8～61.0	≥61.1
157.0～157.9	<46.1	46.1～52.1	52.2～59.2	59.3～61.5	≥61.6
158.0～158.9	<46.6	46.6～52.6	52.7～59.8	59.9～62.2	≥62.3
159.0～159.9	<46.9	46.9～53.1	53.2～60.3	60.4～62.7	≥62.8
160.0～160.9	<47.4	47.4～53.6	53.7～60.9	61.0～63.4	≥63.5
161.0～161.9	<48.1	48.1～54.3	54.4～61.6	61.7～64.1	≥64.2
162.0～162.9	<48.5	48.5～54.8	54.9～62.2	62.3～64.8	≥64.9
163.0～163.9	<49.0	49.0～55.3	55.4～62.8	62.9～65.3	≥65.4
164.0～164.9	<49.5	49.5～55.9	56.0～63.4	63.5～65.9	≥66.0
165.0～165.9	<49.9	49.9～56.4	56.5～64.1	64.2～66.6	≥66.7
166.0～166.9	<50.4	50.4～56.9	57.0～64.6	64.7～67.0	≥67.1
167.0～167.9	<50.8	50.8～57.3	57.4～65.0	65.1～67.5	≥67.6
168.0～168.9	<51.1	51.1～57.7	57.8～65.5	65.6～68.1	≥68.2
169.0～169.9	<51.6	51.6～58.2	58.3～66.0	66.1～68.6	≥68.7
170.0～170.9	<52.1	52.1～58.7	58.8～66.5	66.6～69.1	≥69.2
171.0～171.9	<52.5	52.5～59.2	59.3～67.2	67.3～69.8	≥69.9
172.0～172.9	<53.0	53.0～59.8	59.9～67.8	67.9～70.4	≥70.5

续表

身高段/cm	营养不良 50分	较低体重 60分	正常体重 100分	超重 60分	肥胖 50分
173.0～173.9	<53.5	53.5～60.3	60.4～68.4	68.5～71.1	≥71.2
174.0～174.9	<53.8	53.8～61.0	61.1～69.3	69.4～72.0	≥72.1
175.0～175.9	<54.5	54.5～61.5	61.6～69.9	70.0～72.7	≥72.8
176.0～176.9	<55.3	55.3～62.2	62.3～70.9	71.0～73.8	≥73.9
177.0～177.9	<55.8	55.8～62.7	62.8～71.6	71.7～74.5	≥74.6
178.0～178.9	<56.2	56.2～63.3	63.4～72.3	72.4～75.3	≥75.4
179.0～179.9	<56.7	56.7～63.8	63.9～72.8	72.9～75.8	≥75.9
180.0～180.9	<57.1	57.1～64.3	64.4～73.5	73.6～76.5	≥76.6
181.0～181.9	<57.7	57.7～64.9	65.0～74.2	74.3～77.3	≥77.4
182.0～182.9	<58.2	58.2～65.6	65.7～74.9	75.0～77.8	≥77.9
183.0～183.9	<58.8	58.8～66.2	66.3～75.7	75.8～78.8	≥78.9
184.0～184.9	<59.3	59.3～66.8	66.9～76.3	76.4～79.4	≥79.5
185.0～185.9	<59.9	59.9～67.4	67.5～77.0	77.1～80.2	≥80.3
186.0～186.9	<60.4	60.4～68.1	68.2～77.8	77.9～81.1	≥81.2
187.0～187.9	<60.9	60.9～68.7	68.8～78.6	78.7～81.9	≥82.0
188.0～188.9	<61.4	61.4～69.2	69.3～79.3	79.4～82.6	≥82.7
189.0～189.9	<61.8	61.8～69.8	69.9～79.9	80.0～83.2	≥83.3
190.0～190.9	<62.4	62.4～70.4	70.5～80.5	80.6～83.6	≥83.7

注：身高低于表中所列出的最低身高段的下限值时，身高每低1cm，实测体重需加上0.5kg，实测身高需加上1cm，再查表确定分值。身高高于表中所列出的最高身高段时，身高每高1cm，其实测体重需减去0.9kg，实测身高需减去1cm，再查表确定分值。

表2　大学一年级～大学四年级女生身高标准体重　　　体重单位：kg

身高段/cm	营养不良 50分	较低体重 60分	正常体重 100分	超重 60分	肥胖 50分
140.0～140.9	<36.5	36.5～42.4	42.5～50.6	50.7～53.3	≥53.4
141.0～141.9	<36.6	36.6～42.9	43.0～51.3	51.4～54.1	≥54.2
142.0～142.9	<36.8	36.8～43.2	43.3～51.9	52.0～54.7	≥54.8
143.0～143.9	<37.0	37.0～43.5	43.6～52.3	52.4～55.2	≥55.3
144.0～144.9	<37.2	37.2～43.7	43.8～52.7	52.8～55.6	≥55.7
145.0～145.9	<37.5	37.5～44.0	44.1～53.1	53.2～56.1	≥56.2
146.0～146.9	<37.9	37.9～44.4	44.5～53.7	53.8～56.7	≥56.8
147.0～147.9	<38.5	38.5～45.0	45.1～54.3	54.4～57.3	≥57.4
148.0～148.9	<39.1	39.1～45.7	45.8～55.0	55.1～58.0	≥58.1
149.0～149.9	<39.5	39.5～46.2	46.3～55.6	55.7～58.7	≥58.8
150.0～150.9	<39.9	39.9～46.6	46.7～56.2	56.3～59.3	≥59.4
151.0～151.9	<40.3	40.3～47.1	47.2～56.7	56.8～59.8	≥59.9
152.0～152.9	<40.8	40.8～47.6	47.7～57.4	57.5～60.5	≥60.6

身高段/cm	营养不良	较低体重	正常体重	超重	肥胖
	50分	60分	100分	60分	50分
153.0～153.9	<41.4	41.4～48.2	48.3～57.9	58.0～61.1	≥61.2
154.0～154.9	<41.9	41.9～48.8	48.9～58.6	58.7～61.9	≥62.0
155.0～155.9	<42.3	42.3～49.1	49.2～59.1	59.2～62.4	≥62.5
156.0～156.9	<42.9	42.9～49.7	49.8～59.7	59.8～63.0	≥63.1
157.0～157.9	<43.5	43.5～50.3	50.4～60.4	60.5～63.6	≥63.7
158.0～158.9	<44.0	44.0～50.8	50.9～61.2	61.3～64.5	≥64.6
159.0～159.9	<44.5	44.5～51.4	51.5～61.7	61.8～65.1	≥65.2
160.0～160.9	<45.0	45.0～52.1	52.2～62.3	62.5～65.6	≥65.7
161.0～161.9	<45.4	45.4～52.5	52.6～62.8	62.9～66.2	≥66.3
162.0～162.9	<45.9	45.9～53.1	53.2～63.4	63.5～66.8	≥66.9
163.0～163.9	<46.4	46.4～53.6	53.7～63.9	64.0～67.3	≥67.4
164.0～164.9	<46.8	46.8～54.2	54.3～64.5	64.6～67.9	≥68.0
165.0～165.9	<47.4	47.4～54.8	54.9～65.0	65.1～68.3	≥68.4
166.0～166.9	<48.0	48.0～55.4	55.5～65.5	65.6～68.9	≥69.0
167.0～167.9	<48.5	48.5～56.0	56.1～66.2	66.3～69.5	≥69.6
168.0～168.9	<49.0	49.0～56.4	56.5～66.7	66.8～70.1	≥70.2
169.0～169.9	<49.4	49.4～56.8	56.9～67.3	67.4～70.7	≥70.8
170.0～170.9	<49.9	49.9～57.3	57.4～67.9	68.0～71.4	≥71.5
171.0～171.9	<50.2	50.2～57.8	57.9～68.5	68.6～72.1	≥72.2
172.0～172.9	<50.7	50.7～58.4	58.5～69.1	69.2～72.7	≥72.8
173.0～173.9	<51.0	51.0～58.8	58.9～69.6	69.7～73.1	≥73.2
174.0～174.9	<51.3	51.3～59.3	59.4～70.2	70.3～73.6	≥73.7
175.0～175.9	<51.9	51.9～59.9	60.0～70.8	70.9～74.4	≥74.5
176.0～176.9	<52.4	52.4～60.4	60.5～71.5	71.6～75.1	≥75.2
177.0～177.9	<52.8	52.8～61.0	61.1～72.1	72.2～75.7	≥75.8
178.0～178.9	<53.2	53.2～61.5	61.6～72.6	72.7～76.2	≥76.3
179.0～179.9	<53.6	53.6～62.0	62.1～73.2	73.3～76.7	≥76.8
180.0～180.9	<54.1	54.1～62.5	62.6～73.7	73.8～77.0	≥77.1
181.0～181.9	<54.5	54.5～63.1	63.2～74.3	74.4～77.8	≥77.9
182.0～182.9	<55.1	55.1～63.8	63.9～75.0	75.1～79.4	≥79.5
183.0～183.9	<55.6	55.6～64.5	64.6～75.7	75.8～80.4	≥80.5
184.0～184.9	<56.1	56.1～65.3	65.4～76.6	76.7～81.2	≥81.3
185.0～185.9	<56.8	56.8～66.1	66.2～77.5	77.6～82.4	≥82.5
186.0～186.9	<57.3	57.3～66.9	67.0～78.6	78.7～83.3	≥83.4

注: 身高低于表中所列出的最低身高段的下限值时，身高每低 1cm，实测体重需加上 0.5kg，实测身高需加上 1cm，再查表确定分值。身高高于表中所列出的最高身高段时，身高每高 1cm，其实测体重需减去 0.9kg，实测身高需减去 1cm，再查表确定分值。

表3　大学男生各测试项目评分标准

等级	单项得分	肺活量体重指数	1000m	台阶试验	50m跑/s	立定跳远/m	掷实心球/m	握力体重指数	引体向上/次	坐位体前屈/cm	跳绳/(次/min)	篮球运球/s	足球运球/s	排球垫球/次
优秀	100	84	3′27″	82	6.0	2.66	15.7	92	26	23.0	198	8.6	6.3	50
	98	83	3′28″	80	6.1	2.65	15.2	91	25	22.6	193	9.0	6.5	49
	96	82	3′31″	77	6.2	2.63	14.4	90	24	22.0	186	9.6	6.9	46
	94	81	3′33″	74	6.3	2.62	13.6	89	23	21.4	178	10.3	7.3	44
	92	80	3′35″	71	6.4	2.60	12.5	87	22	20.6	168	11.1	7.7	41
	90	78	3′39″	67	6.5	2.58	11.5	86	21	19.8	158	12.0	8.2	38
良好	87	77	3′42″	65	6.6	2.56	11.3	84	20	18.9	152	12.4	8.5	37
	84	75	3′45″	63	6.8	2.52	10.9	81	19	17.5	144	12.9	8.9	34
	81	73	3′49″	60	7.0	2.48	10.5	79	18	16.2	136	13.5	9.3	32
	78	71	3′53″	57	7.3	2.43	10.0	75	17	14.3	124	14.3	9.9	29
	75	68	3′58″	53	7.5	2.38	9.5	72	16	12.5	113	15.0	10.4	26
及格	72	66	4′05″	52	7.6	2.35	9.3	70	15	11.3	108	15.6	10.7	25
	69	64	4′12″	51	7.7	2.31	8.9	66	14	9.5	101	16.6	11.2	23
	66	61	4′19″	50	7.8	2.26	8.5	63	13	7.8	94	17.5	11.7	21
	63	58	4′26″	48	8.0	2.20	8.0	59	12	5.4	85	18.8	12.3	18
	60	55	4′33″	46	8.1	2.14	7.5	54	11	3.0	75	20.0	12.9	15
不及格	50	54	4′40″	45	8.2	2.12	7.3	53	9	2.4	71	20.6	13.3	14
	40	52	4′47″	44	8.3	2.09	7.0	51	8	1.4	64	21.6	13.8	12
	30	51	4′54″	43	8.5	2.06	6.7	49	7	0.5	58	22.5	14.3	10
	20	49	5′01″	42	8.6	2.03	6.2	47	6	−0.8	49	23.8	15.0	8
	10	47	5′08″	40	8.8	1.99	5.8	44	5	−2.0	40	25.0	15.7	5

表4　大学女生各测试项目评分标准

等级	单项得分	肺活量体重指数	800m	台阶试验	50m跑/s	立定跳远/m	掷实心球/m	握力体重指数	仰卧起坐/(次/min)	坐位体前屈/cm	跳绳/(次/min)	篮球运球/s	足球运球/s	排球垫球/次
优秀	100	70	3′24″	78	7.2	2.07	8.6	74	52	21.1	190	11.2	7.3	46
	98	69	3′27″	75	7.3	2.06	8.5	73	51	20.8	184	11.5	7.8	44
	96	68	3′29″	72	7.4	2.05	8.4	72	50	20.3	175	12.0	8.6	41
	94	67	3′32″	69	7.5	2.03	8.2	71	49	19.8	166	12.6	9.4	38
	92	65	3′35″	64	7.7	2.01	8.0	69	47	19.2	154	13.3	10.5	34
	90	64	3′38″	60	7.8	1.99	7.8	67	45	18.6	142	14.0	11.5	30
良好	87	63	3′42″	59	7.9	1.97	7.7	66	44	17.7	137	14.6	11.9	29
	84	61	3′46″	57	8.0	1.93	7.6	63	43	16.3	130	15.6	12.5	27
	81	59	3′50″	55	8.2	1.89	7.5	61	42	15.0	122	16.5	13.2	25
	78	57	3′54″	52	8.3	1.84	7.4	58	40	13.1	112	17.8	14.0	23
	75	54	3′58″	49	8.5	1.79	7.2	55	38	11.3	102	19.0	14.9	20

等级	单项得分	肺活量体重指数	800m	台阶试验	50m跑/s	立定跳远/m	掷实心球/m	握力体重指数	仰卧起坐/(次/min)	坐位体前屈/cm	跳绳/(次/min)	篮球运球/s	足球运球/s	排球垫球/次
	72	53	4′03″	48	8.6	1.76	7.1	53	37	10.1	98	19.8	15.6	19
	69	51	4′08″	47	8.7	1.72	7.0	50	35	8.3	92	20.9	16.7	17
及格	66	49	4′13″	46	8.8	1.69	6.8	48	33	6.5	86	22.0	17.8	15
	63	46	4′18″	44	8.9	1.63	6.6	44	31	4.1	78	23.5	19.3	13
	60	43	4′23″	42	9.0	1.58	6.4	40	28	1.7	70	25.0	20.8	10
	50	42	4′30″	41	9.1	1.56	6.2	39	27	1.5	66	25.8	21.2	9
	40	41	4′37″	40	9.3	1.53	6.0	38	26	1.3	59	26.9	21.9	8
不及格	30	39	4′44″	39	9.5	1.50	5.7	36	25	1.0	53	28.0	22.5	7
	20	37	4′51″	38	9.8	1.46	5.4	34	23	0.6	44	29.5	23.4	6
	10	35	5′00″	36	10.0	1.42	5.0	32	21	0.2	35	31.0	24.3	4

参 考 文 献

[1] 杨文轩，杨霆. 体育概论 [M]. 北京：高等教育出版社，2005.
[2] 潘绍伟，于可红. 学校体育学 [M]. 北京：高等教育出版社，2009.
[3] 季浏. 体育心理学 [M]. 北京：高等教育出版社，2009.
[4] 姚鸿恩. 运动保健学 [M]. 北京：高等教育出版社，2004.
[5] 教育部. 体育与健康课程标准 [M]. 北京：北京师范大学出版社，2001.
[6] 吕庆祝，王胜超. 《国家学生体质健康标准》使用教材 [M]. 北京：中国传媒出版社，2008.
[7] 李鸿江. 田径 [M]. 北京：高等教育出版社，2008.
[8] 孙民治. 篮球 [M]. 北京：高等教育出版社，2005.
[9] 吴国正，董雪芬. 排球 [M]. 北京：北京体育大学出版社，2009.
[10] 王崇喜. 足球 [M]. 北京：高等教育出版社，2009.
[11] 马冰. 足球 [M]. 北京：北京体育大学出版社，2009.
[12] 童昭岗. 体操 [M]. 北京：高等教育出版社，2005.
[13] 睢强，李小娜. 游泳 [M]. 北京：北京体育大学出版社，2010.
[14] 蔡仲林，周之华. 武术 [M]. 北京：高等教育出版社，2009.
[15] 黄宽柔. 健美操 [M]. 北京：高等教育出版社，2005.
[16] 郑兆云，许绍哲. 羽毛球 [M]. 北京：北京体育大学出版社，2010.
[17] 周林. 乒乓球 [M]. 北京：北京体育大学出版社，2009.
[18] 张蓉. 网球 [M]. 北京：北京体育大学出版社，2009.
[19] 姜桂萍. 体育舞蹈 [M]. 北京：高等教育出版社，2008.